누들메이커

THE NOODLE MAKER
by Ma Jian

Copyright ⓒ Ma Jian 2004
All Rights Reserved.

Korean Translation Copyright ⓒ MUNHAKDONGNE Publishing Corp., 2008
This Korean edition is published by arrangement with
The Wylie Agency(UK) Ltd., through Shinwon Agency Co.

이 책의 한국어판 저작권은 신원 에이전시를 통해
The Wylie Agency(UK) Ltd. 사와 독점 계약한 (주)문학동네에 있습니다.
저작권법에 의해 한국 내에서 보호를 받는 저작물이므로
무단 전재 및 무단 복제를 금합니다.

이 도서의 국립중앙도서관 출판시도서목록(CIP)은
e-CIP 홈페이지(http://www.nl.go.kr/cip.php)에서 이용하실 수 있습니다.
(CIP제어번호: CIP2008003030)

마젠 장편소설 • 이은선 옮김

문학동네

잭 마를 위하여

차례

전업 작가 ✱ 9

전업 헌혈자 ✱ 13

도취되거나 마비되거나 ✱ 31

자살하거나 표현하거나 ✱ 63

소유하거나 소유되거나 ✱ 103

거리의 작가 혹은 허공의 비닐봉지 ✱ 159

거울에게 심판을 부탁하거나 벌거벗거나 ✱ 185

버리거나 버림받거나 ✱ 203

속 편한 사냥개 혹은 목격자 ✱ 213

옮긴이의 말 ✱ 257

전업 작가

서재는 맞은편 건물의 부엌 창문을 마주 보고 있다. 그래서 한낮이나 해질 녘에는 '맛있는 튀김 냄새의 물결이 콧구멍을 강타하여 뱃속으로 들어갔다'. 전업 작가는 전업 헌혈자와 이야기할 때 늘 이 정도 수준의 표현을 동원한다.

작가는 이제 아래쪽 부엌에서 올라오는 냄새로 최소한 세 집 이상을 구분할 수 있다. 이렇게 8층 건물의 꼭대기에 살다보면 냄새에 익숙해지는 수밖에 없다. 후베이에서 온 커플(그가 보기에는 분명 범죄자들이다)이 그 구역질 나는 고추 냄새를 사방으로 퍼뜨리지 않는 한, 의자에 등을 기대고 앉아 저 아래쪽에서 스멀스멀 올라오는 냄새를 즐길 수 있다. 창문을 열고 냄새를 안으로 들일 때마다 시선은 책상 위에 놓인 새하얀 원고지를 떠나고, 무아지경에 빠져든다.

바로 맞은편에 있는 부엌은 그의 구미에 맞는 곳이라 특별히 예민해진 날만 아니면 오후 내내 어두탕 향내를 음미하며 시간을 보낼 수 있다. 그 큼지막한 생선 머리는 시장에서 본 적이 있다. 절반만 사면 탕을 한 냄비 끓일 수 있다. 맞은편 부엌에서 중년의 아주머니가 동네 시장에서 사온 최고급 말린 버섯을 넣자 전업 작가(살짝 살집이 잡힌 사십대의 독신남)는 다시 한 번 향긋한 내음에 취한다. 이따금 희미한 불빛 속에서 주방용품과 행주, 천장에 매달린 소시지와 최고급 햄 덩어리 사이로 땅딸막한 남자 하나가 나타났다 사라질 때도 있다. 그 집의 환기팬이 시끄럽지만 않으면 두 사람이 나누는 대화를 듣고 땅딸막한 남자가 아주머니의 남편인지 아들인지 아니면 차오저우에서 온 유대인 상인인지 알 수 있을 텐데. 책상 위에 놓인 백지를 물끄러미 바라보고 있으면 이런 궁금증이 종종 뇌리를 스치고 지나간다. 그는 오늘 절친한 친구인 전업 헌혈자가 찾아오기 전에 부엌에 대고 성난 욕설을 내뱉는다.

"생강!"

그가 짜증 난 목소리로 투덜거린다.

"염병할 바보들 같으니라고! 어두탕에는 생강을 넣어야 하는 것도 몰라?"

그 일요일 오후 느지막이 전업 헌혈자가 평소처럼 작가의 아파트를 찾아온다. 숨을 헐떡이며 계단을 터벅터벅 걸어 올라오는 소리로 짐작건대 방금 전에 피를 판 모양이다. 헌혈자는 힘들게 계단을 올라가며 시인처럼 행복해한다. 과실주(보통 안후이나 후베이 지역의 약술이다)와 구운 오리와 달걀(진짜배기 갈색 달걀)과 작가가 좋아하는 오향잠두를 들고 있기 때문이다. 잠시 후 두 친구는 술잔을 주거니 받거니 하며 삶의 단편들을 뒤적이기 시작할 것이다. 음식이 뱃속을 문지르는 즐거운 기분을 음미하며 서로 속을 털어놓고, 서로 손가락질하고 헐뜯을 것이다. 그런 다음 헌혈자가 작가를 자극해 욕을 하게 만들 것이다. 그는 작가의 욕을 들으면 기분이 좋아진다. 험한 소리를 들으면, 피를 팔아 먹고사는 인생에서 심각하게 결핍된 정신적인 위안을 느낄 수 있다.

"이런 씨팔!"

술기운이 머리까지 올라가면 작가는 이렇게 한탄할 것이다.

"이 불쌍한 개자식아, 넌 지금 염병할 쓰레기들한테 인생을 낭비하고 있어……"

작가가 문을 열고 헌혈자를 맞이한다. 잠깐 끌어안은 뒤 두 사람은 접시에 음식을 담고, 술병을 따고, 발라낸 뼈를 놓을 원고지를 넓게 펼쳐놓는다. 그런 다음 작가가 원고지 한 장을 조심스럽게 반으로 찢어 두 장의 냅킨을 만든다. 하나는 손을, 나머지 하나는 입을 닦는 냅킨이다.(그의 할아버지도 살아생전에 이렇게 하셨는데, 차이가 있다면 종이가 아니라 낡은 행주를 쓰셨다.) 두 사람은 식탁에 앉는다. 작가는 정부에서 배당받은 검은색 가죽 회전의자에 엉덩이를 구겨 넣고, 전업 헌혈자는 등받이가 없는 플라스틱 걸상에 자리를 잡는다.

"괴로운가, 친구?"

헌혈자가 작가를 껍데기 밖으로 유혹하려고 묻는 말이다.

"지난주에 말하길 인생이 개 같다고 했잖아. 안 그래?"

"작년에 인생이 개 같다는 생각이 들었지. 지난주에는 견디기 힘들다는 생각이 들었고. 오늘은 그냥 따분한 정도일세. 내일이 되면 아마 이 빌어먹을 소설을 포기하겠지. 등장인물들을 어떻게든 글로 옮기지 못하면."

술기운이 돌기 전에 전업 작가의 목소리는 항상 허스키하다. 일부러 그러는 것처럼 들린다.

"하지만 자네는 그 사람들이라면 질색하잖아! 쓸데없는 허섭스레기라고 하지 않았나. 나도 인간쓰레기라고 했고. 그런 사람들을 글로 쓰면서 시간을 낭비하는 이유가 뭔가?"

헌혈자의 얼굴은 처음 이 집에 들어섰을 때만큼 창백하다.

"그들의 인생을 예술로 승화시키고 싶기 때문이지. 물론 그 사람들은 읽어보지도 않겠지만."

작가는 방 안을 둘러본다. 어쩌면 그냥 머리를 움직이는 것일 수도 있다.

"멍청한 놈들! 어두탕에 생강 넣는 걸 항상 잊어버린단 말이지."

전업 헌혈자

헌혈자는 잔을 들어 건배하기도 전에 가장 두툼한 살점(아마 엉덩이일 것이다)을 젓가락으로 낚아채 입 안으로 던져 넣는다. 직업이 헌혈자이다보니 식탁에서 가장 영양분이 많은 음식을 본능적으로 알아차리는 능력이 생겼다. 그는 모든 음식의 영양분을 한 방울도 남김없이 빨아들인 다음 마지막 한 조각까지 씹어 먹을 수 있다.

"자네는 코가 아주 예민해."

헌혈자가 첫 잔을 삼키며 말한다.

"저 두 사람은 이해가 안 된단 말이지. 늘 미친 듯이 왔다 갔다 하거든. 할 일이 많은가봐."

작가가 중얼거린다.

"내가 이 짓을 한 지 올해로 칠 년째야."

헌혈자가 부러진 뼛조각을 퉤 뱉는다. 시커먼 피 한 방울이 골수에서 흘러나와 하얀 종이 위에서 굳는다.

"나도 칠 년째야."

전업 작가가 오리 고기를 우적거리며 대답한다. 그가 걸신들린 사람처럼 씹다 고개를 뒤로 젖혀 고기를 삼키자 턱 밑에 달린 나잇살이 쏙 들어갔다 다시 나온다. 멀리서 보면 꼭 우는 것 같다. 헌혈자는 잠시 후면 작가의 얼굴이 퉁퉁 붉은 호두처럼 변할 것을 알고 있다. 술기운이 돌기 시작하면 늘 그렇다.

"난 머리를 혹사시키지 않아도 이런 음식을 마련할 수 있지."

헌혈자가 도발하듯 말한다.

"하지만 이 속이 너무 아파."

그는 가슴을 톡톡 두드린다. 지난 칠 년 동안 수도 없이 써먹은 이 말은 작가에게 배운 것이다. 두번째 헌혈을 마쳤을 때 작가가 그의 팔을 잡고 흐느끼며 "이 속이 너무 아프다"고 했다.

"어두탕의 씁쓸한 뒷맛을 없애려면 생강을 몇 조각 넣어야 해. 누구나 알고 있는 건데!"

작가는 고개를 숙이고 부러진 뼈를 원고지 위에 뱉는다.

"내 작품은 헤매고 있다네. 처음부터 다시 시작해야겠어."

헌혈자는 벗어지기 시작한 작가의 정수리를 물끄러미 쳐다본다. 반질반질한 두피에 가느다란 지혜의 가닥들이 대롱대롱 매달려 있다.

헌혈자의 별명은 블라제림이다. 문화혁명 때 작가를 비롯해서 다른 '도시 청년들'과 함께 '농부들을 본받으러' 시골 인민공사 생산대로 파견됐을 때 얻은 별명이다. 블라제림은 알바니아의 선전 영화에 나오는 까무잡잡한 주인공이다. 그는 같은 생산대원들과 함께 그 영화를 본 날 밤, 잠결에 "야, 블라제림!"이라고 외쳤고 이후로 그 별명이 늘 따라다녔다. 안타까운 일이지만 그는 영화 속의 그 주인공처럼 키가 크지도, 힘이 세지도 않다. 문화혁명이 막을 내렸을 때 그는 이 도시로 돌아와 취직하려 했지만, 특별한 기술이나 연줄이 없었기 때문에 적당한 일자리를 찾기가 어려웠다. 그는 이 년 동안 길거리에서 지내다 드디어 서구(西區)의 공중화장실에서 인분 치는 일을 맡았다. 그런데 안타깝게도 양동이 위에 널빤지를 얹어야 인분을 쏟지 않고 나를 수 있다는 사실을 알려준 사람이 없었다. 그는 아무리 애를 써도 바지에 밴 악취를 씻어낼 수 없었고, 결국에는 일 위안(元) 오 자오(角)를 받고 바지를 어느 농부에게 팔아넘겼다.

그러고는 어느 날, 북적대는 헌혈자 대열에 합류했을 때, 사십오 위안어치의 음식과 돼지간 구입증과 삼 킬로그램짜리 달걀 배급표가 그의 손에 쥐어졌다. 그가 바라던 모든 것을 단 하루 만에 얻은 것이다. 집으로 돌아가서 구입증과 배급표를 식탁에 탁 내려놓자 그를 바라보는 부모님과 누나의 시선이 갑자기 달라졌다. 그는 얼마 안 있어 집안의 가장이 되었다. 어느 섬유 공장의 헌혈 할당량을 채워주고 그 대가로 피닉스 자전거 배급표를 받아 오자 그의 명성이 온 동네로 퍼졌다. 이웃 사람들이 그의 집에 모여 가장 최근에 거둔 업적을 놓고 재잘거렸다. 서구의 세 군데 대형 공장에서 직원들을 대신해 헌혈할 수 있도록 가짜 신분증을 만들어주었다. 좀 더 작은 회사에서는 술과 담배로 매수하려 했지만, 그런

곳을 위해 공연한 짓을 할 수는 없었다.
 칠 년 동안 열심히 일한 끝에 블라제림은 이제 백만장자가 되었다. 여러 공영 공장과 민영기업에서 받은 포상과 상품으로 주머니가 두둑하다. 선풍기, 텔레비전, 성냥, 석탄, 휘발유, 고기를 살 수 있는 배급표가 있다. 그는 몇 년 전에 몇몇 친구들과 함께 시내 공중화장실에 헌혈자 소개소를 차렸다. 그들은 요강 옆에 책상을 놓고, 소변 줄기가 튀지 않도록 책상과 요강 사이를 널빤지로 가렸다. 밤이 되면 책상을 아무도 가져가지 못하도록 난간에 쇠사슬로 묶었다. 임대비로 지역위생관리부에 내는 돈은 한 달에 고작 삼 위안이었고, 간판을 내걸지 못하는 것 외에는 아무 제약이 없었다. 보통은 하루 동안 열 명에서 스무 명의 행인을 설득해 소개소에 가입시킬 수 있다. 신입 회원은 수속이 끝나면 길 건너편 병원으로 가서 헌혈을 하고, 공중화장실로 돌아와 받은 돈의 절반을 소개소에 주고 나머지 절반을 갖는다. 헌혈자는 동료들에게 이익을 배분하지만, 언제나 가장 큰 몫이 그의 차지다.
 소개소에는 헌혈하는 데 필요한 기구와 문서가 완비돼 있다. 서류 더미, 직인, 풀, 위조 신분증, 여권 사진…… 신입 회원의 몸무게가 미달이면 물로 배를 채우거나 다리에 무거운 철판을 단다. 키가 너무 작으면 서로 다른 치수로 네 켤레 구비해놓은 키 높이 구두를 무료로 빌려준다(두 켤레는 잠시 한눈팔고 있을 때 어떤 남자가 훔쳐 갔다. 이 구두에는 삼 센티미터짜리 굽이 달려 있기 때문에 열두 살배기도 병원 측의 최저 신장치를 통과할 수 있다).
 두 친구는 고기를 빨고 씹어 곤죽을 만든 다음 꿀꺽 삼킨다. 창밖은 모든 게 암청색으로 변해 있다. 저녁놀의 뒤를 잇는 어둠침침하고 흐릿한 풍경이다. 고층 건물에서 불빛들이 반짝인다. 창가에서 내다보면 밤하늘에 반짝이는 별빛 같다.

두 남자는 한 입도 남김없이 음미하며 우적우적 씹고 삼킨다. 그들의 목소리가 지쳐가기 시작한다.

이 만찬에 소요된 비용은 전업 작가의 두 달 치 월급에 해당된다. 진짜 고기를 곁들인 훌륭한 저녁이다. 어렸을 때 작가는 고기를 거의 먹지 못했다. 그와 형제들이 길거리에서 어쩌다 돼지고기 한 조각이라도 주워야 어머니가 겨우 국을 끓여주었다. 헌혈자의 집안은 이보다 나았다. 인민공사 생산대로 파견되었을 때 자랑하길 평생 고기를 열일곱 번이나 먹어보았다고 했다. 하지만 헌혈을 시작하고 고작 일 년이 지났을 때 이보다 두 배로 자주 먹을 수 있게 되었다. 덩샤오핑 주석의 해외개방과 경제개혁 정책이 그를 천국과 맞닿은 길로 인도했다.

헌혈자가 말한다.

"생산대에 있을 때는 딱 한 번 고기를 먹었지. 고기가 배급되기 전날 밤이 생각나는군. 침대에 누워도 잠을 잘 수 없었지. 나는 하루 종일 아무것도 먹지 않았어. 주방에서 요리사가 고기를 볶는데, 그 냄새가 우리 숙소까지 스멀스멀 올라왔지."

작가가 말한다.

"그 당시에 나는 고리키를 신처럼 떠받들었지. 당국이 현(縣)도서관에서 압수한 고골이나 한스 안데르센의 책도 좋아했고."

"요즘 자네 얼굴이 까칠해. 일주일 내내 아파트 안에 처박혀 있었던 모양이로군."

헌혈자가 담배 연기를 한 모금 내뱉는다. 텔레비전 배급표 하나면 양담배 여섯 갑을 살 수 있다.

"내 얼굴은 어떤가? 누렇고 수척한가?"

"그 반대일세. 싱싱하고 기름져."

작가는 전기 주전자를 열고 안에서 부글부글 끓는 달걀들을 쳐다본다. 껍데기 하나가 깨지는 바람에 새어 나온 노른자 줄기가 물속에서 물고기처럼 꿈틀거리고 있다.

"하! 재앙의 조짐이로군."

그는 전날 읽은 신화의 줄거리를 떠올리며 멍하니 중얼거린다.

"금이 간 이 껍데기를 보게. 배는 난파되고 왕은 쫓기는 중인데……"

웃는 표정이지만 얼굴이 딱 호두다. 알코올이 위장을 씻고 있는 게 분명하다.

이 지역 작가협회의 당 서기관이 최근 그를 불러 새로운 일을 맡겼다. 서기관의 이야기에 따르면 공산당 중앙위원회에서 판단하건대 레이펑—혁명과 인민에 평생을 바친 헌신적인 인민해방군 병사—을 본받자는 거국적인 캠페인이 3월이면 정점에 달할 예정이라고 했다. 그러니까 '레이펑 동지를 본받자'는 주제 아래 단편소설을 하나 쓰라는 것이었다.

"이 시대의 레이펑을 찾아내게. 1960년대 레이펑처럼 사회주의적인 의식을 갖춘 이 시대의 사람을 찾아내란 말일세. 우리 주석님은 '실사구시'하라고 말씀하셨네. 소설 속에서 그를 실감 나게 그리고, 위험에 처한 동지를 구하려다 아내를 잃는 것으로 마무리 짓도록 하게."

전업 작가는 서기관과 마주 앉아 있으면 현기증이 났다. 그는 눈을 부릅뜨고 억지로 미소를 지었다. 그도 알고 있다시피 서기관은 이런 표정을 좋아했다.

"레이펑이 몇 년도에 죽었죠?"

작가가 물었다. 그는 정답을 알고 있었다. 서기관에게 그를 나무랄 기회를 주기 위해 던진 질문이었다.

"그걸 정말 물어봐야 안단 말인가? 성 동지, 정신 똑바로 차리게. 레이펑을 가슴속에 새기지 않은 모양이로군."

"제 가슴속에는 당이 있습니다."

"흠. 그럼 그걸 증명할 기회가 주어진 셈이야. 당에서 펜을 휘두르도록 자네를 훈련시켰는데, 이제 그 펜을 휘두를 기회가 온 걸세. 알겠나? '양병천일 용병일시'*라는 말도 있네. 이제 자네가 당에 진 빚을 갚을 차례야. 자세한 부분은 자네한테 맡기겠네. 하지만 경고하건대 작년에 자네 작품은 기준 미달이었어. 제목과 내용은 조잡하고, 개혁가들의 정치적인 입장은 모호하고…… 당 간부에게 반혁명 분자 역할을 맡기다니."

"작년에 신문을 보니 고위 간부들이 너무 보수적이라 당에서 그들의 영향력을 줄이고 젊은 간부들에게 개혁을 맡기려 한다고 나

---

* 養兵千日 用兵一時. 한 시간 전투에 쓰기 위해 천 일 동안 병사들을 훈련시킨다는 뜻.

와 있었습니다."

"올해는 달라지지 않았나? 이제는 나이가 많을수록 더욱 개혁주의자야. '장강후랑추전랑'*이라는 말도 있지 않나."

"작품 속의 레이펑 나이를 몇 살로 할까요?"

공책을 꺼내며 작가가 물었다.

서기관은 잠시 머뭇거렸다.

"알아서 정하게. 하지만 너무 뜸을 들이면 안 돼. 지금 이 순간에도 전국의 작가협회에서 이 캠페인을 준비하고 있으니까. 다들 최고의 작가에게 이 일을 맡기고 있네. 기회를 놓치지 않는 게 좋을 걸세."

그러더니 그는 말을 멈추고 작가를 똑바로 쳐다보았다.

"만약 새로운 레이펑을 주제로 훌륭한 작품을 만들면 당 기관에서 〈중국작가대사전〉 등재 신청서를 보내줄 걸세."

"역사에 나만의 자리가 생기는 걸세! 단편소설 한 편만 쓰면 〈중국작가대사전〉에 등재될 수 있단 말일세!"

작가가 흥분한 목소리로 친구에게 외친다.

헌혈자는 고개를 끄덕인다.

"그럼 불멸의 작가가 되겠군."

"살아 있는 레이펑을 찾아야 하는데, 마땅한 인물이 생각나지

---

* 長江後浪推前浪. 장강의 뒷물결이 앞물결을 밀어내듯 새로운 사람이 기존의 사람을 밀어내니 끊임없이 변화하고 노력해야 한다는 뜻.

않는 게 문제지."

작가는 생산대로 파견된 첫날, 일기장을 꺼내 앞장에 '레이펑처럼 나도 녹슬지 않는 나사가 될 것이다. 당이 나를 어디로 보내든 그곳에서 반짝일 것이다'라고 적었던 기억을 떠올린다. 레이펑이 양말 한 켤레를 꿰매고 또 꿰매어 오 년 동안 신고, 새 양말을 살 돈을 가난한 사람들에게 나누어준 일화를 배운 기억도 떠올린다. 작가는 아는 사람 중에 그렇게 헌신적이고 영웅적인 인물이 없는지 생각해내려고 머릿속을 뒤져보지만, 떠오르는 것이라고는 쓰지 못한 소설의 주인공들뿐이다. 사설 화장터를 운영하는 젊은 사업가, 글을 모르는 사람들을 대신해 편지를 써주는 불법 이주자, 지진아인 딸을 처리하는 데 평생을 바친 아버지……

그가 알고, 책에서 읽고, 길거리에서 날마다 접하는 대상은 이런 사람들이다. 그가 이해하는 대상은 이런 사람들이고, 용기만 있다면 쓰고 싶은 대상도 이런 사람들이다. 그들의 삶은 그의 삶만큼이나 비참하고 옹색하다. 하지만 이렇게 우울하고 연약한 인물들을 등장시켰다가는 당 지도부에서 그를 전업 작가 자리에 걸맞지 않은 인물로 간주할 것이다. 그러면 정부에서 주는 월급과 아파트와 작가협회 회원증과 작가사전에 등재될 기회가 날아갈 것이다.

위장에서 분비되는 소화액이 오리 고기를 부드럽게 주무르고 있다. 두 친구는 이제 한결 느긋해진 얼굴이다.

헌혈자가 말한다.

"달걀이 다 삶아졌군. 자네는 〈대사전〉에 등재될 걸세. 작가이자 우리 세대의 양심이니까. 하지만 나를 보게! 나는 헌혈로 수백 명의 목숨을 살렸는데 그걸 증명할 방법이 뭐가 있나? 내일 죽더라도 아무도 모를 걸세. 자네가 나를 주인공으로 글을 쓰면 모를까."

"자네 직업은 천하지 않은가. 인간의 성악설을 증명하는 타락한 직업이란 말일세."

"구운 오리 고기가 나무 위에서 자라지 않는다는 걸 명심하게."

헌혈자는 원고지 위에 뱉어놓은 뼛조각들을 가리킨다.

"내가 없었다면 전국의 혈액은행들이 텅 비었을 걸세. 나는 이 나라를 위해 마를 때까지 피를 흘린 몸이야."

"아직도 어두탕에 생강을 넣지 않았군."

작가가 투덜거린다.

"내가 없으면 이 나라는 끝장날 거란 말일세!"

작가는 콧방귀를 뀐다.

"외국인들은 공짜로 헌혈을 한다네. 자네는 사기꾼이자 사이비 자선 사업가야."

"자네에 비하면 내가 더 진짜배기지."

헌혈자가 말대꾸로 신경을 건드린다. 그는 지난 몇 년에 걸쳐 서서히 작가식 표현을 터득했고, 어디에 칼을 꽂으면 되는지 알고 있다.

"이제 왕이 위기에 처했도다! 선원들은 해변으로 기어오르고……"

작가는 혼자 킬킬거리며 의자에 등을 기댄다.

"공장 간부들은 우리가 없으면 헌혈 할당량을 채우지 못해. 만약 공장 직원들이 헌혈하면 치료비와 병가 수당으로 일 년에 수천 위안을 내놓아야 할 걸세. 우리는 돈만 받고, 병가 수당은 요구하지도 않는단 말이지. 우리가 대신 한 헌혈 덕분에 '선진 사업장' 자격을 얻은 공장이 한두 군데가 아닐세. 나야말로 '선진 헌혈자'이자 인민을 위해 봉사하는 헌신적인 레이펑이지. 자네가 아까 외국인들은 공짜로 헌혈을 한다고 했지? 정부에서 나에게 알맞은 일자리만 마련해준다면 나도 공짜로 헌혈할 걸세."

작가가 입을 떡 벌린다.

"자네야말로 살아 있는 레이펑이구만! 알겠네, 자네를 주제로 글을 쓰겠네. 헌혈하는 인민의 구세주. 새로운 레이펑. 그런데 문제는 자네가 그걸로 돈을 번다는 건데……"

"그래서 뭐가 어떻다는 건가?"

헌혈자는 유명해질 수 있는 이번 기회를 놓칠 생각이 없다.

"나는 레이펑보다 더 레이펑다운 사람이야! 만약 나를 주제로 글을 쓰면 대중들 속으로 내려가거나 직접적인 경험을 통해 인생을 배울 필요가 없을 걸세. 나는 헌혈하라는 당의 지시를 받은 사람을 위해 하루에 두 번 피를 뽑기도 했다네. 레이펑도 그러지는 못했을 걸세. 그리고 내가 지금까지 그 밖에도 어떤 선행을 베풀었는지, 자네도 이미 알고 있겠지."

그는 식탁 한가운데에 놓여 있던 약주병을 낚아채 작가에게 몇 방울 따라주고 나머지를 자기 잔에 전부 붓는다. 그런 다음 자리에서 일어나 성냥을 가지러 간다.

"자네는 예전부터 나를 주제로 글을 쓰겠다고 약속하지 않았나."

그가 담배에 불을 붙이며 말한다.

"자네가 그런 말만 하지 않았다면 나도 이 일을 진작 그만두었을 걸세."

"자네, 뇌에 대해서 뭐 아는 거 있나?"

작가가 멍하니 묻는다.

"내 상념들이 앞뒤가 안 맞는 단계에 봉착한 것 같네. 단 하나도 서로 연결되는 게 없어. 상념들이 내 머릿속에 둥지를 틀고 흉금을 털어놓는데, 먹고살려면 나에 대해서 관심이라고는 눈곱만치도 없는 그 녀석들에게 매달리는 수밖에 없다네. 그런데 자네는 처음부터 현실적인 인물이었고, 지난 몇 년 동안 정신 차리도록 나를 자극했지. 누가 알겠나? 내일이면 나도 헌혈을 시작할지 모르는 일일세. 하지만……"

작가는 담배를 한 모금 빨고 맞은편에 앉은 헌혈자를 물끄러미 쳐다본다.

"자네도 나한테 자극받은 부분이 있지 않은가. 지금까지 내가 자네를 비난할 때 썼던 단어를 모조리 흡수해 이제 나를 비난할 때 쓰고 있으니까. 어쩌면 역사책에 남을 사람은 자네일지 몰라. 자네와 자네 같은 사람들 말일세."

"난 요즘 많이 먹질 못해. 이제는 계단을 오를 때 예전보다 두 배나 오래 걸린다네. 움직임도 둔해졌고."

"자네 상태가 나보다 낫다네. 생산대로 파견되었을 때 자네는 안색이 창백하지 않았나. 우리가 일을 할 때 꾀병을 부리며 침대에 누워 있었지."

첫번째 술병이 비면 늘 그렇듯 작가의 말투에서 빈정거리는 기미가 묻어나기 시작한다. 내 머릿속은 온갖 이야기들로 가득 차 있는데. 그는 속으로 이렇게 생각한다. 그런데 엮을 방법을 모르겠단 말이지. 사람들하고 어울려야 해. 나가서 사람들한테 말을 붙여보아야 좀 더 심층적으로 이해할 수 있어.

한참 침묵이 흐르고, 작가가 다시 입을 연다.

"자네는 헌혈하기 전에 물을 한 주전자 마시지. 그런 식이면 누군가에게 피해를 입힐 수도 있어."

"그건 딱 한 번뿐이었잖은가. 남이 어떻게 하든, 나는 신경 쓰지 않아. 요즘 신입 회원들은 대부분 다리에 철판을 묶는다네."

"자네는 정말이지 예전 그대로군."

헌혈자는 진심으로 하는 말인지 판단하기 위해 작가의 얼굴을 뚫어져라 쳐다본다. 하지만 작가의 눈은 안경으로 가려져 있고, 목소리는 무미건조하다.

작가의 말이 이어진다.

"자네는 정말 이기적이야. 주변은 전혀 신경 쓰지 않지."

그는 두번째 술병을 향해 손을 내밀며 속으로 생각한다. 그와 내 입장에서 레이펑은 남들처럼 죽은 사람일 뿐이야. 죽으면 누구나 똑같이. 조조 장군과 유비 장군과 레이펑 동지가 뭐가 다른가? 셋 다 죽은 사람일 뿐인걸……

헌혈자는 작가의 입과 귀를 차례대로 쳐다본다. 그를 이 집으로 끌어들이는 것이 바로 그 입이다. 생산대로 파견되었을 때도 그를 비롯한 다른 도시 청년들은 작가 주변에 빙 둘러앉아 어떤 말이 쏟아질지 기다리곤 했다.

"자네는 욕심을 완전히 버리고 인민에 몸을 바친 적이 있었나?"

작가가 빈정거리며 묻는다. 자기 자신과 헌혈자, 두 사람 모두를 겨냥한 질문 같다.

"나는 누군가의 노예가 되길 거부하네. 헌법에서 만민은 평등하다고 하는데, 내가 왜 나를 죽이고 다른 사람들을 위해 희생해야 하나?"

헌혈자는 이제 아부하는 말투가 아니다. 그를 주제로 글을 쓰도록 친구를 설득하다 포기한 게 분명하다.

작가는 아무 말이 없다. 스스로도 알고 있다시피 그는 당을 위해 거의 온몸을 바친 상태다. 하지만 당의 정체를 모르겠다. 당은 그가 태어나기 전부터 존재했고, 지금까지 그의 전 생애를 조종해 왔다. 당에서 그에게 소설을 쓰라 했다. 마음 내키면 당에서 죽으라고 할 수도 있다. 그러면 선택의 여지가 없을 것이다. 블라제림은 피와 먹을 것을 맞바꾸고, 그는 피 대신 영혼과 먹을 것을 맞바꾼다. 구운 오리 고기를 게걸스럽게 먹었을 때 헌혈자가 어떤 식으로 쳐다보았는지 그는 알고 있다. 그는 온몸을 바쳐 먹는 행위에 열중했고, 온 영혼을 다해 섭식 욕구와 생존 욕구에 집중했다. 오리 가슴살을 깨물었을 때 기름 덩이가 셔츠를 타고 식탁 위로 흘러내렸다.

"자네는 짐승이야."

작가는 뜨거운 달걀의 껍데기를 벗기며 이렇게 말한다.

헌혈자는 깔보는 눈빛으로 그를 쏘아본다.

"생산대로 파견되었을 때 자네는 '숭고함'을 운운했지. 심지어 예수라는 사람에 대해서도 이야기했고. 그런데 지금 이 꼴은 뭔가? 진종일 내가 나타나서 식탁 위에 고기를 차려주기만 기다리다니. 심오한 생각을 하는 대가로 받는 돈으로는 살 수 있는 식료품이 몇 개 없지, 안 그래?"

헌혈자는 달걀 하나를 낚아채더니 식탁 한가운데에 놓인 술병들 쪽으로 접시를 다시 민다. 그는 옆에 있는 병에서 소금을 살짝 집은 다음 뜨거운 껍데기를 벗기고, 반질거리는 달걀흰자에 소금을 뿌린다.

"나는 헌혈 한 번으로 자네 석 달 치 월급을 받지. 자네도 자네가 하는 일과 그 대가로 받는 보수가 영 신통치 않다는 건 알고 있지 않은가? 다시 말해 나는 전업 헌혈자고 자네는 전업 작가라고 해서 자네가 나보다 나은 사람이 되지는 않는다는 말일세."

작가는 역겨운 표정으로 헌혈자의 입과 그 안에서 움직이는 달걀노른자를 물끄러미 쳐다본다. 그는 배가 부르면 종종 이렇게 못마땅한 얼굴이 된다.

"사람들이 다 자네 같다면 이 나라는 무너질 걸세."

"그렇게 장담하지는 말게나. 자네도 헌혈자야. 내가 자네보다 형편이 좋은 이유는 내 피로 생명을 구하고, 돈과 명예를 얻기 때문이지. 하지만 자네는 그 땀과 피를 흘린 대가로, 그 머리를 다 써버린 대가로 무얼 얻었나? 아무것도 얻지 못했지. 자네가 받는 월급으로는 목숨을 연명하는 게 고작일세. 옆집에서 나는 음식 냄새로 하루를 버티고 있지 않은가. 무슨 인생이 그런가? 자네는 신을 이야기하고 진실을 찾아야 한다고 말하지만, 자네가 말하는 그 신이 무슨 도움이 되었나?"

"자네 관심사는 먹을 것뿐이지. 자네가 진실에 대해 뭘 알겠나."

작가의 표정은 이제 차분하고 침착하다.

"나는 남은 평생 조용히 묵상하며 살 걸세. 현자(賢者)는 하루 한 끼로 살고, 범인(凡人)은 하루 두 끼로 살지. 나는······"

"인간은 누구나 하루 세 끼를 먹어야 한다네."

"동물들이나 하루 세 끼를 먹지."

작가가 딱 잘라 말한다.

"나는 먹을 것을 놓고 야단법석을 떠는 사람이 아닐세. 오늘 밤에 어두탕을 먹지 못했다고 내가 난리를 부리던가?"

"사실 나는 하루 세 끼로도 부족하네. 그럼 나는 뭔가?"

"짐승이지."

작가는 이렇게 대답하고 상쾌한 공기를 훅 들이마시며 속으로 중얼거린다. 훈제 버섯 냄새잖아. 이걸 어두탕에 넣으면 생강은 빼도 되겠다.

"자네는 체액을 팔아서 먹고사니 짐승인 게 분명해."

"자네도 제대로 챙겨먹지 않으면 말린 두부 조각처럼 될 걸세."

헌혈자는 작가의 굽은 어깨와 누렇게 떠서 부들거리는 얼굴을 유심히 관찰한다.

"머지않아 원고지 한 장보다 가벼워질 테고, 그런 다음 완전히 사라지겠지."

헌혈자의 눈이 생기로 반짝인다. 원기가 천천히 사라져가고 창작열을 잃은 작가와는 완전히 대조적이다. 헌혈자의 얼굴은 주름 하나 없고, 발그스레하니 혈색이 좋다. 두툼한 입술은 촉촉하고 붉다. 띄엄띄엄 계단을 오르는 소리를 들은 사람이 아니면 매주 헌혈하는 걸 아무도 모를 것이다. 그의 작고 좁은 몸통은 젊은 피와 위액으로 들끓는다. 끼니때마다 그는 식탁 위에 차려진 음식을 마지막 한 입까지 먹어치울 수 있다. 헌혈하기 전에 물을 보온병으로 두 병이나 마시고도 화장실에 다녀오지 않고 삼십 분 동안 버틸 수 있다. 그의 몸은 모든 부품이 완벽하게 돌아가는, 피를 만들어내는 기계다.

반면에 작가는 심장이 약하고, 망가진 양쪽 폐는 가장 공교로울 때 가래 덩어리를 토해낸다. 위장 아래로 성한 기관이 하나도 없다. 그는 먹은 음식이 장에 도착하자마자 화장실로 달려가야 한다. 몇 년 동안 책상에 앉아 있다보니 창자가 꼬여 만성 치질에 시달린다. 신장이 허약하기 때문에 작가협회에서 매년 주최하는 헌혈 행사에 참가할 수 없고, 간이 지금은 비교적 잘 움직이고 있지만 생산대로 파견되었던 시절에는 빈사 상태였다.

그런데 블라제림은 무차별적인 헌혈에도 불구하고 시간이 지날수록 점점 더 온화하고 느긋한 성격이 되어간다. 머리를 혹사시킬 필요가 없으니 작가가 겪는—지식인들의 고통인—어지럼증이나 불면증이나 심란한 꿈을 경험해본 적이 없다. 그의 상상력은 조리법을 궁리할 때만 발휘된다. 그가 생산대로 파견되었을 때 한번은 훔친 닭 한 마리를 들고 산 속으로 들어가서 양념을 바르고 모닥불에 구워 혼자 해치운 적이 있었다. 다 먹은 뒤에 깃털은 땅에 묻었다. 감시견들이 이 깃털 냄새를 맡고 땅을 파헤치지만 않았더라면 매를 맞지 않고 무사히 넘길 수 있었을 것이다.

　지금 그의 몸에 달린 모든 기관이 음식을 씹는 즐거움에 집중하고 있다. 그가 말한다.

　"난 피해자가 아닐세. 덩샤오핑의 개혁개방정책이 나를 살리고, 새로운 인생을 살 수 있게 허락했지. 헌혈한 대가로 난생처음 돈을 받던 날, 내 모든 불행은 사라졌다네. 이제 나는 바라던 모든 걸 손에 넣었지. 그런데 자네는 지금도 여기 처박혀 자기 연민 속에서 허우적거리며 〈중국작가대사전〉에 이름이 실릴 날만을 기다리고 있단 말일세. 자네는 당에서 쓰라는 대로 쓰는 자기 자신을 혐오하고 있네. 잃어버린 현실감각을 정당화할 수 있도록 인생을 신비롭게 포장하고 있어. 자네는 인간이 진실이 아니라 이윤 추구를 통해 살아간다는 걸 잊어버렸지. 이윤이라는 자극제가 없으면 우리 모두 끝장일세. 결국 누구나 받을 만큼 받는 거니까."

　"자네, 지식인을 해도 되겠군."

　작가는 웃음을 터뜨렸다. 상념이 또다시 정처 없는 방황을 시작한다. 나는 지금 여기서 무얼 하고 있는 걸까? 새로운 레이펑을 찾고 〈중국작가대사전〉에 등재되어야 하는데…… 그런데 보이는 것이라고는 사업가의 얼굴, 어린 시절의 모습을 완전히 잃어버린, 화장터를 운영하는 한 젊은 남자의 얼굴뿐이다. 나는 지금 당분간 그의 눈을 통해 세상을 관찰하는 중이다. 이제 그가 찾아와 나에게도 불을 지를 때가 되었다……

도취되거나 마비되거나

철문을 닫자 모든 게 잠잠해졌다.
그는 녹음기를 끄고 자리에서 일어나 화장로에 달린 온도계를 보았다.
"1700도."
그가 화장로 쪽으로 코를 들이대며 말했다.
"아직 뼈까지 타지는 않았겠군."
이 단계에서 바람이 엉뚱한 방향으로 불면 살 익는 냄새가 사방으로 번져 미친 듯이 배가 고파질 것이다. 십 분이 지나면 맛있는 냄새가 구역질 나는 악취로 바뀔 것이다.
그는 이 지역 예술학교 도예과에서 대형 전기 가마를 구입했다. 그 학교 학생들이 더이상 쓰지 않는다며 인근 도자기 공장 마당에 버린 것이었다. 그는 매매계약을 체결한 뒤 어느 농부에게 빌린 마을 변두리의 조그만 땅으로 전기 가마를 옮겼다. 전기 가마가 제자리에 놓이자 그는 내열 페인트로 외부를 칠한 다음 안쪽에 불연성 벽돌을 몇 개 쌓고, 전기 가열 장치를 새로 설치했다. 사업 허가서까지 확보한 뒤에는 이 아름다운 가마로 총 백아홉 구의 시체를 재로 만들 수 있었다.

그는 언제든지 경찰 조사에 응할 수 있도록 사망 등기부에 사진과 함께 이름을 적어두었다. 사망자 중에 마흔아홉 명이 교통사고 피해자였다. 스무 명은 목을 매거나 농약을 마시거나 이산화탄소를 흡입하거나 동맥을 자르는 등 다양한 방법으로 자살한 사람들이었다. 쇠못을 일 킬로그램이나 먹은 남자도 있었다. 베이징 경극 스타가 있는가 하면 시골 농부도 있었다. 이산화탄소를 흡입한 어떤 여자는 고위 간부의 딸이었다. 이 마을의 평범한 사람들은 가스 오븐을 살 만한 여유가 없다. 학력란을 죽 살펴보면 대학생이 세 명(지금 화장로에 들어가 있는 일류 대학 남학생까지 포함해서), 시인이 서른 명(이 마을에는 매춘부나 넝마장수보다 시인이 더 많으니 놀랄 일은 아니다)이다. 가장 어린 아이는 건물 꼭대기에서 떨어진 한 살배기다. 시체도 어찌나 작은지 평소 쓰던 전기의 삼분의 일로 해결되었다.

쉰세번째 시체를 태우고 있을 때 화장로의 불연성 유리창이 산산조각 났다. 그는 유리창을 갈아 끼울 만한 형편이 못 되었기 때문에 대신 벽돌로 막았다. 그러자 불길이 시신을 먹어치우는 광경을 더이상 감상할 수 없게 되었고, 감으로 알맞은 타이밍을 판단하는 수밖에 없었다. 기준치인 백삼십 킬로그램을 넘기는 사람이라도 추가 비용 없이 칠 분을 더 태웠다.

그의 화장터는 국영 화장터에 비해 몇 가지 장점이 있었다. 첫째, 시체들은 생전에 좋아했던 음악을 들으며 불 속으로 들어갈 수 있었다. 그는 당에서 불온하다고 판단한 금지곡은 물론이고 요청만 하면 무엇이든 들려주었다. 고인이 1930년대 사람이면 〈우리 낭군님은 언제쯤 돌아오실까?〉나 〈도화강 위에 미인들이 많기도 하지〉 같은 퇴폐적인 음악을 틀었다.

솔직히 가격은 국영 화장터보다 비쌌다. 전기료와 세금을 내야 하기 때문이었다. 하지만 당일 화장이 원칙이었다. 공영 시설에서 화장하려면 최소 일주일은 기본이었고, 성수기인 경우에는 이 주일 넘게 기다려야 할 때도 있었다. 시신 보관료 때문에 유족들은 처리를 앞당기기 위해 공무원들에게 종종 뇌물을 찔러주었다. 이런 추가 비용까지 고려하면 그의 화장터는 가격 경쟁력이 있었다. 하지만 '도취자의 화장터(그가 화장터에 붙인 이름이었다)'의 가장 큰 장점은 회사에서 차로 시신을 옮겨준다는 것으로, 덕분에 유족들은 운송 방법을 알아보는 수고를 덜 수 있었다. 집에 간소하게 빈소를 마련하고, 시내 중심가의 화장터 사무실로 사람을 보내 수속을 밟으면 그것으로 끝이었다. 나중에 사무실에서 시신을 옮기러 오면 유족들은 눈물 몇 방울 흘린 다음 평소처럼 일상으로 복귀할 수 있었다. 공영 시설에서는 절차가 끝도 없이 이어지기 때문에 유족들도 초주검이 되었다.

도취자가 운영하는 화장터의 사무실은 길고 좁은 창고로, 시내 중심가의 한 낡은 건물의 입구 쪽 통로에 있었다. 유족들은 이 사무실에서 사망 기록을 작성하고, 화장 계획을 세우고, 저승에서

망자에게 필요함 직한 옷과 일상용품을 구입했다. 화장업자는 어머니와 함께 이 사무실에서 살았다. 두 사람은 환상의 팀이었다. 사업은 날로 번창했다. 어머니는 전기에 대해 아는 게 거의 없었지만(그는 전직 전기기술자였다), 죽은 사람에 대해서라면 모르는 게 없었다. 두 사람은 밤에만 서로 얼굴을 볼 수 있었다. 낮에는 어머니가 사무실에서 업무를 처리하고, 아들은 변두리의 화장터에서 시신을 처리했다. 그는 아침 아홉시면 사무실을 나서서 자정이 넘어서야 돌아왔다.

두 동업자는 밤마다 건물 입구 쪽 통로의 절반을 차지하는 긴 창고에서 만났다. 아들이 돌아오면 어머니는 침대에 앉아 아들이 시신에서 수거한 옷을 분류하며 그의 이야기를 들었다.

어느 날 밤 그가 이런 이야기를 했다.

"여자들이 더 잘 타요. 어머니처럼 마른 사람은 800도 정도면 탈골이 돼요."

"그게 무슨 소리냐? 탈골이 되다니?"

어머니가 아래쪽 절반을 분홍색 페인트로 칠한 벽을 흘끗 쳐다보며 물었다. 개혁개방정책이 실시된 이후 가게에서는 분홍색 페인트만 팔았다.

"돼지 갈비를 요리할 때랑 비슷한 거예요. 아주 뜨거워지면 살이 뼈에서 그냥 떨어져 나오잖아요."

"내 다리가 썩고 있는 것 같구나. 이 종기를 진작 잘라버렸어야 하는 건데."

분홍색 벽에 드리워진 어머니의 그림자는 다른 별에서 온 생명

체처럼 보였다.

"너는 골격은 나를 닮고, 살성은 아버지를 닮았어."

어머니가 눈을 내리깔고 말했다. 어머니는 늘 아들을 똑바로 쳐다보지 않았다.

"그래서 이렇게 키가 작죠."

"네가 제 짝을 찾지 못하는 건 네 아버지 탓이야. 네 아버지가 인상이 안 좋게 생겼잖니."

"저는 여자들에 대해서 많은 걸 알고 있어요."

아들이 화난 목소리로 말했다.

"화장로로 들어가기 전에 여자들은 대부분 피아노 연주곡을 듣고 싶어한다고요."

"남자들은 어떤 걸 듣고 싶어하니?"

어머니는 침대 한구석에 놓여 있던 낡은 삼베를 낚아채더니 단정하게 개서 원래 자리로 갖다놓는다.

"교향곡이오."

아들은 앙상한 다리를 앞뒤로 흔들었다.

"남자들은 억센 동물이에요. 힘차고 강렬한 음악이 아니면 도취시킬 수 없어요."

"남자들은 짐승이지. 그런 족속한테 음악을 들려준답시고 시간 낭비할 것 없다."

어머니는 콧방귀를 뀌며 거무스름한 모직 바지 쪽으로 손을 뻗었다.

"누구든지 떠나기 전에 도취되어야 하잖아요."

이웃 사람들은 모두 화장업자가 열렬한 음악 애호가인 것을 알고 있었다. 개혁개방정책이 시작되었을 때 녹음기를 흔들며 씩씩하게 길을 걸어간 첫 타자가 그였다. 화장업자는 자리에서 펄쩍 뛰어오르며 하늘로 손을 뻗었다. 그의 그림자도 따라 움직였다.

"난 죽은 사람들을 꼭 도취시켜요. 떠나기 전에 도취시키지 않으면 영혼이 하늘로 떠날 수 없고, 시신도 제대로 타지 않아요. 도취되어야 이 세상에서 영원히 사라질 수 있다고요."

어머니의 그림자가 깨끗한 분홍색 벽과 대조를 이루며 더욱 시커멓게 보였다.

"네가 만든 구멍이 여기 또 하나 있구나."

어머니가 투덜거렸다. 방 안의 물건들은 모두 중고품이었다. 식탁, 침대 시트, 어머니가 걸친 옷의 바늘땀까지. 어머니는 침대에 앉아서 왔다 갔다 걷는 아들을 지켜보았다. 방은 가로 이 미터, 세로 십 미터였고, 천장은 반원형이었다. 벽 가장 위쪽의 빨간 벽돌에 유령처럼 들러붙은 하얀색 재, 아니면 재 비슷한 가루가 모닥불에 비쳐 보였다. 건물 입구 쪽 통로는 공중화장실만큼 냄새가 고약했다. 주범은 출입문 밖에서 발효시킨 두부를 파는 노점상이었다. 낮 동안 앞문을 열어놓으면 냄새가 곧장 안으로 흘러 들어왔다.

사무실은 길거리에서 언뜻 보면 유쾌하고 활기찬 분위기였다. 항상 시끄러운 음악이 흘러나왔고, 종이꽃, 지전(紙錢)으로 만든 신, 옛날에 재상들이 쓰던 모자, 개혁개방정책 이후 제작이 허용된 양복과 넥타이 등등이 널찍하게 전시되어 있었다. 종이돈, 종이 말, 종이꽃은 새것이었지만, 옷은 모두 중고였다. 화장업자는 옷을 입힌 채 시신을 가마에 넣는 식의 낭비는 하지 않는 사람이었다. 그는 유족들이 다시 찾아와 작별 인사를 하는 경우에 대비해 마지막 순간까지 시신에 옷을 입혀놓았다 조심스럽게 옷을 벗기고 접어서 사무실로 들고 왔다. 실수로 구겨지거나 단추가 하나 떨어지기라도 하면 어머니는 아깝다고 난리를 쳤다. 어머니는 다음 유족에게 옷을 팔 때 항상 가격을 조금 깎아주는 선심을 베풀었다.

멀리서(혹은 마을에서 가장 높은 시계탑에서) 보면 이 좁고 긴 창고는 대낮처럼 환했다. 처음 이곳에 사무실을 차렸을 때 화장업자는 분명 '야수파'에 속하는, 마을에서 가장 유명한 화가를 초빙해 창고 외벽을 따라서 대형 벽화를 그려달라고 부탁했다. 그 대가로 오십 위안을 지불했다. 처음에 화가는 벽에 그림을 그린다는 데 거부반응을 보였다. 그가 생각하기에 예술과 아름다움은 유동적인 개념이었고, 오줌을 누고, 트림을 하고, 침을 뱉고, 여자와 맥주를 어루만지는 등 모든 것을 아우르는 활동이었다. 하지만 화장업자는 화가를 끈질기게 설득해 아름다운 음악을 들으며 불에 타 죽는 금발 아가씨를 그리게 했다. 그는 철판 대신 수입된 시몬스 매트리스에 누운 모습을 그린 다음 그 밑에 전파를 의미하는 선 몇 개를 대충 휘갈겼다. 아가씨의 미소와 봉긋 솟은 가슴(개혁개방정책의 포스터 규정에서 정한 상한선보다 컸다)을 한번 보면 어떤 남자라도 행복하게 눈을 감을 수 있었다.

하지만 안타깝게도 화가가 붓을 내려놓자마자 이웃집 여자가 경찰관 두 명을 거느리고 들이닥쳤다. 그들은 화가에게 가슴 사이의 계곡을 덧칠하라고 명령했다(주변 살색보다 조금 짙은 커피색으로 칠하라고 했다). 눈에 거슬렸던 계곡을 밋밋하고 시시하게 바꾸자 이번에는 아가씨의 맨다리를 가리라고 했다. 화가가 무릎 바로 밑까지 내려오는 모슬린 치마로 다리를 가리자 경찰관들은 만족한 눈치였다. 벽화의 상단 왼쪽 구석에는 조그맣고 삐쩍 마른 천제(天帝)가 그려져 있었는데, '야수파'는 시정 명령을 기다릴 필요도 없이 하얀 구름을 덕지덕지 칠해 천제의 남근을 가리고 대칭을 위해 천제의 발밑에도 구름 두 개를 추가했다. 그런 다음 배경으로 얼굴 한가득 미소를 머금고 승천하는 노동자, 농부, 기업가, 학생 대표들을 그려 넣었다. 개혁개방정책 이후 다시 등장시켜도 좋다는 허락이 내려진 '안경잡이(즉 지식인)' 두세 명이 그 대열 사이에 섞였다. 화가는 예쁜 천사와 정체를 숨긴 악마들—하지만 뿔을 보면 알 수 있었다—로 남은 공간을 채웠다. 벽화 아랫부분에는 천제와 정반대 일을 하는 토지신이 서 있었다. 분위기로 보았을 때 최고 중범, 그러니까 반혁명 분자들의 처벌을 맡고 있는 게 분명했다. 그는 기독교와 이슬람교와 불교에서 차용한 고문 기술을 동원해 반혁명 분자들을 펄펄 끓는 기름에 빠트리고, 자동차로 치고, 죽을 때까지 독수리들에게 쪼이게 하고, 뱀들에게 산 채로 잡아먹히게 했다. 화장업자의 어머니는 나중에 종이 말한 쌍을 붙여 이 섬뜩한 장면을 가렸다.

입구 쪽 통로가 절반쯤 막힌 이 낡은 건물은 베이징의 8·1봉기 기념관을 닮았다(물론 화려한 포르티코*와 거대한 반원형 창문은 없다). 정면의 장식들은 최근 개혁으로 불어닥친 번영의 여러 단계를 보여주었다. 몇 안 되는 부잣집은 오래된 나무 창틀을 알루미늄 새시와 색유리로 바꾸었다. 어느 국장급 간부는 심지어 뜨거운 공기를 빨아들여서 시원하게 바꾸어 내보낸다는 에어컨까지 설치했다. 대나무 장대에 매달아 창밖으로 내건 옷의 스타일과 상태를 보면 그 집의 경제 수준을 짐작할 수 있었다. 1층의 가정집은 대부분 상점으로 개조되었다. 레이펑 이발소 앞에는 외국 영화배우 포스터가 붙어 있었다.

  어머니는 가부좌를 틀고 앉아서 시신에 입혔던 셔츠를 집어 들었다. 섬뜩한 악취 사이로 화장용 향냄새가 스멀스멀 올라왔다. 이미 세 구의 시신이 거쳐 간 셔츠의 옷깃에서 애프터셰이브(아마도 프랑스 제품일 것이다) 냄새가 났다. 어머니는 옷에 흠집은 없는지, 자기 몸을 점검하는 사람처럼 꼼꼼히 살폈다. 어머니의 민첩한 손가락이 밤새도록 구멍을 깁고 터진 곳을 꿰맸다. 아침이 되자 새 옷으로 둔갑한 셔츠가 선반 제일 꼭대기에 개켜져 놓였다.

  하지만 자수가 놓인 옷은 아직 침대 위에 놓여 있었다. 화장업자의 눈치가 조금만 더 빨랐더라면 어머니가 무슨 생각으로 그 옷을 남겨놓았는지 알아차렸을 것이다.

  (이 부분에 이르렀을 때 전업 작가는 깊은 한숨을 내쉬고 밤하

---

* 기둥 회랑이 있는 지붕.

늘로 시선을 옮긴다. 밤에 보는 빛깔들이 훨씬 매력적이라고 생각하며, 불을 밝힌 창문 안팎에서 들리는 소음에 귀를 기울인다. 낮보다 조용하기 때문에 어느 행인의 구둣발에 자갈 퉁기는 소리와 아이들이 가로등 밑에서 〈레이펑 동지를 거울 삼아 배우자〉를 흥얼거리는 소리도 들린다. 이따금 자전거 한 대가 종을 울리며 어둠 속으로 사라진다. 이 시각으로 접어들면 사람들은 슬프고 신비한 존재가 된다. 사람들이 요리를 하거나 쉬거나 수다를 떨어야 인생의 묘미가 길거리에서 각 가정으로 자리를 옮긴다. 티격태격하는 여자들만 없으면 별을 바라보거나 친구들과 식사를 같이하거나 아니면 데이트하러 나갈 수 있다……)

화장업자는 해질 녘이면 낮 동안 수거한 시신들을 태우기 시작했다. 그렇게 자정까지 일을 한 뒤 옷과 소지품을 챙겨 들고 집으로 돌아갔다. 가끔은 금니나 보석 쪼가리를 들고 가기도 했다. 아침이 밝으면 군용 오토바이를 타고 마을을 빠져나와 얼마 전까지만 해도 뻥 뚫린 벌판이었던 곳에 줄줄이 늘어선 집들을 지나서 변두리에 있는 화장터로 향했다. 화장터는 버려진 양계장 벽돌로 지은 허름한 단층집이었다. 직사각형의 철판 지붕에 우뚝 솟은 쇠통이 굴뚝 역할을 했다. 2인 1조로 움직이는 운송 담당자들이 시신을 수거해 화장터의 시멘트 바닥이나 세 개의 들것 중 한 곳에 떨어뜨렸다. 화장로 안으로 들어간 시신들은 공연장에 들어선 음악 애호가처럼 새로운 환경 속에서 편안해 보였다.
화장업자는 반드시 등록한 날 시신을 수거했다. 그는 장례식 분위기를 잘 알고 있었다. 죽은 사람이 집에 사흘 이상 머물러 있으면 유족들은 곡을 멈추는 정도가 아니라 시신의 존재를 원망하기 시작했다. 유골은 반드시 화장하고 일주일 안에 유족들에게 보내주었다. 그보다 늦으면 유족들이 얼마나 냉랭하게 그를 맞이할지 알기 때문이었다.

가끔은 유족들이 시내 중심가의 사무실로 찾아와(화장업자의 청구서 꼭대기에 적힌 주소를 보고 찾아왔다) 유골을 직접 들고 가는 경우도 있었다. 하지만 뚜껑에 붙은 사진 속 주인공의 유골이 상자 안에 들어 있는 경우는 거의 없었다. 화장업자는 한 시신의 유골을 여러 상자에 나누어 담았다. 유골을 신속하게 배달하려면 이런 식으로 속이는 수밖에 없었다. 아무튼 그가 생각하기에 이 사람의 유골과 저 사람의 유골은 아무 차이가 없었다. 운송 담당자들은 옆구리에서 이런 글귀가 반짝이는 도요타 소형 중고차를 몰고 다녔다.

우리는 타인을 사랑하고, 당을 사랑하고, 조국을 사랑합니다. 우리는 21세기까지 국내 총생산을 두 배로 늘리자는 구호를 사랑합니다. 농민들 속으로 내려갑시다! 변경 지방으로 갑시다! '도취자의 화장터'로 갑시다!

타이어 보강재에는 축구공 크기의 지구본 위에 대규모 군중이 서 있는 그림이 그려져 있었다. 그 밑에 시선을 사로잡는 표어가 있었다. 생산은 높이고! 인구는 줄이고!

한번은 화장업자가 흐느끼는 유족들에게 유골을 전하러 갔다가 이런 말을 한 적이 있었다.

"저는 진심으로 시신을 사랑합니다. 죽은 사람들이 산 사람들보다 훨씬 낫거든요."

또다른 유족에게는 이렇게 말했다.

"중국은 인구가 십이억이에요. 좀 더 많은 사람들이 얼른 죽어주지 않으면 우리나라는 끝장입니다. 그나저나 돌아가신 분이 혁명의 영웅이거나 그랬던 건 아니죠?"

죽은 남자의 계급란에 '프롤레타리아'라고 적혀 있었기에 덧붙인 질문이었다.

화장업자는 고인에게 음악을 추천할 때 가장 놀라운 재능을 발휘했다. 그는 사망 등기부의 직업, 계급, 나이, 성별, 그리고 사진만 봐도 알맞은 음악을 고를 수 있었다. 개혁개방정책으로 물가가 오르자 이에 발맞춰 각 노래의 사용료도 올렸다.

베토벤 〈5번 교향곡〉: 오 위안
쇼팽 〈야상곡〉: 칠 위안(젊은 아가씨와 시인들에게 적합)
차이콥스키 〈비창 교향곡〉: 팔 위안(카라얀 최후의 녹음)
포티에 〈인터내셔널가〉: 일 위안 오 자오
오르프 〈세상을 지배하는 운명의 여신〉: 이 위안(특가. 지식인들에게 인기)

오 자오면 쓸 수 있는 좀 더 친숙한 곡들도 있었다. 흘러간 옛

노래인 〈강물〉〈두 호수에 비친 달〉〈공산당이 없으면 새로운 중국도 없다〉〈샤오바이차이〉*〈당에 내 일생을 바쳤네〉〈레이펑 동지를 거울 삼아 배우자〉도 여기에 해당되었다. 죽은 사람이 소년 선봉대 소속이었으면 〈일요일에 할 수 있는 선행이 많고도 많아〉를 무료로 틀어주었다.

유족들이 곡을 정하느라 애를 먹으면 화장업자는 살금살금 다가와 이렇게 속삭이는 도박을 감행했다.

"따로 빼놓은 테이프도 있어요. 하지만 그건 외화 태환권**으로 값을 치러야 합니다."

이 비밀 리스트에는 영국 록, 미국 컨트리 음악, 에로틱한 프랑스 디스코 음악, 타이완의 팝스타 덩리쥔의 오리지널 홍콩 음반 등이 들어 있었다. 그는 고압적인 말투로 이야기했다.

"중앙정부에서 덩리쥔 테이프를 압수하기 시작했어요. 이걸 가지고 있다 들키는 사람은 오 년 형을 받고, 호적이 말소된답니다."

고객들은 대부분 그의 추천을 받아들였다. 고인의 취향을 몰라서 결정하는 데 애를 먹는 경우도 간혹 있었다. 그는 어느 유족에게 말했다.

"저를 믿으세요. 척 보면 따님이 〈량산보와 주잉타이〉*** 취향인 걸 알 수 있다니까요."

"하지만 처녀였는데."

---

* 小白菜. 청대 말기에 벌어졌던 치정 사건의 주인공.
** 외국인 전용 화폐.
*** 중국판 로미오와 줄리엣에 해당되는 구전설화. 드라마로도 만들어졌다.

유족들이 수군거렸다.

그는 등기부의 사진을 다시 한 번 쳐다보았다. 마흔 줄로 접어든 지 한참 된 여자였다.

"그럼 마음대로 하세요. 〈아베마리아〉도 있고, 〈사랑을 나눌 때 듣는 디스코 음악〉도 있어요. 음악 스타일은 다르지만 하는 역할은 같습니다. 여러분께서 원하는 방식에 따라 고인을 하늘나라 영감님한테 보내는 거죠."

유족들의 학력 수준이 낮았기 때문에 '하느님'이 아니라 '하늘나라 영감님'이라고 했다.

"고인을 처녀로 화장시킬 수도 있고, 그러지 않을 수도 있습니다. 여러분께서 선택하기 나름이에요."

그는 결혼식장의 중매쟁이처럼 점잖은 척 씩 웃었다.

"예전부터 입당이 소원인 아이였어요."

어머니가 슬그머니 웃으며 털어놓았다.

"입당하고 싶어하는 것과 입당하는 것은 전혀 차원이 다른 문제죠."

정치에 관한 한 그는 나이에 비해 훨씬 어른스러웠다.

"하지만 원하시면 〈당이 나에게 새 생명을 주었네〉와 〈사회주의가 좋아〉를 틀어드리죠. 그럼 고인이 아무 여한 없이 눈을 감을 수 있을 겁니다."

얼마 안 있어 화장업자의 서비스가 훌륭하다는 소문이 온 마을에 퍼졌다. 사람들은 죽는 것과 사는 것이 별반 다르지 않다는 사실을 알게 되었다.

그의 화장터에서는 쿵쾅거리는 소음이 그치지 않았다. 그는 개혁개방정책이 시작되자마자 일본에서 제일 처음 건너온 수입품 중에서 카세트 플레이어를 샀다. 여기에는 스피커가 네 개 달려 있었다. 그는 시간이 허락하는 한 유족들이 부탁한 음악을 끝까지 틀려고 노력했다. 하지만 진정한 청중이라고는 도취자들의 살 타는 냄새를 맡고 화장터 바깥마당으로 찾아온 떠돌이 개들밖에 없었다. 이 개들은 마당에 누워 일광욕을 하거나 내다 버린 고인의 옷 사이를 뒤졌다. 가끔 화장터에서 흘러나오는 맛있는 냄새 때문에 광분하여 서로 뒤꽁무니를 쫓으며 마당을 미친 듯이 달릴 때도 있었다.

화장업자는 종종 화장터에서 밤을 보냈다. 여기에서 우리는 그의 직업적인 태도를 점검하고 부도덕한 품행을 분석해야 한다. 서른 살의 노총각은 분명 숨기는 게 있는 법이다. 가장 비정상적인 부분은 그가 고인이 된 여자들을 보고 비탄에 잠기는 것이다. 기공을 연마해 '혜안(慧眼)'으로 화장터 벽을 넘어 그를 관찰해보면, 이 자칭 지도자는 방 안을 왔다 갔다 하다 어느 유력 인사의 발치에서 걸음을 멈추고 아버지의 죽음을 복수하려는 사람처럼 시신을 노려본다. 그는 사망 등기부를 손에 들고 이따금 그들의 정강이를 세게 걷어차며 각 도취자를 혹독하게 심문한다.

어느 날에는 그의 발치에 경찰, 시위원회 서기관, 이 지역 주택관리국 부국장, 은퇴한 공산당 2급 간부, 가도(街道) 사무소[*] 여주

---

[*] 한국의 동사무소와 유사한 기관.

임이 누워 있었다. 하지만 이중 어느 누구도 그에게 위협적인 존재가 되지 못했다. 그들은 지식인과 의사와 피아니스트와 나란히 바닥에 누워 있는 시체일 뿐이었고, 화장업자는 그들을 향해 숨쉴 틈도 없이 저주를 퍼부었다.

죽으면 누구나 똑같다. 만약 이 유력 인사들이 자신이 이런 식으로 학대당할 줄 알았다면 살아 있었을 때 이 건달을 숨아냈을 것이다. 하지만 지금은 화장업자가 마지막 판결을 내리는 동안 조용히 누워 있는 수밖에 없었다. 그는 교통법규를 어겼을 때 오토바이 면허증을 부당하게 압수한 경찰관을 욕했다. 그의 거주 문제를 해결해주지 않은 주택관리국 부국장을 욕하며 이렇게 씩씩댔다.

"너는 심지어 입구 쪽 통로에 만든 창고에서조차 날 쫓아내려고 했지?"

그는 부패한 그들을 호되게 꾸짖었다.

"내가 너희들한테 준 뇌물을 전부 모으면 시골에 대저택을 한 채 샀겠다."

그런 다음 그는 주택관리국 부국장 쪽으로 다시 걸어가 배를 걷어찼다.

"뻔뻔하게 내 창고가 도시 미관을 해친다고 뭐라 했지? 하지만 루마니아 대통령이 공식 방문했을 때 이 마을을 끔찍한 대형 광고판으로 뒤덮기로 결정한 인간이 바로 네 녀석이야."

화장업자는 묵은 빚을 청산하는 중이었다. 루마니아의 차우셰스쿠 대통령이 방문하기로 되어 있던 해, 지방정부는 가장 중요한 거리에 있는 초라한 건물들을 판지로 덮고, 그 위에 깔끔한 집들이 늘어서 있는 벽화를 그리기로 결정했다. 차우셰스쿠 대통령은 차를 타고 눈 깜짝할 사이에 지나갈 테니 깔끔한 인상만 주면 된다는 것이었다. 그 당시 화장업자가 어머니와 함께 살고 있던 아파트도 앞면이 판지로 덮였다. 그 때문에 빛과 공기가 모조리 차단되었다. 판지에 오 미터 간격으로 창문이 뚫렸는데, 공교롭게도 두 사람의 아파트는 건너뛰고 옆집이 해당된 것이다. 지방정부에서는 옆집 사람들에게 커튼을 나누어주며 차우셰스쿠 대통령의 자동차가 지나가는 오 분 동안 걸어놓기만 하면 나중에 가져도 좋다고 했다. 화장업자가 생각하기에 이것은 부당한 조치였다. 옆집 사람들의 출신 성분도 화장업자처럼 정부에서 할당한 직장에 다닐 수 없는 흑오류[*]였으니 말이다. 하지만 커튼을 받지 못한 것은 하찮은 문제에 지나지 않았다. '판지 맨션'이 해체되었을 때 화장업자는 사방이 소란한 틈을 타서 나중에 가구를 만들려고 판지 하나와 널빤지 두 개를 슬쩍했다. 그런데 누가 이 광경을 보고 경찰에 고발한 것이다. 그는 공안국으로 끌려가 몇 시간 동안 심문을 당했다. 그때 그의 나이는 불과 열네 살이었다.

밤이 들자 시위원회 서기관이 신비로운 분위기를 풍기기 시작했다. 화장업자는 일렬로 누워 있는 시신들을 물끄러미 쳐다보며 자부심을 느꼈다. 인간이라면 누구나 살면서 마땅히 누려야 할 권위를 그도 마침내 누릴 수 있게 되었다. 발밑에 누워 있는 시신들

---

[*] 黑五類. 문화대혁명 시기에 숙청 대상이었던 지주, 부농, 반혁명 분자, 범죄자, 우익분자를 뜻한다.

은 눈을 휘둥그레 뜨고 굴욕의 현장을 목격하고 있을 따름이었다.

화장업자는 이타적인 공산당원이 등장하는 연극 〈9품지마관〉을 보고 감동을 받은 뒤 사회정의를 좀 더 염두에 두고 행동하기로 결심했다. 그는 프롤레타리아의 경우 착취하지 않고 곧장 화장로 안으로 넣었다. 심지어 치아를 살펴보지도 않았다(이 마을에서 금니 하나면 한 가족의 일 년 평균수입이었다). 이야말로 진정한 빈부균등, 고진감래의 사례였다. 누가 뭐래도 그가 생각하기에는 그랬다. 아버지의 죽음에 대한 기억이 아직도 생생하다보니 우파나 차에 치여 죽은 사람들에게 특히 친절했다.

그는 길을 걷다가 줄을 서서 버스를 기다리거나 잠깐 걸음을 멈추고 수다를 떠는 사람들과 마주칠 때면 화장터의 풍경을 뇌리에 떠올렸다. 까맣게 탄 살갗에서 올라오는 기름진 연기와 서서히 수축하는 두개골이 생각났다. 그는 노점에서 파는 통닭의 누르스름한 주황색 껍질과 화장로에 들어가기 전, 부드럽고 하얀 여자아이의 얼굴의 차이점에 대해 생각했다. 움직이고 말할 수 있는 살아 있는 사람과 이제는 움직일 수도, 변명할 수도 없는 죽은 사람의 차이점에 대해 생각했다.

시신에 대한 사랑은 날이 갈수록 더욱 깊어졌다. 어머니가 시신이 되면(그래서 그 입이 영원히 닫히면) 얼마나 행복할까 싶었다. 시신들 덕분에 그는 백만장자가 될 수 있었고, 화장터의 비공식 당위원회의 위원장이 될 수 있었다. 시신들은 말도 안 되는 소리를 지껄이는 법이 없었다. 그의 영수증을 뜯어보거나 회계장부를 검사하는 법도 없었다. 그가 어떤 옷을 입든, 어디 살든, 어디로 여행하든 상관하지 않았다. 시신의 숫자가 늘어나면서 그들의 연령과 특징이 다양해졌고, 그들에 대한 그의 사랑도 점점 견고해졌다. 종종 전기가 끊겨 시신이 쌓일 때도 많았지만(한번은 화학 공장의 파이프가 새는 바람에 인근 전답이 오염수로 잠기고 하루 만에 일곱 명이 사망한 적도 있었다. 물론 이 일곱 명은 한꺼번에 그의 화장터로 옮겨졌다), 그래도 그가 생각하기에는 살아 있는 사람이 너무 많고 죽은 사람은 너무 적었다.

어느 정도 시간이 흐르자 그는 사람들이 왜 그렇게 장수하려고 집착하는지 이해가 되지 않았다. 완벽했던 모직 바지의 단추를 하나 잃어버렸다며 어머니가 욕설을 퍼부었을 때(이미 단추가 세 개나 떨어진 바지였고, 놋쇠 분위기를 낸 외국 스타일의 단추라 선전처럼 퇴폐적인 분위기가 기승을 부리는 곳에서나 대체품을 찾을 수 있었다) 어머니가 죽으면 얼마나 차분해 보일까 하는 생각이 번뜩 뇌리를 스치고 지나갔다. 잠을 잘 때 둘 사이에 쳐놓는 빨간색 면직물 너머로 어머니를 빤히 쳐다보았을 때도 이 생각이 났다. '대천세계 충만자비'*라고 어머니에게 알려주고 싶었다. 그는 입을 열었지만, 말이 나오지 않았다.

"여자들이 남자들보다 더 잘 타요."

그는 예전에도 했던 이야기를 반복하면서 이번에는 더욱 집요하게 나갔다.

"시신을 맨 처음 화장로에 넣으면 구운 고기 냄새가 나요."

---

* 大千世界 充滿慈悲. 끝없는 세계가 부처의 자비로 충만함.

그리고 몇 분 뒤면 내장에서 독가스가 나와 구역질이 나지만, 그 부분은 혼자만의 비밀로 간직했다.

"언제 한번 화장터에 와서 구경하세요. '4구 타파 운동'*이 벌어지기 전에 어느 고관 귀인이 앉았던, 덮개를 씌운 안락의자도 있어요. 거기 앉아서 화장로에 들어간 시신들이 직접 고른 음악을 들으며 평화와 기쁨의 세계로 건너가는 모습을 구경하세요."

"사람들이 언젠가는 하늘에서 솜뭉치가 떨어질 거라고 하더구나. 솜뭉치가 떨어지거든 너랑 같이 화장터에 가마."

어머니가 중얼거렸다. 등 뒤 분홍색 벽에 어머니의 그림자가 길게 늘어졌다.

아들은 겁에 질렸다. 어렸을 때 거짓말을 하면 어머니는 항상 거짓말인 줄 알아차렸다. 그는 이제 삼십대인데도 여전히 불안했다.

"저랑 같이 가서 구경하세요. 그냥 그러자는 거예요."

동이 트기 직전에 어머니는 나무 문틈 너머로 밖을 흘끗 내다보았다. 그러다 늙은 고양이처럼 초록색 눈을 번뜩이며 고개를 돌렸다. 아들은 감히 눈을 맞출 수 없었지만, 지금이 얼마나 중요한 순간인지 알 수 있었다. 뭔가 해야 할 시점이었다. 그는 몸을 굴려 자리에서 일어났다.

모자는 이런 식으로 아침이 시작된 데 대해 심란한 얼굴이었다. 아침의 일상이 깨졌다. 평소에는 아들이 빨간 커튼을 젖히면 어머

---

* 문화대혁명 초기에 혁명의 주요 목표로 내건 네 개의 낡은 악습, 즉 구사상, 구문화, 구풍속, 구습관을 타파하려는 운동을 말한다.

니가 손잡이를 밑으로 내리고 앞문을 열었다. 어머니가 난로에 알탄을 넣는 동안 아들은 칫솔을 문 채 연기 자욱한 방을 가로질러서 이를 닦으러 밖으로 나갔다. 어머니가 화로 한쪽으로 요강을 치우면 방 안으로 들어온 아들이 칫솔을 내려놓고 공중화장실로 요강을 들고 갔다. 그런데 오늘은 모든 게 뒤죽박죽이었다. 어찌나 순서가 엉망이던지 그가 치약을 짜는 동안 어머니가 요강 위에 앉아 오줌을 눌 정도였다. 원래 어머니가 일어나자마자 소변을 보는 소리는 그가 반쯤 잠이 든 상태에서 듣던 것이었다.

새로운 무언가가 시작되려는 것 같았다. 그는 이제 행동으로 옮겨야 할 때라는 걸 깨달았지만, 어디에서부터 시작하면 좋을지 알 수 없었다.

지난 이 년 동안 그는 혼자서 인생을 개척했다. 사업은 상상조차 하지 못할 정도로 번창했다. 그가 전기 가마를 산 이유는 마음에 들었고 호기심이 생겼기 때문이었다. 그러다 공중화장실에서 엿들은 대화를 통해 그것으로 시신을 태울 수 있다는 사실을 알게 되었다. 화장터를 차리자마자 펌프에서 물이 쏟아지듯 가마에서 시신들이 쏟아져 나왔고, 그는 펌프의 벨트처럼 계속 왔다 갔다 했다. 이 마을에서는 눈이 오건 비가 오건, 일요일 오후건 수요일 밤이건 날마다 사람들이 죽어나갔다. 일요일이라고 하루 쉬는 법이 없었다. 오히려 죽는 사람이 더 많았다. 특히 여자들은 항상 자살하는 날로 일요일을 택했다. 열여섯 살에서 스무 살 사이의 학생들은 주로 월요일에 죽었다. 중년의 가정주부들은 화요일에 죽었다. 이 뚱뚱하고 살집 좋은 여자들을 혼자 끌고 가야 하니 화장업자 입장에서는 화요일이 최악이었다. 출산 도중에 죽은 아이와 산모들은 수요일과 목요일에 몰렸다. 당 간부들은 금요일에 죽었다. 금요일은 항상 엄숙하고 신경이 곤두서는 요일이었다. 그는 신문의 부고란을 꼼꼼히 살펴 고인이 개혁론자인지 반혁명 분자인지 판단한 뒤 각자에게 걸맞은 준비를 했다. 이십대들은 주로 토요일 밤에 죽었다. 일부는 데이트를 하러 나가다 죽었고, 나머지는 헤어진 뒤 술에 취해 정신을 잃은 상태에서 죽었다. 토요일은 일주일 중에서 가장 로맨틱한 밤이었다. 사랑이 신선한 피처럼 화장터 안으로 밀려들었고, 삐걱거리는 탁자 위에 놓인 카세트 플레이어는 오르프의 〈세상을 지배하는 운명의 여신〉을 밤새도록 힘차게 불렀다.

아들은 벽에서 미끄러져 내려간 어머니의 그림자가 회색 시멘트 바닥을 기어 알탄 난로 속으로 천천히 사라지는 광경을 지켜보았다.

아침이 조용히 지나갔다.

오후가 되자 어머니는 단정하게 머리를 빗고 아들을 따라 밖으로 나섰다. 그녀는 앞문을 잠그고 아들의 오토바이 뒷자리에 앉아 십칠 년 만에 처음으로 외출을 했다(글을 모르는 사람들을 대신해 편지를 써주는 다른 성 출신의 거리의 작가가 몇 주 뒤 이 창고로 이사왔다). 그런 다음 마을을 벗어났다. 평생토록 그녀는 집에서 다섯 블록 이상 가본 적이 없었다.

그녀는 벌써부터 도취자처럼 보였다. 그녀는 이미 수많은 도취자들이 입었던 옷으로 머리에서부터 발끝까지 차려입었다. 화장터로 가는 동안 마주치는 사람들마다 걸음을 멈추고, 죽은 자의 옷을 입은 살아 있는 여자를 쳐다보았다. 그녀는 심지어 종이돈으로 만든 신발까지 신고 있었다. 화장터 사무실의 할머니인 줄 알아보는 사람도 있었다. 두 사람이 마을 변두리에 도착했을 때, 해가 모습을 드러냈다. 하늘은 파랬고, 솜뭉치는 내리지 않았다.

아들은 어머니를 판잣집 안으로 안내하며 물끄러미 쳐다보았다. 이제 보니 어머니도 남들과 똑같은 도취자였고, 더이상 그를 마음대로 주무르지 못했다. 사실상 두 사람의 입장이 바뀐 것 같았다. 이 여자를 '어머니'라고 부르면 머리가 쪼개질 것 같았다. 이 여자는 이제 아무 상관 없는 사람이었다. 서늘한 화장터 속에서 그는 느닷없이 자신감이 생겼고, 앞으로 하게 될 역할을 마음 편하게 받아들일 수 있었다. 그는 바뀔 수 있었다. 어제까지는 주어진 일만 했고, 그 문제에 관한 한 선택의 여지가 없었다. 그는 오로지 어머니의 아들, 당의 아들, 조국의 아들이었다. 늘 조연만 하는, 철두철미한 아들이었다. 하지만 앞에 서 있는 도취자를 쳐다보고 있는 지금 이 순간, 드디어 그녀로부터 독립한 개인임을 느낄 수 있었다. 어떤 개인인지는 아직 알 수 없었다. 그저 교활한 사업가나 자기 만족에 빠져 있는 어둠의 지도자나 죽은 우파의 아들이나 친구들에게 걷어차이고 다니는 아이는 아니라는 것만 알 수 있을 따름이었다.

(인간과 짐승 사이에 분명하게 선을 긋기란 아주 어려운 일이라고 전업 작가는 속으로 생각한다. 무얼 기준으로 삼아야 할까? 어

미 늑대는 자기 새끼들을 구하려고 죽을 수 있지만, 인간은 팔백 위안에 자기 어머니를 판다. 호랑이는 먹이를 놓고 싸우는 과정에서 약한 놈을 불구로 만들지만, 인간은 다른 가족들의 배가 부른 걸 확인할 때까지 쫄쫄 굶는다. 이런 것을 기준으로 선을 그을 수는 없다……)

그는 평생을 어머니와 함께 보냈다. 그는 두 사람의 생존을 위해 개처럼 일했다. 집세와 수도 요금과 가스 요금을 내고, 의무로 할당된 엄청난 분량의 국고채를 매입하고, 개혁개방정책으로 야기된 인플레이션에 대처해야 이 세상에서 살아남을 수 있었다. 예술학교에서 쓰던 전기 가마를 구입했을 때만 해도 그는 어떤 미래가 기다리고 있을지, 그의 어떤 재능이 발휘될지 알지 못했다. 이제 생각해보니 예술적인 감각은 어머니한테 물려받은 것 같았다. 그가 어렸을 때 어머니는 양배추처럼 쭈글쭈글한 얼굴로 원숭이처럼 방 안을 폴짝폴짝 뛰어다니며 〈우리 낭군님은 언제쯤 돌아오실까?〉를 흥얼거리곤 했다. 어머니는 1930년대 이후 유행가라면 모르는 노래가 없었고, 음악에 대한 사랑을 아들에게 물려주었다. (그 우파는 어머니의 목소리에 반해 결혼했고, 길을 가다 차에 치였을 때 머릿속에 행복한 추억들로 가득했다.) 아들은 어머니의 젊었을 때 매력을 흔적조차 찾아볼 수 없었지만, 지금 앞에 서 있는 평범한 여자가 살아 있는 여자들 중에서 지금까지 유일하게 접촉해본 여자였다. 그를 키운 사람이었다. 그런데 오늘 아침에 어머니의 다리 사이로 오줌이 흐르는 소리가 들리고 따뜻한 오줌 냄새가 풍겼을 때 이런 생각이 참을 수 없을 만큼 역겹게 느껴졌다. '아들'이라는 종신형에서 자유로워질 수 없을 거라 생각하고 막 희망을 접으려는 순간, 운명의 여신이 서광을 비춰주었다.

튀긴 찹쌀떡 두 개와 두부 한 사발을 아침으로 해치운 이 늙은 도취자의 묵직한 몸이 이제 드디어 시신의 대열에 합류할 것이다. 그는 앞으로 어떤 절차를 밟아야 하는지 알고 있었지만, 워낙 갑작스럽게 벌어진 일이다보니 우왕좌왕했다. 이제 그는 더이상 자신만만한 지하 당위원회 서기관이 아니었다. 이것은 꿈이 아니었다. 어머니의 몸에서 그의 체취가 풍기는 것마저 느껴질 정도였다. 하지만 입관용 옷을 입은 이 할머니는 연극 배우처럼 묘한 분위기를 풍겼다. 어머니는 편안한 마음으로 상황을 받아들이는 것 같았다. 사무실에 있을 때처럼 모든 게 손바닥 보듯 훤하다고 생각했다. 어머니는 리모컨을 손에 쥐고 아들의 일거수일투족을 시청하는 사람처럼 보였다.

그는 어머니가 바퀴벌레처럼 시신들 사이로 쪼르르 달려가 손과 치아를 살펴보고, 패션 감각을 트집 잡는 모습을 지켜보았다.

"이 여자는 팔찌를 차고 있구나."

어머니가 무릎을 꿇으며 말했다.

아들은 그쪽으로 다가가 죽은 여자의 손목을 들어 팔찌를 살펴본 뒤 홱 잡아 뜯었다.

"이 남자는 나도 아는 사람이야. 허핑 로에 있는 약국에서 일하던 사람이지."

종이돈으로 만든 어머니의 신발이 또다른 시신의 머리에 부딪혀 바스락거렸다. 어머니는 흥분한 얼굴이었다. 아들은 화장로 스위치를 잠깐 올려 전기가 들어오는지 확인했다.

"이 사람부터 태우자꾸나. 이 사람은 내가 어성초를 좋아한다는 걸 알고 있었단다. 만두를 빚을 때 물에 불려서 속에 넣는 그 어성초 말이다."

약사는 〈인터내셔널가〉에 맞춰 화장로 안으로 들어갔다(그는 사후에 중국공산당원으로 인정받았다). 아들이 철문을 잠그자 어머니가 꿈과 호기심으로 가득한 아가씨처럼 눈을 반짝이며 다시 스위치를 올렸다. 훗날 우파로 낙인찍힌 미술교사와 결혼하기 전에 어머니는 자기 아버지가 조금 전에 건물 꼭대기에서 뛰어내렸다는 소식을 자기 할머니에게서 전해 듣고 웃음을 터뜨린 사람이었다. 그때 어머니는 할머니의 눈물을 못 본 척했고, 공산당의 처형이 무서워 고층 건물 꼭대기에서 투신한 상하이의 자본가들을 중앙위원회 지도부가 '낙하산 부대'로 표현한 것만 기억했다. '낙하산 부대'라니 아주 재미있고 적절한 표현이었다.

"이 인정머리 없는 것아!"

할머니는 고함을 지르며 어리고 순진한 어머니의 뺨을 때렸다.

"네 아비가 떨어져서 머리가 박살났는데 웃음이 나오냐?"

할머니의 두 눈이 분노로 이글거렸지만, 어머니가 보일 수 있는 반응이라고는 키득거리는 것뿐이었다. 죽음이 무엇인지 전혀 몰랐던 것이다. 하지만 우파와 결혼하고 얼마 안 있어, 이런 참사가 벌어질 수 있다는 것과 살아남으려면 온갖 재주와 잔꾀를 부려야 한다는 것을 깨달았다. 하지만 어머니는 과거에 연연하지 않는 성격이었다. 굵지만 않으면, 어느 날 이승에서의 삶을 끝내기로 결심할 때까지 이 잔인한 세상을 그럭저럭 헤쳐 나갈 수 있을 것 같았다. 어머니는 고초와 고난을 어쩔 수 없는 운명으로 받아들였다. 게다가 사는 게 너무 쉬우면 지난 몇 년에 걸쳐 계발한 기술이 쓸모없어질 테고, 그러면 죽는 것 말고는 할 일이 없었다. 그런데 만약 죽음이 비극이 아니라 인생을 새로 시작하는 방법이자 탈출구라면 상당히 매력적으로 느껴질 수도 있는 일이었다.

어머니는 안락의자에 앉아 윤기 나는 검은 머리를 빗으며, 죽어서 공산당원이 된 약사가 가마에서 나오길 기다렸다. 자신의 차례가 되면 금 귀걸이를 하는 게 좋을지, 빼는 게 좋을지 고민이 됐다.

아들이 철판을 꺼냈다.

약사는 얼룩 하나 없이 새하얬다. 막 샤워를 하고 나온 듯한 모습이었다. 조그맣고 하얀 뼈에서 은은한 향기가 풍겼다. 살은 사라지고 보이지 않았다. 끔찍할 만큼 두툼했던 입술도 사라진 것을 보고 어머니는 안도의 한숨을 내쉬었다.

"환골탈태했구나."

어머니가 기쁜 얼굴로 하얗고 뜨거운 뼈를 누르며 말했다.

"말끔하고 부드럽죠?"

살이 떨어져 나간 약사는 나이를 초월한 존재가 되었다. 가마 안으로 들어갈 때의 모습을 보지 않았더라면 어린아이나 천국에서 내려온 존재로 착각할 정도였다.

"어머나! 진작 알았더라면 좋았을 것을."

어머니가 가슴을 치며 외쳤다.

아들은 무슨 뜻에서 하는 말인지 알 것 같았다. 아마 어머니는 추도회에 가면 항상 들리는 '영생'이라는 단어를 떠올렸을 것이다. 죽어서 공산당원이 된 약사가 이제 영생의 반열에 오른 것을 깨달은 것이다. 아들이 말했다.
"이제 영생할 수 있게 된 거예요. 천당에 갈지 지옥에 갈지 모르겠지만, 이승으로 돌아오지는 못해요. 살면서 엄청난 실수를 저지른 적도 없으니 더더욱 그렇죠."
그는 카세트 플레이어 쪽으로 걸어가〈인터내셔널가〉를 끄고〈살랑보〉의 아리아 하나를 무료로 틀어주었다.
인간의 껍질을 벗은 약사의 모습을 목격한 기쁨으로 인해 어머니와 아들은 훈훈한 분위기가 되었다. 두 사람은 약사의 뜨거운 몸속에 손을 넣고 죽음이라는 신비로운 기적에 흠뻑 젖었다. 아들은 화장로 철문에 김이 모락모락 나는 살점 한 조각이 붙어 있는 것을 보고— 꼴사나운 실수였다— 당황스러워하며 얼른 쇳조각으로 떼어냈다.
"방금 전에 튼 곡이 뭐니?"
어머니가 사근사근하게 물었다.
"무소륵스키의〈살랑보〉예요."
"무소…… 누구?"
어머니는 현대음악을 전혀 모르는 눈치였다.
"비교적 현대적인 음악이에요."
아들은 무식한 질문에 대해 자세히 설명할 마음이 없었다.
"나 할 때 저 노래를 틀어도 괜찮겠다."

아들은 잠시 머뭇거리다 나지막이 속삭였다.
"옛날 음반도 있어요. 어머니가 부르던 그…… 야한 노래들 말이에요."
"잘됐구나. 하지만 첫 곡은 〈살랑보〉로 해주럼."
"어떤 곡을 틀더라도 눈처럼 하얀 모습으로 가마에서 나오게 될 거예요."
"티 하나 없이? 약속할 수 있니?"
어머니는 약삭빠른 장사꾼과 흥정하는 듯한 말투였다.
"정전만 되지 않으면 그럴 수 있어요."
그는 이렇게 대답한 다음 일종의 직업 정신에서 다시 덧붙였다.
"중년 아주머니들은 누렇게 변하는 경우도 있어요. 그래도 쌀처럼 살짝 누런 수준이에요. 하지만 어머니는 약사보다 더 하얗게 바뀔 수 있도록 최선을 다할게요."
이렇듯 새로운 신뢰가 형성되자 두 사람은 비로소 눈을 맞출 수 있었다. 묵계가 성립된 것이다. 두 사람은 약사의 환골탈태를 목격했을 때보다 더욱 가까워졌다. 예전에 아들은 항상 어머니를 할머니 늑대라고 생각했다. 어렸을 때에는 어머니가 머리에 스카프를 두르면 하얀 귀가 갑자기 튀어나오는 게 가장 무서웠다. 어머니의 콧노래 소리가 들리면 도망치고 싶었다. 어머니가 행복해지면 치마 밖으로 회색 꼬리가 불쑥 나와 좌우로 살랑살랑 움직일까 봐 겁이 났다. 하지만 어쩌면 난생처음 서로의 눈을 들여다보는 지금 이 순간, 그가 공안국에서 심문을 받던 날, 두 사람의 미래가 걸려 있었던 그날보다 훨씬 더 마음이 통하는 것을 느꼈다.

아들이 맹세했다.

"정전만 되지 않으면 정말 예쁘게 태워드릴게요."

이제 흥분이 되었다. 그는 몸을 돌려 구부린 철사로 탁자 틈새에서 덩리쥔의 노래가 담긴 오리지널 홍콩 테이프를 꺼냈다. 덩샤오핑 주석이 특별히 금지시킨 테이프, 그 외설스러운 〈우리 낭군님은 언제쯤 돌아오실까?〉가 담긴 테이프였다. 어머니는 이 노래의 퇴폐적인 코러스를 즐겨 불렀다. "어서 와서 사랑으로 상심한 이 내 가슴속 적막을 떨쳐주오……"

아들은 얼른 시작하고 싶어 좀이 쑤셨다. 그는 어머니에게 품었던 지난날의 분노를 모두 뒤로한 채 어머니의 요구 사항을 들어주는 데 전력을 다했다. 두 사람은 입구 쪽 통로의 창고에서 그랬던 것처럼 서로의 질문에 수박 겉 핥기 식으로 퉁명스럽게 대답하거나 경멸하는 눈빛으로 서로를 쳐다보지 않았다. 이제 두 사람은 하나의 행위를 위해 일란성 쌍둥이처럼 하나로 합쳐진 몸이었다. 두 사람은 안도의 한숨을 내쉬었다. 묵계가 부드럽고 따뜻한 백골처럼 위안이 되었다. 어머니의 얼굴이 모성애로 따뜻해졌다. 젊었을 때는 외설스러운 노래를 부르고, 한 화가를 미치게 만든 눈을 가졌던 여자였다. 그런데 이제 그 눈은 노부인의 얼굴 위에서 부드럽고 온유한 빛을 띠었다. 요즘 세상에는 멸종된 표정이 떠올랐다. 십 년 동안 길을 걸어도 그런 표정은 찾지 못할 것이다(적어도 중국에서는 찾지 못할 것이다. 서양에는 부드럽고 차분하고 온유한 얼굴이 있을지 모른다. 하지만 중국에서는 그런 표정이 멸종되었을 뿐 아니라 그와 비슷한 연민, 동정, 존경의 표정도 사라져버렸다).

창문 너머에서 이 모자를 목격한 사람이 있었다면 그들 안에서 솟아오른 격정이 어느 정도인지 겨우 짐작하는 수준에 그쳤을 것이다. 전날 밤에 화장업자를 찾아왔던 그 고약한 발상이 이제 영광스러운 사명으로 바뀌었다. 그는 뚜껑에 약사의 사진이 붙은 상자를 가지고 와서 유골 일부를 그 안에 털어 넣은 다음 창문을 열고 나머지를 버린 뒤 다시 창문을 닫았다(하루는 깜빡 잊고 창문을 열어놓는 바람에 밖에서 어슬렁거리던 떠돌이 개들이 몰래 안으로 들어와 바닥에 누워 있던 열두 명의 도취자 중 절반을 먹어치운 적이 있었다). 그는 뜨거운 철판을 축축한 천으로 닦고, 카세트 플레이어에 테이프를 넣었다. 모든 게 질서정연했고, 모든 게 계획대로 흘러갔다. 이제 어머니가 철판에 눕기만 하면 끝이었다.

"이제 준비 다 됐어요."

그가 다정하게 말했다.

어머니는 죽어서 공산당원이 된 약사가 그랬던 것처럼 철판 위에 반듯이 누웠다. 그런 다음 두 손을 양쪽 옆구리에 자연스럽게 놓고, 시선을 천장에 고정시켰다. 아들이 막 화장로 스위치를 올리려는 순간, 어머니가 손을 들고 말했다.

"음악 틀어라!"

"아, 맞다."

그는 몸을 뒤로 기울여 작동 버튼을 누르고 서곡이 끝나길 기다렸다가 〈살랑보〉의 아리아에 맞춰 철판을 서서히 화장로 안으로 밀어 넣었다. 종이돈으로 만든 신발이 제일 나중에 들어갔다.

신발 바닥에 잿빛 유골 부스러기와 반짝이는 압핀이 붙어 있는 게 보였다.
"전기 요금 청구서는 국고채 밑에 있다!"
외설스러운 노래가 막 울려 퍼지려는 순간, 어머니가 화장로 안에서 외치는 소리가 들렸다. 그는 한마디 대꾸도 없이 머리를 뒤로 쓸어 넘기고 철문을 쾅 닫았다.

자살하거나 표현하거나

　수원은 열여섯 살 때 처음으로 무대에 올랐다. 문화대혁명의 절정기였고, 그녀는 자신이 연기하는 혁명 여전사들에게 모든 청춘과 열정을 바치기로 결심한 몸이었다. 그녀는 국민당의 감옥에서 총살당한 용감무쌍한 활동가 장제와 일본 침략군에게 목이 잘린 공산주의 순교자 류후란을 연기했다. 그런가 하면 국유 양 떼를 지키려다 동상에 걸려 발을 잃은 여자 목동의 노래를 부르고, 사악한 자본주의자 지주를 총검으로 찔러 죽인, 두려움을 모르는 농민 지도자 우징화의 춤을 추었다.
　하지만 개혁개방정책의 바람이 이런 혁명 여전사들을 날려버리자 수원은 길을 잃었다. 그녀는 변해가는 시대에 맞춰 도덕관념의 고삐를 좀 늦추려 했지만, 연이은 사랑의 실패로 움찔했다. 그녀는 서서히 현실감각을 잃고 안으로 침잠했다. 존재의 중심을 찾아가 삶의 끝에는 무엇이 있는지 확인하고 싶었다.

처음에 수원은 혼자 죽을 생각이었지만, 관객이 없으면 자신의 연기를 알아봐주는 사람이 아무도 없다는 게 두려웠다. 조만간 이글거리는 화장로 안의 새하얀 뼛가루 더미로 변할 거라는 생각이 들자 가슴이 뻐근했다.

죽는 순간에 눈물을 한 방울도 흘리지 않으면 어떻게 될까? 그녀는 자신의 반응이 어떨지 짐작할 수 없었다. 마지막 숨을 쉰다고 상상하자 시든 꽃에서 떨어지는 마른 꽃잎처럼 터무니없는 생각들이 머릿속에서 나풀거렸다. 뱃속 깊은 곳에서 웃음이 터져 나왔다.

그녀의 인생은 잡지에서 옮겨 적은 다음 찢어서 바닥으로 내동댕이친 격언 모음집 같았다. 이 격언들은 그녀에게 힘과 지혜를 주었다. '현인은 바보의 가면을 쓰고 있어야 한다'는 식으로 그녀를 가르쳤다. 그녀는 이런 격언들과 함께, 여자의 약점을 조롱하는 밀란 쿤데라의 작품 속 문구들을 옮겨 적었다. 그러면서 혼잣말로 중얼거렸다.

"이 사람은 여자들을 증오하나봐. 우리가 없으면 이 세상이 훨씬 살기 좋아질 거라는 식이네. 건방지기도 하지! 하지만 오늘 내가 한 바보 같은 짓을 생각하면 이 사람의 주장이 맞는 것 같기도 하고."

그녀는 백 년을 산 기분이었다. 지금 벌어지는 모든 일들이 과거에 있었던 사건의 지루한 반복처럼 느껴졌다. 어느 날, 그녀는 자살하려는 어떤 여자를 주제로 극본을 쓰기로 결심했다. 그런데 아무리 객관적인 시각을 유지하려고 애를 써도 자꾸 자기 이야기를 하게 됐다. 그녀는 그 극본을 쓰는 한편, 날마다 배우로서 무대 위에서 죽어야 했다. 그 중압감을 견디기란 쉽지 않은 일이었다. 이렇게 스트레스에 시달리던 어느 날, 새로운 아이디어가 떠올랐다. 죽었다 살아나 다시 한 번 자살하는 설정을 극본 속에 넣기로 한 것이다.

일단 구상이 잡히자 그녀는 책상에 앉아 다시 원고를 써내려갔다. 먼저 현재 남자친구―시립 박물관에 근무하는 화가였다―와 예전에 알고 지냈던 몇몇 남자들을 섞어 남자 주인공의 틀을 대강 잡았다.

남자 주인공의 키와 체격은 남자친구보다 조금 크게 설정하고, 감수성이 풍부한 성격과 오랜 실연의 역사를 의미하는 음울한 목소리를 부여했다. 그런가 하면 울퉁불퉁하고 담뱃진이 밴 치아 사이로 여러 최신 잡지에 잔뜩 등장하는 상스러운 용어와 표현들―아이큐, 정신적인 각성, '피를 흘리는 이 내 심장', '입에 담기도 불결한', '여자 뒤꽁무니를 쫓는' 등―을 내뱉게 했다. 그녀가 생각하기에는 이런 남자가 완벽한 남자였다.

실제로 이런 남자는 차갑고 오만하고 그녀를 전혀 배려하지 않았다. 하지만 극본상에서는 그녀의 머슴이 되었다. 메스를 들고 마음 내키는 대로 해부하고 분해할 수 있는 고기였다.

그녀는 남자 주인공에게 알맞은 위치를 부여한 뒤 혼자 슬그머니 웃으며 펜을 놓았다. 그녀도 알고 있다시피 대인 관계에서는 먼저 위치를 정하는 게 중요하다. 이것은 그녀와 남자 주인공뿐 아니라 이 행성에 존재하는 사십억 인구 모두에게 해당되는 말이다. 먼저 위치를 정하지 않으면 어떠한 인간관계도 불가능하다. 사전에 각자의 지위를 알지 못한 채 대화를 나누면 아무것도 이루지 못한다. 차라리 혼잣말을 하는 게 나을 것이다.

그녀는 펜을 다시 들기 전에 공책을 뒤적이며 남자 주인공에 대해 적어놓은 두세 개의 문구를 읽어보았다.

그는 피곤해 죽겠다고 앓는 소리를 하며 침대에 누워 있다. 모두 연극이다. 내가 다가가면 쓰러뜨려 덮치려는 것이다. 어젯밤에 사랑을 나눌 때 사정을 하지 않았기 때문에 지금 내 몸이 절실한 상황이다.

그는 다리가 하나 없는 개와 함께 살기 시작한 뒤로 나에 대한 관심이 줄었고, 인생을 대하는 시각이 어른스러워진 것 같았다.

그녀는 이런 문구들이 아련하게 느껴졌다. 지금 읽어보니 깊은 잠에서 깨면 떠내려가버리는, 희미하고 어렴풋한 꿈 같았다. 그녀는 써놓은 이야기와 실제로 벌어졌던 일들을 분리해 생각하기가 힘들었다. 하지만 일찍부터 자기 자신을 여자 주인공이자 단 한 명뿐인 관객으로 설정해놓은 참이었다.

점차 그녀는 극본 속의 여자 주인공이 그녀의 삶을 점령했거나, 어찌어찌하여 현실 속에서도 여자 주인공 — 건방지게 남들에게 이렇게 살아라, 저렇게 살아라 가르치는 낙제생 — 처럼 되어버렸음을 느끼기 시작했다. 그녀의 또다른 자아는 또다른 고통으로 괴로워했고, 현실 속의 그녀가 다른 사람들과의 관계에서 어느 위치에 서야 하는지 파악하지 못하게 만들었다. 그녀는 불안한 생활에서 도망치고 자유로워지고 싶었다. 수면제를 아무리 많이 먹어도 의식을 잃는 일은 없었다. 나중에는 하이데거의 작품을 뒤적이며 복잡한 심사를 풀어보려 했지만, 두세 권을 간신히 읽어보니 하이데거가 그녀보다 훨씬 머릿속이 복잡한 사람이었다.

그녀는 더이상 선택의 여지가 없음을 깨닫고, 자살을 통해 생을 마감하기로 정말 마지막 결단을 내렸다.

"사람들이 모두 사이좋게 지낼 수 있으면 얼마나 좋을까!"

그녀는 애정과 연민의 대상인 화가에게 가서 말을 걸고 싶었다. 하지만 그는 다리가 하나 없는 개를 돌보기 시작한 뒤로 그녀에 대한 관심을 잃은 것 같았다. 지금 그녀가 할 수 있는 일이라고는 극본을 쓰고, 그를 이야기 속으로 편입시키고(그의 의사와는 상관없이), 그를 위해 스스로 목숨을 끊어 영혼의 공허함을 채우는 것밖에 없었다.

그녀의 극본은 당혹스러웠다. 그녀의 인생과 극본이 거의 흡사했기 때문에 뭐라고 써놓았는지 다시 읽어보기가 두려웠다. 극본을 다시 읽는 것은 과거로 되돌아가는 것이나 다름없었다. 극본 속의 자아는 그녀의 온갖 특징과 경험들로 얼룩져 있었다. 그녀는 극본 속의 여자를 '나'라고 부르는 데 점점 익숙해지기 시작했다.

몇 주가 지나자 그녀는 끈적끈적한 인생의 혼란 속에서 순수하고 투명한 포도주로 증류되어 엷은 공기 속으로 증발하는 순간을 기다리며 발효되어가는, 오래된 포도송이가 된 듯한 심정이었다.

'질은 지독하게 부패한 댄스 플로어다.'

그녀는 공책에 이렇게 적었다.

생각들이 지난 십 년을 거슬러 올라갔다. 아마 화가는 이 댄스 플로어에 가장 오랫동안 머문 파트너였을 것이다. 전업 작가, 헌혈자, 연극대학 동기 등 다른 남자들도 가끔 등장했지만, 탱고나 지그 하나를 춘 다음 뒷자리로 물러섰다. 이렇게 사소한 인물들까지 극본에 넣기는 싫었지만 기억에서 지울 수가 없었고, 결국에는 그들 모두 이렇게 저렇게 극본 속에서 제자리를 찾았다. 극본과 실생활 사이에서 끊임없이 요동치는 동안 그녀의 머리는 점점 더 혼란스럽고 초조해졌다.

극본을 쓰지 않으면 공허함이 새벽에, 한낮에, 특히 여름 오후에 그녀를 집어삼켜 기운을 잃게 했다. 글쓰기가 시간 낭비에 대한 변명이 아닐까 하는 생각도 들었다. '내가 완성한 모든 게 무미건조하고 의미 없다'고 몇 번이나 혼잣말을 적고 또 적었는지 모른다.

그래도 그녀는 글을 계속 써야 했다. 자신의 행동을 통제할 방법은 거의 없었지만, 어떤 식으로든 자신이 그 행동들을 하고 있다는 것을 자각하고는 있었다. 전업 작가가 몰래 자신의 이야기를 쓰는 게 아닌가 하는 의구심이 들자 불안감이 가중되었다.

"이건 신이 저지른 실수다. 신이 이 모든 괴로움의 원흉이다."

그녀는 극본에 대고 이렇게 울부짖었다.

"신은 왜 나에게 이런 벌을 내리는 걸까? 처음에 나는 신의 거짓말 속에서 살았고, 나중에는 내 거짓말 속에서 살았다. 이제는 이 모든 것조차 거짓말에 불과한 건 아닌지 확신이 없다. 남들도 모두 그럴 거라 생각하는 수밖에 없다. 당신은 내게 왜 거짓말을 하느냐고 묻겠지. 그러면 나는 거짓말하지 말아야 하는 이유가 뭐냐고 물을 수밖에. 당신은 신의 거짓말을 아직 한 번도 경험하지 못했느냐고."

조금 진정이 되면 그녀는 고개를 숙이고 잠시 생각하다 연극의 무대 디자인을 고민했다.

그녀는 공책에 이렇게 적었다.

'무대의 배경은 판지 한 장으로 만든다. 소품실에 시계가 있으면 건다. 없으면 그리되 반드시 시곗바늘을 붙인다. 시계가 정각을 알리면 소품 담당자가 얼른 판지 뒤로 달려가 분침을 11로 돌려놓는다(어디까지 돌려야 하는지 알 수 있도록 시계 뒤에 표시해놓는다).

의상: 여자 주인공은 얼마 전 〈개방신문〉에서 비판한 시폰 잠옷을 입고 있어야 한다. 회관의 당 서기관이 허락하면 윗단추 세 개를 풀고 소매를 조금 걷어올린다. 이 문제는 개방의 정도에 맞춰 결정한다. 의자는 4인방 타도 운동 이전의 물건이어야 한다. 당 서기관은 여자 주인공이 유산계급 해방이라는 사악한 발상으로 오염돼 있고, 혁명적인 스타일의 의자에 어울리지 않은 인물임을 알고 있어야 한다. 모퉁이의 탁자는 모조품이어도 된다.'

그녀는 책상 위에 쌓인 원고 더미에서 몇 장을 꺼내 큰 소리로 읽기 시작했다. 그녀의 분신인 수수에게 리랴오와 싱이 찾아오는 장면인데, 리랴오와 싱은 각각 전업 작가와 헌혈자를 모델로 삼은 인물이다.

계팡구 아트센터 위쪽에 자리 잡은 배우용 숙소의 조그만 독방.

리랴오: (문을 두드린다) 수수! (다시 문을 두드린다) 나야! (수수가 의자에서 천천히 일어나 문 쪽으로 걸어간다) 식당에서 두 시간이나 기다렸어. 무슨 일이 생긴 줄 알았다고.
(리랴오가 방 안으로 들어와 의자 옆에 선다. 쭈글쭈글한 얼굴이 호두를 닮았다. 수수는 시선을 피하며 가슴 위로 팔짱을 낀다)
리랴오: 어떻게 된 거야? (그녀의 어색한 표정을 알아차린다)
수수: 좀 전에 싱이 다녀갔어.
리랴오: 그런데?
수수: 좋다고 대답했어. 그 사람이랑 결혼하겠다고.
(이 부분에서 리랴오를 맡은 배우가 즉흥 연기를 해도 좋지만, 의자를 넘어뜨리면 안 된다)
리랴오: 우리 지금까지 거의 일 년을 만나는 동안 말다툼 한 번 한 적 없잖아. 그런데 왜 그 친구하고 결혼하겠다는 거야?
수수: 사실, 당신을 사랑하지 않아.
리랴오: 하지만 날 사랑한다고 했잖아.
수수: 그래서? 왜 내가 한 말을 다 믿어? 당신 입으로 그랬잖아. 여자들은 진실을 이야기할 줄 모른다고.
리랴오: 당신의 말과 행동이 다른 데 익숙해져버렸어. 솔직히 말하면 그런 게 매력적으로 느껴지기 시작했어.
수수: 미안해. 여자들은 설탕이 아니라 소금으로 만들어진

존재야.

수원은 대본을 침대로 들고 가서 자리에 누웠다. 아래층의 리허설 룸에서 아트센터 오케스트라가 악기를 조율하는 소리가 들려왔다. 그녀는 한 손으로 담배에 불을 붙이고 대본을 계속 읽는다.

리랴오: 어떻게 그 친구하고 결혼할 수 있지? 정말 그 친구가 나보다 낫다고 생각하는 거야? 그 친구는 똑바로 서봐야 당신 어깨에 닿지도 않잖아. 돈이 있어서, 외화 태환권이랑 달걀 배급표로 주머니가 두둑해서 그런 거야? 아니면 장난치는 거야? 이것도 연극인 거야?

오케스트라 소리가 느닷없이 점점 커졌다. 지진이라도 난 것 같았다. 그 굉음 위로 소프라노 한 명의 경박한 노랫소리가 들렸다.
"꽃처럼 아리따운 아가씨들. 젊은 청년들이 어찌나 유쾌하게 바라보는지!"
수원은 더이상 자기 목소리를 들을 수 없었다. 그녀는 "이것도 연극인 거야?"를 몇 번이고 목청껏 외쳤지만, 대사가 음악 소리에 묻혔다.
한 음을 내려고 애를 쓰는 프렌치 호른과 트럼본 소리가 들려왔다. 북소리가 어찌나 우렁찬지 마룻바닥이 흔들리고 책상 위의 낡은 스탠드가 깜박일 정도였다. 그녀는 벽에 걸린 액자 속 하얀 고양이의 눈이 파란색에서 빨간색으로 바뀐 것을 알아차렸다.

리랴오: 내가 뭘 잘못한 거지?

수수: 묻지 마, 묻지 마. (이제는 거의 고함을 지르는 수준이지만, 표정은 여전히 침착하다) 오늘은 이쯤에서 끝내. 난 오래전부터 당신을 사랑하지 않았어. 당신을 사랑한다고 말한 건 일시적인 감정에 휩쓸려서 그런 거니까 무효야.

리랴오: 지금 하는 말은 유효한 거고?

수수: 응.

리랴오: 못 믿겠어! 지금까지 골백번도 더 들은 소리잖아.

(두 사람은 서로 사납게 노려본다. 수수의 사나운 표정이 꽃무늬 잠옷과 어울리지 않는다. 소품 담당자는 시계가 정각을 알리면 분침을 11로 돌려놓을 준비를 해야 한다)

수수: 늦었어. 이제 그만 가봐.

(리랴오가 요란하게 퇴장하려는 순간, 싱이 방 안으로 들어온다. 이 남자는 왜소하고, 안색이 시체처럼 창백하며, 양복과 단화 차림이다. 후줄근한 셔츠에 너덜너덜한 운동화를 신은 리랴오는 그 옆에 있으니 노숙자 같다. 싱이 몸을 구부리더니 가방에서 선물을 꺼내 두 손으로 수수에게 건넨다)

싱: 당신을 위해서 준비한 선물이야. 양담배.

수수: 고마워. 신발 안 벗어도 돼. 들어와, 어서 들어와!

"이 아름다운 우리나라. 내가 나서 자란 곳. 이 광활한 대지에서⋯⋯"

소프라노가 숨을 쉬느라 잠시 멈춘 사이 수원은 다시 고함을 질렀다.

"들어와, 들어와!"

소프라노가 "아아아아" 하고 마지막 부분을 토해내고 북소리가 미친 듯이 절정으로 치닫는가 싶더니 느닷없이 마술 같은 정적이 방 안에 드리워졌다. 어떤 사람에게 난생처음 알몸을 보인 뒤 찾아오는 안도감과 비슷한 정적이었다. 수원은 속삭임 수준으로 목소리를 낮췄다.

리랴오: 언제 이 친구의 프러포즈를 받아들인 거지?
수수: 한 시간 전에.
리랴오: 그런 거였군.
수수: 내 인생은 내가 선택할 권리가 있는 거잖아?
리랴오: 그렇지. 하지만 거짓말을 할 권리는 없어.

"거짓말."

수원은 '그 사람이랑 결혼하겠다고'라고 쓴 부분을 북북 지웠다. 사실 그녀는 이 두 남자를 모두 사랑하지 않았다. 두 남자와 관계를 가진 이유는 화가의 질투심을 자극하고 관심을 유도하기 위해서였다. 하지만 그 당시만 해도 연기가 상당히 미숙했던 때라 그녀는 자신의 역할을 제대로 이해하지 못했다. 사실 그녀가 원한 건 여성으로서의 매력을 마음껏 발산하고, 거짓말의 거미줄로 남자들을 꽁꽁 묶는 게 전부였다. 이 세상에서 거짓말은 불가피하고 가끔은 아주 유익한 도구이다. 남자들은 여자들이 화날 때만 우는 줄 알지만, 여자들은 눈물이 오줌처럼 쉽사리 흐른다는 사실을 잘 알고 있다.

그녀는 눈물을 닦고 펜을 내려놓은 다음 거울에 비친 자신의 모습을 물끄러미 쳐다보았다. 평균보다 조금 큰 키, 지나가는 모든 남자들의 시선을 사로잡을 만큼 크고 검은 두 눈. 그녀 입장에서 미모는 남자들한테나 쓸모 있고 그녀에게는 귀찮은 것이었다(사람들이 더이상 그녀를 쳐다보지 않으면 당황스럽겠지만). 그녀는 일찍부터 접근하는 호색한들을 뿌리치는 데 많은 에너지를 소모해야 했고, 그 결과 살면서 했어야 하는 더욱 중요한 일들을 놓치고 말았다.

하지만 극본을 쓰면 자신감이 생겼다. 극본 작업을 하다보면 과거의 남자들이 그녀를 댄스 플로어에 남겨둔 채 구석 자리로 물러났다. 그녀는 드디어 주인공이 되어 고개를 꼿꼿이 치켜들고 앞으로 당당하게 걸어갈 수 있었다. 구름 위를 둥둥 떠다녔다. 이제는 예전에 만났던 남자들이 하나같이 시시하게 느껴졌다. 잠자리를 함께하고 난 뒤 그들이 짓던 의기양양한 표정은 역겨웠다. 그녀는 한 번의 만남이 끝날 때마다 사랑은 언제나 실패로 끝난다고 속으로 중얼거렸다.

그녀는 극본 한 귀퉁이에 끼적였다.

"네가 뭔데 잘난 척이야? 이 한심한 놈아!"

어느 날 밤, 그녀는 극본 뒷면에다 화가에게 보내는 편지를 썼다.

자기야, 이제 우리가 헤어질 때가 된 것 같아. 내가 얼마나 사랑했는지 당신은 과연 알 수 있을까? 인생이라는 환영 속에서 당신 하나만 진짜야. 자살로 입증되는 사실이 하나 있다면 내가 낙오자라는 것과 나에게 남은 게 아무것도 없다는 거겠지. 당신과 함께 있었을 때 내 두 손은 사랑의 꽃잎들로 가득했지. 아무 생각 없이 그 꽃잎들을 허공으로 던졌더니 바람에 쓸려 날아가 버렸어.

연극과 현실 속의 인물들이 그녀의 진을 빼놓았다. 그녀를 소재로 글을 쓰고 있는 전업 작가가 어떤 미래를 구상해놓았을지 궁금해졌다. 표면상으로는 평온하지만 안으로는 불안한 이런 상태가 계속되자 그녀는 언젠가 텔레비전에서 보았던 두 배우와 비슷한 심리가 되었다. 텔레비전 속의 두 배우는 묵직한 문어 분장을 하고 화면을 가로질러 헤엄쳤다. 겉보기에는 너무나도 편안한 듯 천천히 움직이는 두 사람의 내면의 고통을 그녀도 느낄 수 있었다. 그녀는 현재 중년의 시작을 예고하는 평온한 분위기 속에 살고 있었다. 이제 시간이 없으니 그녀나 전업 작가가 얼른 이야기를 끝내 망각 속으로 사라지고 싶은 마음뿐이었다.

하지만 작품 속 주인공과 애착 관계가 형성되자마자 조금 신이 났다. 그녀는 글쓰기가 무의미한 허영심의 발로이며, 몇몇 사람과 사건을 이어 붙여 자신의 인생을 좀 더 재미있게 포장하고 있을 따름인 것을 알지 못했다. 그녀는 연극 속 주인공 역할을 맡았고, 자신의 눈을 통해 남자들이 얼마나 어리석고 순진한 사람들인지를 확인했다. 이렇게 한심한 인간들이 『인민 독재정권 소고』와 『장제스의 몰락』을 읽으며 자란 세대의 여자들 중에서 '우아한 동반자'를 찾을 수 있을지 의심스러웠다. 요즘 여자들은 썩었다. 『마오쩌둥 선집』을 읽으며 자란 여자가 교양 있고 우아하고 세련되길 기대할 수는 없는 일이었다.

그녀는 혼잣말을 끼적였다.

'남자들은 우리에게 이런 치장을 강요한다. 그들은 사랑에 빠지면 보석을 선물하고, 근사한 옷을 입히고, 우리의 가는 손가락으로 그들을 마음대로 주무르도록 허락한다. 우리의 미소 뒤에 숨겨진 천박한 생각들을 절대 간파하지 못한다. 내 모든 취향과 사상이 그들의 입맛에 맞게 만들어진다. 그들은 우리에게서 탄생시킨 여자와 사랑에 빠진다.'

텔레비전 다큐멘터리에 소개되었던 늑대 인간이 생각났다. 그 프로그램이 방영되고 며칠 뒤 늑대 인간이 그녀 앞에 다시 나타났다. 서로 부둥켜안은 남자와 여자 사이에서 불쑥 튀어나온 것이다. 이후에도 늑대 인간은 두 벽돌집 사이, 꼬마 여자아이의 모자챙 아래, 버스 안, 쇼윈도의 유리창 뒤에서 몰래 밖을 엿보곤 했다. 늑대 인간은 네발로 기어 다녔다. 그녀는 늑대 인간이 언젠가 극본 사이에서 튀어나오는 게 아닌가 싶어 겁이 났다.

작품 속 주인공이 무슨 일인가를 계획 중이라는 생각이 그녀의 머릿속을 서서히 맴돌기 시작했다. 무슨 일인지는 사후에야 알 수 있었다. 그녀는 현실에서는 한 번도 겪어보지 못한 상황들을 만들어(나중에 알고 보면 과거에 겪었던 사건들의 변형이었다) 그 속에 주인공을 등장시켰다. 이렇게 해야 심신을 분리하고, 그 상태에서 자기 자신에 대해 새로운 사실을 터득하고, 사람들이 자신을 어떻게 대하는지 깨달을 수 있었다. 그녀는 늑대 인간처럼 으슥한 모퉁이에 웅크리고 앉아 자기 자신을 예의 주시했다.

그녀가 맨 처음 깨달았다시피 과거에 연출했던 천진한 태도는 모두 엉터리였다. 그녀는 끊임없이 머리를 굴렸고, 상큼한 꽃향기나 파란 하늘에 취해 있었을 때에도 항상 한쪽 눈은 동그랗게 뜨고 있었다. 심지어 창작에 몰입한 순간에도 그 눈을 감을 수 없었다. 그녀는 여자가 감추고 싶어하는 추악한 모습들을 연극 속에서 서서히 공개했다. 작고 하얀 치아 뒤에 숨어 있는 입 냄새, 자연스럽게 얼굴 위로 흘러내린 것 같지만 실제로는 넓은 광대뼈를 가리기 위해 늘어뜨린 머리, 무식함을 가리기 위해 동원하는 침묵, 납작한 가슴을 감추려고 입는 헐렁한 옷들. 이런 비밀들을 폭로하자 한줄기 서광이 보였다. 자살을 시도한 직후에 반짝이는 그 신비로운 빛이 보였다.

2막의 첫 장을 탈고했을 때 그녀는 극본을 완성할 수 있겠다는 자신감이 생겼고, 자기 자신을 좀 더 자세히 들여다보기 시작했다. 먼저 그녀는 남자들의 몸짓, 체열, 끈적끈적한 체액, 몸 속 장기에서 나는 소리와 냄새에 대해 스스로 어떤 반응을 보였는지 분석했다. 어떤 남자의 시커멓고 지저분한 고환, 다리 사이에 매달려 있던 그 쭈글쭈글한 물건을 처음 보았을 때가 생각났다. 그러자 그 남자가 어떤 식으로 그녀를 눌렀고, 그 남자의 끔찍한 소용돌이 모양의 살덩어리가 그때까지 용도를 몰랐던 한 구멍을 어떤 식으로 갑자기 채웠는지도 생각났다. 그녀는 그 남자와 자고 난 뒤, 이제는 두 번 다시 수줍어하거나 순결한 몸이 될 수 없다는 사실을 깨달았다. 다음번 남자가 그녀의 허벅지에 끈적끈적하고 하얀 체액을 덕지덕지 칠했을 때에는 더럽혀지고 폭행당한 기분이 들었다. 이제 그녀는 더이상 어린아이가 아니었고, 다른 여자들처럼 보이려면 기름때 묻은 천으로 몸을 닦인 기분이 들어도 웃으며 걸어 다녀야 했다. 그녀도 이제 다른 사람들처럼 연기를 시작해야 할 때가 된 것이었다. 인간이라면 누구나 감정을 숨기고 살아나가는 방법을 배워야 했다.

세월이 흐르면서 그녀는 남자들이 흘리는 그 끈적끈적한 액체와 그들의 다양한 움직임에 익숙해졌다. 길을 걸을 때는 고개를 꼿꼿이 쳐들고 당당하게, 관계 중에는 몸을 앞뒤로 흔들며 열심히, 밥을 먹을 때는 쩝쩝 소리를 내며 시끄럽게. 그녀는 남자들의 잔인함과 약점을 터득했고, 그들의 발과 더러운 운동화 냄새, 치아에 남은 담뱃진의 악취에 익숙해졌다.

그녀는 이렇게 적었다.

'그들은 내 모든 부분을 침범했다. 내 순결을 원하면서 그걸 존중해주지는 않았다. 나는 그들의 사랑을 바랐지만, 그들은 성기를 꺼내 내 위에 정액을 뿜어내고는 그만이었다. 그들은 내 모든 꿈을 짓밟았다. 이제 나는 어디에서 사랑을 찾을 수 있을까? 그들이 모든 출처를 오염시켜놓았는데. 그들에게 순결을 빼앗겼다고 해서 알몸으로 누워 내 모든 구석을 내보여야 하는 걸까? 연기를 하지 않으면 무슨 수로 사랑을 찾을 수 있을까? 남자들은 개와 다를

게 없다. 다리를 들어 오줌을 싸면 그 땅이 자기 것이 되는 줄 안다. 내 본모습을 감추지 않으면 여자답게 조신하고 우아한 것을 바라는 남자들의 욕망을 무슨 수로 충족시킬까?'

자살 계획을 발전시켜나가는 와중에 미래의 모습이 살짝 느껴지자 침착해지는 동시에 다급해졌다. 그녀는 자신의 심리 상태를 알아차리는 사람이 있을까봐 신경 쓰였기 때문에 외출할 때는 항상 인생을 열렬히 사랑하는 여자처럼 차려입었다.

"모든 고통은 인간이 만든 거야."

그녀는 이런 말로 자기 자신을 위로했다.

"심장이 마비되어야 비로소 극도의 혼란에 다다를 수 있어. 자살은 절망을 영원히 치료할 수 있는 유일한 해결책이지."

그녀는 자신의 탄생이나 죽음에 대한 상념을 용납하지 않았다. 그녀의 탄생과 죽음은 서로 길은 다르지만 이르는 곳은 같았다.

자연스럽게 연극을 끝낼 수 있는 방법이 자살이라는 결론이 내려지자 그녀는 지금까지 작업한 원고를 모두 찢고 처음부터 다시 시작했다. 새로 쓰는 단막극을 통해 그녀의 인생이 찬란하게 마감되었으면 하는 바람이었다. 그녀는 이것으로 상심한 가슴이 달래지길 바라며 한때 그 존재를 믿었던 사랑 앞에 새로운 작품을 바쳤다. 그녀는 '개방 클럽'에 전화를 걸었다. 개방 클럽은 개혁정책 이후 등장한 전위적인 인물들로 득실대는 곳이었다. 그녀는 인생 최후의 클라이맥스를 장식하는 무대로 이 클럽을 빌리고 싶었다.

신축한 클럽 한가운데에는 대형 농구 코트가 있었다. 관중석 아래층에는 탁구장, 연습실, 상점, 장애인 협회 사무실, 퇴역 간부용 클럽, 가족계획 센터, 만혼 전문 결혼소개소, 빅토리 비스킷 아웃렛, 세무서가 있었다. 클럽 안을 걷다보면 청년 실업자, 기업 간부, 예술가, 매일 밤마다 이 클럽의 가수와 춤을 추는 난쟁이 두 명, 예쁜 모델을 물색 중인 화가, 백마 탄 왕자님을 찾아 나선 여자들이 눈에 띄었다.

 몇 개월 전에 이 클럽은 개방정책 이후 이 마을에서 처음으로 미인대회를 열었다. 젊은 아가씨들이 무대 위를 활보하자 그들의 허벅지, 젖꼭지, 배, 발가락, 등, 엉덩이에서 싱그러운 향기가 흘러나와 경연장을 가득 메웠다. 미인대회 1부는 제9차 전국인민대표회의에서 발표된 헌장에 관한 퀴즈로 진행되었다. 육 개월 동안 헌장을 공부하고 모든 문제를 맞힌 사람이 최종 우승자가 되었다. 마지막 관문은 수영복 심사였다. 미인들이 무대 위에서 춤추듯 움직이는 동안 뒤에서 합창단이 노래를 불렀다.

 "공산당 중앙위원회의 지시에 따라 강으로, 호수로, 바다로 가서 심신을 단련하세……"

 클럽 안에서는 해외여행을 온 듯한 분위기를 만끽할 수 있었다. 모두들 의기양양한 표정을 짓고 대자로 활보했다. 관중석 아래층 상점에서는 속옷 차림의 외국 여자들 사진으로 포장된 미국 비누와 담배를 팔았다. 비누는 판매용이 아니라 손님을 끌어들이기 위한 전시용이었다. 젊은 남자들은 살 게 있는 사람처럼 상점 안으로 들어가서 유리 카운터 위로 고개를 숙이고 금발 여인의 부드러운 어깨를 물끄러미 쳐다보다가, 두근거리는 심장을 달래며 풍만한 가슴과 그 가슴을 덮은 살색 브래지어 쪽으로 시선을 움직였다. '유산계급 자유화' 반대 운동이 벌어질 때마다 정보국과 선전부 검열반이 이 포장지를 심사했지만, 번번이 검열을 통과했다. 이 포장지는 외설과 건강미의 경계선상에 있는 물건이었다.

클럽의 비디오방과 커피숍에서 사람들은 외화 태환권과 물품 교환권을 맞바꾸었다. 이 클럽은 암거래의 중심지가 되었다. 이곳에 오면 땅콩기름과 경유 교환권, 개방정책 이후 도입된 국채를 구할 수 있었다. 외국 관광객들만 갈 수 있는 '요우이 상점' 이용권 한 장이면 영화공사에서 매달 한 차례 실시하는 '내부 시사회' (소수의 간부들이 작품을 '감상하고 평가하는' 자리였다) 티켓 두 장과 바꿀 수 있었다. 새롭게 연애를 시작한 사람의 경우, 이 티켓 두 장이면 화끈한 하룻밤을 보장받을 수 있었다. 내부 시사회용 영화는 아직 중앙위원회의 검열을 거치지 않은 작품들이니 어떤 장면들이 담겨 있을지 미루어 짐작할 수 있을 것이다. 커피숍에 가면 리튬 건전지와 말보로 담배, 양주 한 병과 자전거, 『채털리 부인의 사랑』과 『금병매』 2부, 국채 백 장과 네스카페 한 병, 1등급 쌀 교환권과 금발의 수영복 모델이 있는 광고를 맞바꿀 수 있었다. 뿐만 아니라 미국 내 모든 대학교의 지원서와 주소 사본을 비롯해 베이징 소재 미국 대사관 직원의 명단과 전화번호부도 입수할 수 있었다. 손톱만큼이라도 '외국 냄새'를 풍기는 물건은 모두 그렇듯 이런 거래도 외화 태환권으로 이루어졌다. 외화 태환권 한 다발과 구매 허가증 몇 장만 있으면 경비의 제지 없이 요우이 상점을 자유로이 출입할 수 있었다. 운이 좋으면 그 안에서 외국인들과 어깨를 비비며 그들이 풍기는 유산계급의 향기에 취할 수 있었다.

수원도 알다시피 화가는 그 안에서 개최되는 여러 가지 경연대회와 미인대회를 구경하러 개방 클럽을 자주 드나들었다.

그녀는 클럽 사장과 약속을 잡고, 시간에 맞춰 사무실로 찾아갔다. 클럽 사장은 중국인민해방군 소속 고위 간부의 아들이었다. 그는 턱이 작아서 원숭이처럼 보이는 사십대였지만, 끊임없이 출몰하는 미간의 주름살로 미루어 보았을 때 개방정책의 선봉장이었다. 그는 아버지가 반역자 펑더화이* 장군의 부하였다는 이유로 문화대혁명 당시 감옥신세를 졌다. 그의 양쪽 손목은 이때 찬 수갑 때문에 못쓰게 되었고, 당시 이모가 외국에 살고 있었기 때문에 스파이로 지목되어 더욱 심한 고문을 당했다. 하지만 개방정책이 실시된 이후에는 해외의 연줄과 주머니 가득한 외국 태환권 덕분에 마음 내킬 때마다 요우이 상점을 자유롭게 들락거릴 수 있었다. 아버지가 사후 복권되자 그는 보상금으로 클럽을 건립하고, 새로운 직업에 엄청난 열정을 쏟아 부었다.

수원은 자리에 앉으며 이야기를 꺼냈다.

"이 클럽의 〈우리 모두 행복하게〉 쇼에 참여하고 싶어요. 이 마을 역사상 가장 참신한 공연을 보여드릴게요."

"졔팡구 아트센터 출신이죠?"

"일본에서 아주 인기 있다고 여러 신문에 소개된 공연이에요."

---

* 彭德懷(1898~1974). 중국공산당의 군사 지도자. 1954~1959년에 국방장관을 역임했으며, 마오쩌둥의 군사, 경제 정책을 비판해 해임되었다.

사장은 외제라면 사족을 못 쓰는 사람답게 수염을 금발로 염색했다. 작고 검푸른 그의 눈은 동서양이 아름다운 조화를 이루는 곳이었다. 이 눈이 지금은 평균치보다 풍만한 수원의 가슴 쪽을 향하고 있었다.

"제 공연은 이 클럽 최고의 티켓 판매율을 기록할 거예요."

그녀는 침착하게 말했다.

"당신 공연을 본 적 있소."

애국적인 양치기로 열연했던 그녀의 모습이 사장의 머리를 퍼뜩 스치고 지나갔다.

"수익 배분은 바라지 않아요. 공짜표 한 장만 주시면 돼요."

"어떤 공연을 계획 중이오?"

사장은 그녀가 어떤 대답을 하든 관심 없었다. 그저 대화를 계속하기 위해 꺼낸 미끼였다. 사실 〈우리 모두 행복하게〉의 프로그램은 이미 몇 개월 전에 확정된 상태였다.

"배경음악으로는 어떤 것들을 가지고 계신가요?"

그녀가 물었다.

"검열을 통과한 공연이라 하더라도 내년까지 기다려야 할 것 같은데."

"안 돼요. 사흘 안으로 무대에 올려야 해요."

그녀는 수입 안경테 너머의 작은 구슬 같은 두 눈을 빤히 쳐다보며 말했다.

"그러니까 어떤 공연이오?"

"자살극이에요."

"자살극?"

난생처음 들어보는 공연이라 사장은 말을 멈추고 잠시 생각에 잠겼다.

"일본에서 건너온 최신작이란 말이지."

"예. 여러 잡지에 소개된 적도 있어요."

"정말로 누가 죽는 거요, 아니면 행위 예술이오?"

사장이 안경을 벗으며 물었다.

"관객 앞에서 실제로 자살하는 거예요."

말로 표현했더니 어찌나 밋밋하게 들리는지 실망스러울 정도였다.

날은 무더웠고, 수원의 어깨를 덮은 솜털이 땀에 절어갔다. 피부에 빨간 두드러기가 돋았고, 가슴이 묵직하고 불편하게 느껴졌다. 살짝 늘어진 뱃살이 꼭 조이는 하얀색 치마 위로 밥 한 덩어리처럼 불룩 솟았다. 아랫도리가 시큼한 액체로 축축해지자 그녀는 늘씬한 장딴지를 드러내며 다리를 꼬았다.

"죽음을 맞이하는 당신을 보고 관객들이 무대 위로 달려가서 구하려 들지 않을까?"

사장이 그녀의 몸에서 풍기는 우유 냄새를 들이마시며 물었다.

드디어 연극이 그녀의 현실을 앞질러 나가기 시작했다. 집으로 돌아간 그녀는 공책을 꺼내 면담 도중에 나눈 대화를 모조리 기록했다.

사장: 먼저 자살방지 센터에 가서 등록해야 할 텐데.

수수: 그곳 직원들은 이미 저를 알아요. 게다가 그 사람들도 일이 너무 많아서 당장 죽고 싶을 걸요!

사장: 그냥 자살하는 척하면 어떻소? 처음부터 정말 자살할 필요는 없잖소.

수수: 이제 어느 누구도 진짜와 가짜를 구분하지 못해요. 제가 지금까지 자살 연기를 한 게 몇 번인데, 그러지 않으면 무슨 수로 용케 속일 수 있겠어요?

사장: 나는 감옥에 갇혀 있는 사 년 동안 자살을 생각한 적이 한 번도 없는데.

수수: 저보다 연세가 많으시잖아요. 현대적인 의식도 부족하고. 외국에는 이미 누드 해변이 있는 거 아세요?

(사장은 머나먼 외국 땅의 이 엄청난 소식을 듣고 놀라서 말을 못한다. 그는 자리에서 일어나 무대 왼쪽에서 오른쪽으로 걸어간다. 배경으로 깔리는 디스코 음악 소리가 점점 커진다)

사장: 어느 대학 나왔소?

수수: 사범대학이요. 정치학을 전공했어요.

사장: 이 나라 최고의 고등교육기관 아닌가? 우리 아들도 그 대학 출신이오.

수수: 고등교육기관이 아니라 학생들을 가두어놓고 제 분수를 알도록 가르치는 학교예요.

사장: 교수진이 훌륭하던데.

수수: 간수라는 표현이 더 정확하죠.

사장: 죽는 건 무서운 일이오.

수수: 선생님, 저는 추수가 끝난 보리밭을 본 적이 있어요.

(그녀는 고개를 세게 젓는다. 그녀의 격렬한 표정은 처음 사장실로 들어왔을 때 애원하는 분위기를 풍기던 것과 극적인 대조를 이룬다. 그녀는 담배에 불을 붙여 한 모금 깊게 빨고, 콧구멍에서 연기가 새어 나오자 몽롱한 미소를 짓는다)

사장: 회사에서 '선생님'이라는 호칭을 써도 된다는 공지는 받은 적이 없는데.

수수: 국빈 만찬에서 덩 주석이 '선생님'이라는 호칭을 썼는데 못 들으셨나요? 제가 죽더라도 달라지는 건 아무것도 없을 거예요. 숨쉴 수 있는 공기도 여전하겠죠. 이승에서 한 줌 먼지에 불과하다는 사실을 알고 계신다면 자살이 개인적으로 처리할 수 있는 문제가 아니라는 것도 아시겠죠. 관객이 필요하다는 것을요. 오늘 뵈러 온 단 한 가지 이유가 그 때문이에요. 단순히 제 목숨을 끊어서 되는 문제라면 이렇게 수고할 필요도 없겠죠.

사장: 남자친구하고 얼마 전에 헤어지기라도 한 거요?

(배경막에 조명이 비쳐, 색칠한 하늘 위로 저녁노을을 연출한다)

수수: 공연에 대해 말씀드리려고 찾아온 거예요. 이제 가야겠네요.

사장: 클럽에서 커피 한잔 마시자고 청해도 될는지?

수수: 공연 이야기를 계속하신다면야.

사장: 유언장을 써놓았고, 공연에 사회주의 문명은 진보하고 있다는 메시지가 담겨 있다면……

수수: 무대 위에서 죽게 해주세요! 약속하실 거죠?

사장: 어떤 공연인지 아직 잘 모르겠는데. 정확히 어떤 내용이오?

수수: 동물원에서 호랑이를 한 마리 빌릴 거예요. 그 호랑이가 무대 위에서 저를 쫓아다니고, 저는 도망 다니다 결국 호랑이한테 물려 죽는 거죠.

사장: 호랑이가 무섭지 않은가?

수수: 호랑이띠이긴 하지만, 당연히 남들처럼 호랑이가 무섭죠.

사장: 정말 대단하군! 원하는 대로 해드리지. 나도 호랑이띠요.

수수: 그럼 저보다 스물네 살 많으시겠네요.

이때 사장이 갑자기 정신을 차렸다. 그는 맞은편에 앉은 '죽은' 사람을 빤히 쳐다보며 물었다.

"공연료는 얼마를 생각하고 있지?"

"필요 없어요. 아무 대가 없이 제 목숨을 내놓을 거예요. 만약 제 몸 중에서 관심 가는 부분이 있으시거든 오늘 밤에 마음껏 활용하세요. 내일이면 쓸모없어질 테니까요."

사장의 이마에 파였던 주름살이 순식간에 사라졌다.

사흘 뒤, 개방 클럽 출입구 기둥에 지금까지와는 전혀 다른 공고가 나붙었다.

세계에서 가장 혁신적인 공연이 오늘, 우리 클럽에서 열립니다. 이름 하여 자살극! 고도의 선진국, 일본에서 수입된 이 연극은 일본의 하라키리*에서 아이디어를 차용했습니다. 공연이 끝나면 자살 희생자의 가슴에서 모든 고독이 사라집니다. 현재 일본에서는 관객 앞에서 죽게 해달라는 신청이 1997년까지 마감되었다고 합니다. 오늘 밤에 출연하는 배우는 수원 동지입니다. 수원 동지는 가난한 농민 출신으로 꽃다운 나이의 극단원이자 눈이 부시도록 아름다운 미모의 소유자입니다. 이 매력적인 아가씨가 스스로 목숨을 끊는 광경을 목격하고 싶으신 분들은 서둘러 표를 구입하시기 바랍니다!

공연 요금: 일 위안

공연 시각: 6월 4일 새벽 3시

그날 밤, 클럽은 구경하러 몰린 수만 명의 관객들로 인산인해를 이루었다. 매표소에서 표를 사는 데 성공한 사람들은 인파를 헤치고 들어가 열 배 값을 받고 되팔았다. 여러 종류의 즉석 노점들이 우후죽순으로 등장했다. 한 남자는 이런 팻말을 내걸고 나일론 점퍼를 팔았다. '매표소까지 파고들 때 이 나일론 점퍼를 입으면 좋습니다.' 그의 접이식 탁자에 얹혀 있던 운동복 윗도리들은 눈 깜짝할 사이에 매진되었다. 잠시 후 나일론 점퍼를 사 입은 사람들이 빨간 바퀴벌레처럼 인파를 헤치고 움직이는 광경이 목격되었다. 매표소에서 간신히 빠져나온 사람들은 하나같이 몸집이 반으

---

* 할복자살을 의미한다.

로 줄어 있었다. 표를 산 사람들 중에서 운 나쁜 다섯 명이 발밑에 깔렸다. 끄집어냈을 때는 이미 네 명이 숨을 거둔 상태였다.

 수원은 농구 코트에 마련된 무대 위로 오르면서 대강의 내용을 재빨리 머릿속으로 훑어보았다. 관객들이 어찌나 우레 같은 박수갈채를 보내던지 확성기에서 흘러나오는 〈산에 가야 호랑이를 잡을 수 있다네〉 노래가 묻힐 정도였다. 뒷발로 서서 무대에 입장한 호랑이가 객석을 향해 앞발을 흔들었다. 그러자 한 무리의 운동선수들이 당당하게 무대 중앙으로 성큼성큼 들어섰고, 관객들은 계속 환호성을 지르며 휘파람을 불었다. 수원은 깨끗하고 하얀 운동복 차림이었다. 오른쪽 귀에는 조화가 꽂혀 있었다. 피부는 하얀 옷과 대비되면서 장밋빛으로 보였다. 그 방면에 정통한 사람들은 파란색 운동복 가두리를 보고, 외화 태환권으로 오십 위안이 넘는 수입 옷임을 알아차렸다. 국내에서는 그렇게 선명한 파란색 가두리가 달린 바지가 생산되지 않았다.

 그녀는 올림픽에서 이기고 돌아온 중국 여자 배구선수들처럼 미소 띤 얼굴로 좌우를 둘러보았다. 안타깝게도 호랑이는 다른 쪽을 보고 있었기 때문에 그녀의 자신만만한 미소를 알아차리지 못했다. 박수 소리가 점점 커지는 가운데, 수원은 객석을 살피며 화가를 찾았다. 그의 자리가 어디인지는 알고 있었다. 어제, 그녀는 시립 박물관으로 찾아가 그에게 표를 건네며 단독 공연을 한다고 알렸다. 어떤 공연이냐고 묻기에 자살극이라고 대답했다. 그는 웃으면서 "아주 재미있는 공연이 될 것 같다"고 했다. 그녀는 객석을 다시 한 번 살핀 끝에, 어쩔 줄 몰라하는 그의 두 눈을 포착할 수 있었다.
그녀는 속으로 중얼거렸다.

'내가 또다시 거짓말을 하거나 장난을 치는 거라고 생각하고 있겠지. 호랑이의 이빨이 내 몸을 관통하면 그제야 후회하겠지. 하지만 그때는 이미 엎질러진 물일걸? 내 발이나 귀가 없어지는 게 보이면 당황스럽겠지. 그러면 정신이 들 거야. 호랑이가 덮치는 순간, 나를 구하려고 철망으로 된 우리를 넘어서 달려올 거야.'

그녀가 다시 한 번 손을 흔들자 화가도 손을 흔들어주었다. 객석의 소음이 서서히 잦아들었다. 순간, 공연에 대한 의욕이 사라졌지만 직업적인 본능이 그 자리를 대신했다. 그녀는 십이 년의 배우 생활 덕분에 침착하고 우아하게 무대 중앙으로 다가갈 수 있었다.

그녀는 크게 심호흡을 한 번 한 다음, 클럽 사장과 의논 끝에 마련한 공연을 개시했다. 〈군민어수정〉* 노래가 울려 퍼지자 그녀는 사랑하는 인민해방군 병사들의 옷을 빼는 흉내를 내기 시작했다. 머리의 절반은 무언극 생각이었지만, 나머지 절반은 호랑이 생각이었다. 빨래 널기가 끝나면 춤을 추며 병영으로 돌아갈 차례이고, 그러면 호랑이―인면수심을 한 '계급의 적'―가 덤불 속에서 뛰쳐나와 그녀를 물어뜯을 것이다. 그녀가 숨을 거둔 뒤 호랑이는 붙잡힐 것이다. 하지만 경찰 본서로 향하던 어느 용감한 인민해방군 병사가 달려와 호랑이의 등에 총검을 꽂는 것으로 그녀의 원수

＊ 軍民魚水情. 군과 민의 관계가 물고기와 물처럼 친밀하다는 뜻.

를 갚아줄 것이다. 병사들은 수원이 잡아먹힌 자리에 영웅비를 세우고 〈인터내셔널가〉를 부를 것이다.

대강의 내용이 머릿속에서 휙휙 지나가는 동안 스텝이 점점 꼬였다. 얼마 안 있어 그녀는 씩씩한 노래 리듬에 맞춰 위아래로 까딱이는 일본 꼭두각시나 다름없게 되었다. 빨래하는 동작이 전혀 그럴듯하지 않았다. 대본에 따르면 이제 치맛자락을 들고 깨끗한 물이 담긴 양동이 속에 군복을 담근 다음 전설상의 영웅 우송이 『수호전』에서 호랑이와 싸울 때 그랬던 것처럼 힘차게 방망이로 두드릴 차례였다. 그런데 그녀의 움직임을 공격 신호로 잘못 해석한 호랑이가 소름 끼치는 포효를 내뱉었다. 리허설은커녕 공연 전에 호랑이를 볼 시간도 없었으니 그녀는 동작 대부분을 즉흥적으로 만들어내야 하는 상황이었다.

그녀는 작은 스텝(지역 무용대회에서 이 스텝으로 2등상을 받은 적도 있었다)으로 무대를 깡충깡충 가로질러 호랑이에게 점점 가까이 다가갔다. 그러면서 자기 주변을 뱅뱅 돌라는 뜻으로 호랑이에게 손짓했지만, 갑작스러운 움직임에 놀란 호랑이는 뒤로 세 걸음 펄쩍 물러섰다. 음악이 다시 쾅쾅 울려 퍼지자 그녀는 이것을 신호 삼아 사랑하는 인민해방군의 빨래하는 기쁨을 노래로 표현하기 시작했다. 그녀는 두 발을 앞뒤로 나란히 놓고 엉덩이를 위아래로 흔들었다. 속에서 열불이 솟았다.

'왜 이렇게 꾸물대는 거야?'

그녀는 어떻게 되고 있는지 뒤를 돌아보지 않기로 했기 때문에 속으로 이렇게 중얼거렸다.

'종이 호랑이 같으니라고!'

그러자 호랑이가 별안간 앞으로 몸을 날리더니 대본상의 계획보다 훨씬 일찍 그녀의 가슴께를 덮쳤다.

관객들은 수원이 정수리에서 볼록 솟은 작은 뿔 두 개를 동원해 맹수와 악전고투하는 광경을 지켜보았다. 앞줄에 앉은 사람들 귀에는 그녀가 비명을 지르며 내뱉는 대사까지 들렸다.

"인민해방군 병사들의 군복은……"

그녀는 호랑이에게 물린 빨래를 도로 빼앗으려고 안간힘을 썼지만, 호랑이는 거센 공격을 멈추지 않았다. 사랑하는 인민해방군 병사들의 등장을 예고하는 음악이 울려도 아랑곳하지 않았다. 계약서에 따르면 호랑이는 그녀의 온몸을 집어삼켜도 법적으로 아무 문제가 없었다. 호랑이는 그녀의 머리를 물어뜯으려다 뿔에 걸리자 포기하고 한쪽 팔을 집어삼키기 시작했다. 사형집행이 잠깐 연기된 이 순간, 그녀는 호랑이의 다리 사이로 고개를 길게 빼고 경악하며 소리 지르는 관객들을 빤히 쳐다보았다. 호랑이의 몸에 눌리지 않은 한쪽 다리는 아직 자유롭게 움직일 수 있었다. 그녀는 그쪽 다리를 들고 운동복 바지 옆쪽에 적힌 영어를 물끄러미 쳐다보았다. '외국으로 나갈 때는 반드시 흰옷을 입을 것! 들리는 소문에 따르면 외국 길거리는 공원만큼 깨끗하다고 함.' 잠시 후, 뿔이 달린 머리 말고는 움직일 수 있는 부분이 아무 데도 없게 되었다. 다른 곳은 호랑이에 눌려 모두 으스러졌다.

그녀는 호랑이의 눈을 똑바로 응시했다. 그 녀석 때문에 눈 위에 핏자국이 생기지 않았다면 그녀의 집 벽에 걸린 장난감 호랑이

(예전 남자친구한테 받은 생일 선물이었다)보다 훨씬 선명한 얼굴 위의 반점을 볼 수도 있었을 것이다. 호랑이는 그녀의 살점 속으로 파고들면서 그녀의 눈을 빤히 들여다보았다. 놀랍게도 그녀는 씹히는 기분이 좋았다. 이런 기분은 처음이었다. 관객들이 공포의 비명을 질렀다. 호랑이는 그녀의 가슴에 대고 피 묻은 입을 닦더니 고개를 들고 소란스러운 객석을 흘끗 쳐다보았다. 수원은 이 틈을 타서 화가가 앉은 쪽으로 고개를 돌렸지만, 한심한 뿔 때문에 시야가 가려졌다.

호랑이는 그녀가 도망치려는 줄 알고 다시 발톱으로 세게 눌러 숨이 막히게 만들었다. 그녀는 화가를 향해 중얼거렸다.

"자기, 사랑해. 이제 거짓말이 아니었다는 거 알겠지? 내 인생을 다시 시작하고 싶어."

호랑이가 허리 아래쪽을 물어뜯는 게 느껴졌다. 이제는 움직일 수 없는 몸이니 호랑이가 내장부터 꺼내 남자들의 관심이 가장 집중될 부분을 가려주기를 바라는 수밖에 없었다. 그녀는 얼굴에 묻은 피를 털어내고, 창밖의 하늘을 보고 싶은 마음에 고개를 들었다. 하지만 그녀의 시선이 멈춘 곳은 하늘이 아니라 연단 아래 걸린 빨간 깃발 속 표어였다. '네 가지 기본 원칙을 견지하여 중국만의 사회주의를 건설하자.' 이때, 멍하니 무대를 쳐다보며 얼어붙은 듯이 표어 아래쪽에 앉아 있는 화가의 모습이 보였다.

"사랑한다."

그녀가 빈정거리는 기색 없이 호랑이에게 말했다. 그리고 일 초 뒤, 사지가 잘린 몸뚱이의 나머지 부분이 뻣뻣하게 굳었다.

작가가 입을 연다.

"주님, 우리를 가엾이 여기소서."

작가가 말한다.

"모든 죄에는 대가가 따르기 마련일세."

"인간은 누구나 응분의 상이나 벌을 받게 되어 있지."

헌혈자가 거든다.

"상이든 벌이든, 자네와 나는 이번 생에서 받았으면 좋겠군."

"그녀가 자살했을 때 자네도 객석에 앉아 있었나?"

작가가 허리를 펴며 묻는다.

"누가 언제 자살했을 때 말인가?"

"그 여자 말일세."

작가는 차마 그녀의 이름을 말하지 못한다. 그의 네모난 거실은 가재도구가 사방 벽을 따라 쌓여 있어 잡화점처럼 보인다. 가구로는 궤짝 두 개, 회전의자 하나, 플라스틱 걸상 하나, 작가협회에서 준 접이식 책상 하나, 소파 한 쌍이 있다. 그는 거실이 좀 더 깔끔하게 보일 수 있도록, 이전 세입자들이 벽지를 찢어놓은 부분에 하얀 원고지를 붙였다. 벽에 걸린 그림이라고는 예전 여자친구한테 받은 어느 소녀의 데생 한 장뿐이다. 이제 보니 그림이 예전처럼 근사하게 느껴지지 않는다. 지금 이 방에 여자 하나와 가구 몇 점이 추가되면 조금 더 아늑한 분위기가 될 거라는 생각이 든다. 그는 앉은 채 몸을 돌려 카세트 플레이어에 다른 테이프를 넣는다. 베르디의 〈진혼곡〉이 방 안을 가득 채우고, 소프라노의 노랫

소리가 천장에 가서 닿는다. 그는 털썩, 의자 속으로 다시 몸을 묻는다.
"그 여자 말일세."
그가 볼륨을 살짝 올리며 다시 한 번 말한다.
헌혈자는 자리에서 일어나 왔다 갔다 걷기 시작한다. 너무 많이 먹은 모양이다. 허리를 펴자 키가 조금 더 커 보인다.
"자네가 생각하기에는 우리 둘이 서로를 잘 아는 것 같은가?"
작가는 헌혈자를 흘끗 쳐다보고 이렇게 대답한다.
"여자에 대해서보다 서로에 대해 더 잘 알고 있지 않나 싶은데."
그는 몸을 돌려 볼륨을 다시 낮추고 한숨을 내쉰다.
"상심한 남자는 여자들과의 관계 속에서 치료를 받아야 하는 법이지."
"청혼을 하다니 바보 같은 짓이었어."
헌혈자는 담배를 한 모금 빨고, 잔에 재를 턴다.
"그녀가 자네하고 사귄 이유를 나는 지금도 모르겠어."
작가가 말한다.
"우리 둘이 더 잘 어울리지 않는가 말일세. 관심사도 비슷하고, 취향도 비슷하고. 심지어 얼굴도 닮지 않았나. 하지만 자네를 좀 보게. 키는 작고 대머리에 학벌도 없지, 매너도 없지……"
"이제는 지나간 일일세. 잊어주게나. 우리, 친구 아닌가. 여자들이 뭐가 중요하겠나. 어떤 인물이냐에 상관없이 기댈 남자만 찾는 족속인데. 한 남자의 자질에 대해 신경 쓰는 사람은 친구들뿐이지. 여자들은 환경의 소산일세. 가난한 자를 동정하고, 부유한 자에게 빌붙지. 우리 둘이서 그녀의 이런 욕망을 채워주었던 걸세."

"그러니까 자네는 물질적인 욕망을 충족시키고, 나는 정신적인 욕망을 충족시켰다는 거로군."

헌혈자는 담배를 눌러 끄고 고개를 숙인다.

"그녀가 왜 그런 짓을 했을까?"

"내가 볼 때는 그녀가 그때까지 목숨을 연명한 게 놀라운 일일세. 무슨 수로 그 오랜 세월을 버틴 건지."

대답을 마친 작가는 손에 묻은 기름을 닦고 속으로 중얼거렸다. 우리는 바깥세상과 격리된 채 정신적인 진공 속에서 자랐지. 허무한 세대. 이 나라가 개방되었을 때 제일 먼저 쓰러진 세대. 지금은 외국 문물이 유일한 종교인데, 우리는 그걸 이해하거나 그 가치를 인식할 방법이 없어. 반세기가 지나고 정신을 차려보니 느닷없이 현대라는 숲 속인데, 지도도, 나침반도 없는 꼴이지. 독재 정부 때문에 마비된 사회인데, 이 현대적인 세상 속에서 무슨 수로 길을 찾을 수 있을까? 우리는 혼자서는 제대로 생각하지 못하고, 기준점도 없고, 이해할 수 없는 곳에서 길을 잃은 심정이지. 낮은 자존감을 감추려고 피상적인 오만함의 가면을 쓰고 있지.

두 친구는 탁자 위에 놓인 빈 달걀 껍데기와 뼛조각들을 물끄러미 쳐다본다. 이런 순간이 찾아올 때마다 두 사람은 이제 방구석으로 물러나 낡은 안락의자를 하나씩 차지하고 앉아야 하는 시점이 되었음을 깨닫는다.

"현실 속의 여자를 작품에 등장시키겠다고 고집하는 이유가 뭔가?"

헌혈자가 묻는다.
"하나 만들어내는 게 훨씬 쉬울 텐데."
그는 자리에서 일어나 포도주 한 병을 들고 한쪽 안락의자로 걸어간다. 아직 병 속에 포도주 몇 방울이 남아 있다. 작가가 남은 안락의자에 몸을 묻고, 두 사람은 벽에 머리를 기댄다. 두 사람은 단둘이 있을 때 종종 이런 자세로 친밀감에 대한 두려움을 극복한다. 친구가 대답하기도 전에 헌혈자가 덧붙인다.
"그녀를 잊지 못하는 거, 나도 알고 있어. 그 화냥년. 죽어 마땅한 여자였지."
"왜 그렇게 심한 소리를 하는 건가?"
작가의 부은 얼굴 위로 분노의 빛이 스치고 지나간다.
"내가 그 여자와 만나기 시작했을 때 자네 둘은 이미 끝난 사이였어. 적어도 계속 티격태격하고 있었지."
"자네 기준에서는 티격태격하면 끝난 사이인가?"
작가는 수원이 두 번 다시 만나지 말자고 했던 날을 떠올린다.
"물론이지. 내가 누누이 이야기했다시피 여자들하고는 서서히 멀어지는 게 가장 바람직하다네. 자네가 그 여자한테 채었을 때 이제 손 떼라고 일렀건만, 자네는 나 몰래 계속 그 여자를 만났지. 일은 그렇게 된 걸세. 우리 모두에게 책임이 있어."
"그럼 자네가 생각하기에 사귀는 여자하고 헤어질 때 가장 바람직한 방법은 뭔가?"
작가가 빈정거리며 묻는다. 그는 수원이 화가의 질투심을 자극하겠다는 단 한 가지 목적 아래 그들 두 사람과 사귄 것을 속으로 알고 있다.

"콘서트나 극장에 데리고 가야지."

"그렇겠지. 하지만 그럴 만한 여유가 되는 사람이 거의 없지 않은가."

작가는 고개를 돌리고 속으로 생각한다. 수원과 나는 둘 다 천성과 상반된 길을 따라갔고, 그 결과 출발했던 지점으로 되돌아오는 수밖에 없었다. 남자들은 질투심을 감추지만, 여자들은 행동으로 표출해야 한다. 그녀를 망가뜨린 게 우리 둘이었을까? 그녀는 정말 실존했던 걸까? 그녀에 대한 나의 기억은 이따금 사랑의 빛으로 반짝이는 깨진 유리 조각 같다.

"그녀, 미인이었다고 생각하나?"

한참의 침묵을 깨고 작가가 묻는다.

"길거리에 지나다니는 예쁘장한 여자들보다 훨씬 예쁘다고는 할 수 없었지."

헌혈자가 새 담배에 불을 붙이면서 대답한다.

"여자들은 현실적인 동물이야. 내 앞에 서 있는 여자가 싸늘한 무표정을 짓고 있으면 그 길로 당장 헤어져야 해."

"그녀의 눈은 거짓말을 한 적이 없어."

작가가 말한다.

"여자들은 남자를 갖고 싶을 때에만 눈을 반짝이지. 일단 손에 넣으면 눈빛이 시들해지지."

작가는 어두컴컴한 서재에서 금방 나온 것 같은 얼굴이다. 눈빛이 흐리멍덩하다. 헌혈자는 이렇게 넋을 잃은 작가의 표정에 익숙하다.

"사랑이 영원할 수 있다는 것만큼 어리석은 발상은 없지."

작가가 덧붙인다.

"영원은 초록색 먼지를 뒤집어쓴 동상이야. 영원은 죽음이야."

"사람들은 사랑하면 행복해질 거라는 생각으로 자기 자신을 속이지."

헌혈자는 이렇게 대답한다. 갑자기 불이 나간다. 어둠 속에서 두 사람은 연기가 나는 카세트 플레이어 같다. 왼쪽이 이야기를 계속한다.

"남자들은 여자들을 미녀와 추녀로 나눈다네. 그런 다음 얼굴이 예쁜 여자들만 사랑하지."

"자네는 그녀를 정말로 사랑했던 모양이로군……"

오른쪽 남자의 목소리는 그 뒤의 벽처럼 어둡고 공허하다.

"나는 자네하고 다른 방식으로 그녀를 사랑했지. 그녀가 말하길 나는 자네가 절대 줄 수 없는 걸 줄 수 있다더군."

"그게 뭔가?"

"자네, 오토바이 있나? 다음 주 콘서트 티켓 있나? 외화 태환권 있나? 외국인들이 묵는 호텔에 여자를 데리고 갈 수 있나? 자네는 요우이 상점에 들어가본 적도 없을 테지. 자네 연봉으로는 이탈리아제 구두 한 켤레도 못 살 테니까. 하지만 나는 어떤가! 나는 요우이 상점에 들어가서 이탈리아제 구두를 구경할 수 있을 뿐 아니라 외화 태환권으로 그 구두를 살 수도 있지 않은가. 요즘 여자들이 바라는 게 뭐겠나? 자네한테 없는 모든 게 그 질문에 대한 해답일세."
 왼쪽 남자의 목소리는 녹이 슨 깡통처럼 귀에 거슬린다.
 "보게, 내가 가지고 온 이 라이터도 외제 아닌가."
 그가 칙 소리와 함께 라이터를 켜며 덧붙인다.
 네 개의 안구가 물 건너온 파란색 불꽃을 물끄러미 쳐다본다. 잠시 후 갑자기 불이 꺼진다.
 "그건 얼만가?"
 오른쪽 남자가 묻는다.
 "안에 휘발유가 들어 있다네. 담배를 피우는 여자를 만났을 때 이걸로 불을 붙여주면 그길로 그 여자는 내 것이 된다네."
 "자네는 여자를 라이터와 똑같이 생각하는군."
 오른쪽 남자가 말한다. 내 라이터는 너무 낡았어. 그는 속으로 이렇게 생각한다. 새 걸 살 때도 됐지.
 두 그림자는 어두컴컴한 방에서 아무 말도 하지 않는다. 어둠이 그들을 기억 속으로 끌고 간다. 여배우의 모습이 두 사람의 눈앞에서 혹은 온몸을 뚫고 번뜩인다.
 왼쪽 남자가 말한다.
 "섹스는 좋은 걸세. 사랑을 행위로 바꾸어주니까."
 "여자들이 남자들보다 섹스에 더 많은 의미를 부여하는 건 아니라고 생각하네. 여자들은 감정적인 존재야. 상대 남자한테 아무 매력을 못 느끼면 몸이 나무처럼 딱딱해지지."
 "모든 사람이 자네처럼 생각하는 건 아니야. 하지만 내가 만약 글을 쓸 줄 안다면 자네보다 훌륭한 작가가 될 걸세. 나는 현실 세계를 잘 알거든. 자네는 정신적인 공허함을 채우기 위해 글을 쓰지만, 착상을 얻을 만한 경험이 없지 않은가. 자네는 비극과 신화의 관점에서 인생을 바라본단 말이지. 자네는 죽음에 대한 두려움에 사로잡혀 있어. 하지만 죽음은 인간이라면 누구나 겪어야 할 일이고, 딱히 흥미진진한 구석도 없단 말일세."

"뇌물과 밀고가 이 나라 유일의 법이 되었지."

"자네는 그 법을 절대 지키지 못할 걸세."

왼쪽 남자가 말한다.

"여기 갇혀서 두려움에 떨고, 남들 때문에 이 고생이라고 원망하며 살 테니까. 일상 속으로 뛰어들어 자네 인생을 개조하려고 노력하거나 온갖 수단을 동원해 자네를 보호하지 못할 테니까."

"법은 권력층만 보호하기 마련이지. 나머지 사람들은 피해자 역할을 해야 하는 운명이라네."

소유하거나 소유되거나

 매일 아침, 그는 아내 옆에서 눈을 떴고, 다음번 밀회를 즐거운 마음으로 기다렸다. 욕정이 술기운처럼 그의 몸속으로 스며들어 육신이 마비되고 여러 기관이 떨리는 것을 음미할 수 있었다. 그는 신비로운 에덴의 동산에서 호사를 누리는 기분이었다.
 섬유 공장 여공 때문에 모든 게 망가지지만 않았던들 그는 그런 인생을 계속 즐길 수 있었을 것이다. 적어도 편집장 자리에 앉아서 포도주처럼 책상 위로 쏟아질 연애편지를 예고하는 집배원의 발소리를 들으며, 느릿느릿한 즐거움을 만끽할 준비를 할 수 있었을 것이다.
 두 달에 한 번 간행되는 지역문학잡지 편집장은 이와 같은 인생의 탈출구를 발견한 다음부터 희부연 새벽이면 출근해 정성 들여 차를 끓이고, 책상 위에 떨어진 머리카락을 줍고(대부분 회백색이었다), '편집장' 앞으로 배달된 편지들을 조심스럽게 한쪽으로 분

류한 다음(관객은 없었다. 순전히 혼자 벌이는 공연이었다) 곁눈질로 봉투들을 훑으며 낯익은 글씨체나 기다리던 편지를 찾았다. 그는 눈가의 주름을 손가락으로 문질러 말라붙은 눈곱이 떨어지면, 먹이를 덮치기 전에 일부러 딴청 부리는 고양이처럼 눈과 머리를 이쪽저쪽으로 획획 움직였다. 그런 다음 새로 산 최신식 가죽 구두를 벗고, 발을 올려놓을 수 있도록 가장 아래 서랍을 빼낸 뒤, 사무실로 들어서는 사람의 눈에 맨발이 보이지 않도록 〈인민일보〉를 쫙 펴서 가렸다. 그러고는 머리를 회전의자 머리 받침에 걸치고 천장을 바라보며 의자를 좌우로 흔들어 작달막한 몸이 만족스러운 수준의 소음을 연출하도록 만들었다. 앙상한 어깨의 긴장이 천천히 풀리면 오랫동안 요리와 설거지를 하느라 푸석푸석하고 쭈글쭈글해진 손에 보습 로션을 바르고, 그런 다음에야 편지를 열어보기 시작했다.

편집장은 연애편지라는 마법의 세계를 떠나 현실로 돌아오면서 눈을 계속 깜빡이고 속눈썹을 떨 때도 있었다. 어딘가에서 이런 운동을 하면 젊어 보이고, 최소한 얼굴 표정이 풍부해진다는 글을 읽은 적이 있다. 최근 비밀 연애를 시작한 오십 줄의 남자에게는 아주 중요한 일이었다. 그는 출근할 때마다 발걸음에 맞춰 뿌드득 소리가 나도록 이를 갈기도 했다. 이런 운동을 하면 몽상을 자제할 수 있었고, 미용에도 좋았다.

그는 봉투를 열고 글씨체를 보면 원고인지 연애편지인지 단박에 알 수 있었다. 그는 젊은 여작가들이 보낸 연애편지로 서랍 세 칸을 꽉 채워놓은 상태였다. 편지를 보낸 사람들 가운데 일부는 작품 출간을 희망하는 진지한 작가였다. 일부는 연애를 바라는, 감수성이 풍부한 아가씨들이었다. 나머지는 그의 문학적인 자질에 대한 존경심이 애정으로 변한 경우였다. 지난 이 년 동안 편집장은 자기 잡지에「이리저리 꼬인 인생길」「당신은 나를 떠났지만 나는 당신을 떠날 수 없네」「또 한 번의 황혼」「마음의 문 속으로 살며시 날려오는 가을 낙엽」 같은 시를 실었고, 이 작품을 쓴 감상적인 여자아이들을 마음대로 주무르는 데 성공했다. 그는 인생의 의미 운운하며 근사한 말 몇 마디만 던지고, 그의 잡지에 '새 얼굴, 새 작품'이라는 제목의 새로운 칼럼을 추가하기만 하면 나이 어린 처녀들을 포획할 수 있다는 사실을 터득했다.

먹잇감을 고를 때 그는 항상 시인을 선택했고, 소설가는 역병이라도 되는 것처럼 피해 다녔다. 과거의 경험 때문에 여류 소설가라면 생리적인 공포심을 느꼈다. 그는 원고를 기고하는 사람은 누구나 사진과 이력서를 동봉하도록 했다. 그는 지난 이 년 동안 글씨체와 사진만 보고 어느 여자가 그의 덫에 걸릴지 알아맞히는 전문가적인 능력을 계발했다. 경험상 못생긴 여자들이 보통 문학적으로 가장 탁월한 능력의 소유자였고, 예쁜 글씨체는 날카로운 관찰력을 반영했다. 파란 하늘과 장밋빛 구름과 풀밭을 운운하는 여자들이 미끼를 가장 잘 물었지만, 보통 뒤에 다른 남자가 있었고 변덕스러웠다. 요주의 대상은 저녁노을을 즐겨 이야기하는, 우수에 젖은 아가씨들이었다. 그들의 작품에는 눈 덮인 오두막, 마지막 남은 가을 나뭇잎, 눈물방울, '그와 입맞춤한 날 밤' '설탕을 넣지 않은 블랙커피 한 잔'이 빠짐없이 등장했다. 이 범주에 속하는 여자들은 외모가 평범했고, 대부분 복잡한 집안 출신이거나 과거에 가슴앓이를 한 경험이 있기 때문에 행복한 미래에 대해 환상을 품었다. 그는 그들의 약점을 공략하는 방법과 그들이 원하는 방식대로 사랑해주는 방법을 알고 있었다. 그들은 실망과 거짓말에 익숙했기 때문에 그가 한눈파는 때가 찾아오면 아무 말 없이 떠났다. 섬유 공장 출신의 젊은 삽화가만 이례적으로 거머리처럼 매달렸다.

그에게 아침은 중요한 시간이었고, 이 시간 동안에는 주어진 임무에 전념했다. 하지만 오후 네시가 되면 단편적이고 뜬금없는 꿈 속을 헤매고 다녔다. (전업 작가의 짐작에 따르면 헌혈자와의 대화가 지겨워지거나 작가협회에서 서기관이 회의를 주관할 때 그가 펼치는 상상의 나래와 비슷했다.) 그는 몽상이 시작된다 싶으면 이 줄에서 다음 줄로 넘어가거나 한 문장에 시선을 고정하고 손에 쥔 원고를 읽는 척했다. 그의 몽상은 담배를 피우기 위해 잠깐 앉았다가 곧 일어나서 사라지는 행인과 같았다.

어느 날 오후에 그는 인분(人糞)의 강을 헤치고 터벅터벅 걷는 꿈을 꾸었다. (전업 작가는 어두컴컴한 방 안에서 혼자 슬그머니 웃는다.) 이것은 분명 비현실적인 상상에 지나치게 심취하는 바람에 생긴 무의식적인 반응이었다. 그는 연애편지에 적힌 기분 좋은 소리 몇 마디를 꿈속으로 옮겨 아침의 바다 속에 몸을 담그는 것을 좋아했다. 여자들은 이렇게 속삭였다.

"이 세상에 단 하나뿐인 당신."
"사나이 중의 사나이. 내 인생에서 가장 중요한 남자. 당신 없이는 살 수 없어요."

"당신은 빛나는 재능이 넘쳐흐르는 천재, 문학계의 타수(舵手)."

그는 이런 사탕발림에서 정신적인 힘을 얻었고, 오랜만에 처음으로 자존심을 세웠다.

그는 한때 문학작품을 통해 이런 자존심을 찾으려고 했다. 하지만 전업 소설가인 아내로 인해 남편이라는 역할에 감금당했고, 부엌에서 냄비와 프라이팬 속에 파묻혀 조용히 사십 년을 보냈다. 키가 백육십 센티미터밖에 안 되는 이 '남자주부'는 처음에 설거지를 하고 바닥을 훔치는 막간에 몽상을 접고 근사한 문장을 한두 줄 끼적여보려고 했다. 하지만 얼마 안 있어 꿈을 접었다. 그렇게 십 년이 지나자 그가 할 수 있는 일이라고는 어느 팬의 편지에서 몇 줄을 엄선해 다른 팬들에게 적어 보내는 것밖에 없었다. 스스로도 알고 있다시피 그는 여류 소설가의 남편에 불과했고, 예전에 지니고 있었던 문학적인 재능은 이미 사라지고 없었다.

그는 지식인 집안 출신으로, 아버지는 의사, 어머니는 지방 극단 배우였다. 젊었을 때 그는 어느 정도 재능 있는 문학도였다. 초창기에 쓴 시 세 편이 〈중국청년보〉에 실렸다. 레이펑처럼 가난한 사람들에게 돈을 주고 할머니들이 길을 건널 수 있도록 도운 그 지방의 영웅, 자오셴진을 소개한 글이 〈광명일보〉에 실렸을 때는 자오셴진처럼 그 도시의 유명 인사가 되었다. 덕분에 제지 공장의 하찮은 자리에 있다 군중 예술관의 홍보 담당자로 전근 발령을 받았다. 행운은 이 정도로 그치지 않았다. 그는 전쟁 때문에 헤어진 부부가 다시 만나는 일본 영화 〈사쿠라〉를 본 뒤, 자신이 사는 해변 도시를 무대로 하여 화교가 본토의 친척들과 재회하는 내용의 「고향 사랑」을 쓴 적이 있었다. 그랬더니 이 작품이 재통일에 대한 그들의 염원과 일맥상통한다는 이유로 즉시 중앙통일전선부에 채택되었다. 그리고 영화 발주가 내려졌고, 중앙위원회에서는 그 도시로 제작진과 고문단뿐 아니라 두 명의 해외파가 포함된 배우 열 명을 파견했다. 영화를 촬영하는 며칠 동안 그는 도시에서 가장 인기 있는 사람이 되었고, 길거리에서 마주친 유지들은 말투가 공손하기 짝이 없었다. 모두들 그의 대본과 조만간 그 도시로 밀려들 '외계인들' 이야기로 여념이 없었다. 길을 걸어가면 사람들의 행렬이 그의 뒤를 졸졸 따라다녔고, 이 도시를 찾아온 고위 인사라도 되는 것처럼 생판 모르는 사람들이 발걸음을 멈추고 인사를 건넸다. 저녁이 되면 영화배우들이 머무는 대형 호텔 주변을 어슬렁거리는 호기심 많은 구경꾼들이 그의 집까지 에워쌌다.

그의 집에는 이 영광스러운 날들의 증거가 아직도 남아 있었다. 그것은 바로 두 외국인을 비롯한 배우들과 함께 찍은 사진이었다. 당시만 해도 그 도시의 유일한 컬러사진이었다. 안타깝게도 사진의 배경은 병원이었다. 영화가 제작되는 동안 그가 간염에 걸린 것이다. 외국 배우들까지 문병을 오다니 우쭐댈 만한 일이었다. 외국 배우들과 만난 뒤, 그는 외국에 관한 한 이 도시의 권위자가 되었다. 외국 배우들의 앞모습이나 뒷모습만 본 사람들 혹은 머리나 바지만 본 사람들끼리 말다툼이 붙으면 항상 이런 식으로 상대방의 입을 막는 사람이 등장했다.

"내 말 못 믿겠으면 '간염'한테 가서 물어보든지." (이런 별명을 만든 것도 그 도시 사람들이었다.)

　병원장이 검은 머리의 외국인이라고 해서 모두 혼혈은 아니라는 발언을 했다가 해직되었을 때 구세주 역할을 한 것도 간염의 사진이었다. 한 외국 배우의 머리가 칠흑처럼 새까만 색이었던 것이다. 병원장은 수술실장으로 강등되었지만, 당적은 유지할 수 있었다.

　그 황금기 때 어느 여류 소설가—지금의 아내—가 병원으로 연애편지를 보냈다. 그녀는 소련 선전영화 속 주인공인 파벨 고르차긴에 빗대 그를 '중국의 파벨'이라고 불렀다. 그는 태양이자 그녀의 배를 매어두고 싶은 해변이라고 했다. 간염이 '사랑한다'는 프티부르주아적인 표현이 적힌 쪽지를 받아본 것은 그때가 처음이었다. 그는 병문안을 왔었던 시위원회 선전부장에게 당장 편지를 넘겼다. 당에서는 철저한 조사 끝에 편지를 보낸 사람이 그 지방 군관구 정치위원의 딸이라고 알려왔다. 당에서는 일주일 만에 그녀와 교제를 해도 좋다는 허락을 전했다. 뿐만 아니라 고맙게도 편지까지 돌려주었다. 물론 불건전하고 프티부르주아적인 표현은 하나도 남김없이 검게 칠한 뒤였다.

　이렇게 해서 그녀의 병문안이 시작되었다. 그때 고열에 시달리지만 않았던들, 간염은 그녀가 입고 온 치마가 여배우 자오샤오훙이 지난번에 이 도시를 방문했을 때 입었던 것과 똑같다는 사실을 알아차렸을 것이다.

　그녀는 소름이 돋은 하얀 맨다리를 하고 그의 맞은편에 앉았다. 그가 말했다.

"여기 간호사와 문병 오는 여자들 모두 그 비슷한 치마를 입더라고요."

장래의 부인이 대답했다.

"이 치마는 유행한 지 꽤 됐어요. 요즘 길거리에 나가보면 하나같이 자오다산의 재킷을 입고 있죠."

"자오다산이 누구죠?"

"배우요. 그 덩치 큰 남자 있잖아요."

"전 배우들 이름을 잘 몰라요."

간염이 부끄러운 듯이 대답했다.

"우리 남동생도 그 배우 이름은 아는데!"

그녀는 간염의 무식함을 용서할 수 없었다.

그녀는 병원을 나설 때마다 그의 기억 속에 남을 수 있도록 항상 몇 가지 물건들을 놔두고 갔다. 그를 겨냥해서 애정 어린 글귀를 적은 책, 먹고 버린 배 씨, 화장품의 잔향, 머리카락 한 올. 그는 그녀가 고위 간부의 딸인 것을 알고 있었기에 뜻밖의 행운이 당황스러웠다. 계급의 차이가 엄청났으니 스스로 신상명세를 재점검하는 것이 불가피한 절차였다. 그는 서른여섯 살의 공산당원으로 월급이 사십칠 위안 구 자오였고, 제지 공장에서 '선진 생산자' 평가를 한 번 받은 적이 있었다. 그녀에게 이런 것들은 아무런 의미가 없을 것이다. 하지만 직업에서의 성공은 그녀의 마음을 움직일 것이었다. 그는 영화 〈고향 사랑〉의 원작자였고, 이십만 개에 육박하는 단어를 사용하여 쓴 글이 〈중국청년보〉와 〈광명일보〉에 실린 적도 있었다. 몇 년을 독학한 끝에 제지 공장의 하찮은 자리에서 군중 예술관의 간부직으로 전근 발령을 받았는가 하면 시 지도자의 빨간 깃발이 달린 자가용을 탄 적이 있고, 제지 공장 대표로 베이징을 방문해 '철인'으로 불리는 그 유명한 모범 노동자, 리궈차이를 만난 적도 있었다. 그와 한 도시에 사는 사람이면 누구나 이 같은 위업에 대해 알고 있었다. 여류 소설가는 방이 다섯 개, 화장실이 두 개인 집에서 자랐지만 월급은 그보다 나을 게 없었고, 베이징을 여행한 건 어렸을 때 한 번뿐이었다. 이런 생각을 하자 간염은 마음이 조금 편안해졌다. 그후로 병문안 온 그녀가 떠나고 허공에 남은 향기를 들이마시는데 격정이 솟구쳤고, 그는 병상에 누운 상태에서 그녀와 결혼하기로 마음먹었다.

몇 달 뒤에 간염은 그녀를 아내로 맞이했고, 얼마 안 있어 군중 예술관에서 새로 창간한 격월간지의 편집장으로 임명되었다. 이때가 그의 인생의 절정이었다. 하지만 행운은 지속되지 않았고, 이 년도 안 되어 아내가 잽싸게 그를 따라잡았다. 소설 두 편이 가장 유명한 중앙잡지에 실리면서 난데없이 '그 지역과 도시의 인재'로 공포된 것이다. 그녀는 두 번의 문학축제 참석차 베이징과 황산을 방문하기도 했다. 부부가 새로 설립된 작가협회 가입 초대를 받았을 때 이 도시 최초의 '전업 작가'로 선택받은 쪽은 그녀였다. 정부에서는 그녀가 하루 종일 집에서 소설을 쓸 수 있도록 월급을 지급했다. 간염은 이렇게 바뀐 상황이 마음에 들지 않았다. 아내는 더이상 그를 '중국의 파벨'이라고 부르지 않고 남들처럼 간염이라고 부르기 시작했다. 그녀는 전국의 전업 작가들과 교류를 쌓았고, 문화계의 최신 소식이라면 모르는 게 없게 되었다.

베이징의 작가 탄푸청의 여자친구가 누구인지도 알고 있었고, 소설가 스티에성은 한쪽 다리가 불구인 것도 알고 있었다. 개혁개방 정책이 시작되었을 때에는 용감한 선구자임을 입증했다. 그 도시에서 처음으로 뽕브라를 착용하고, 머리를 염색하고, 외국인처럼 파마를 했던 것이다. 대담하게도 그녀는 류신우가 쓴 리얼리즘 소설 『담임선생님』과 베이징에서 배달된 문학잡지 〈오늘〉을 읽었다. 그런가 하면 낭만적이고 감상적인 시를 썼다. 간염이 '사랑'이라는 단어를 가까스로 쓸 수 있게 되었을 때 그녀는 이미 '성적 충동'이라는 단어를 사용했다. 그녀는 베이징의 젊은 시인들과 편지를 주고받았다. 애정이 담긴 카드를 보내고, 그녀를 '나의 어린 양' '아득히 먼 보물' '내 꿈속을 날아다니는 작은 천사'라고 부르는 편지를 받는 식이었다. 그녀는 숨 가쁘게 진행되는 개혁상과 완벽하게 보조를 맞추었다.

어느 날 밤, 간염이 『서양현대문학선집』을 펼쳐놓고 막 졸던 참에 아내가 파티를 마치고 돌아왔다. 그런데 고개를 들어보니 희미한 불빛 속에서 길고 새빨간 손톱이 보이는 게 아닌가! 섬뜩한 광경이었다. 그의 연약한 몸뚱이로는 감당할 수 없을 것 같은 두려움이 엄습했다. 그녀는 차분한 얼굴로 그를 내려다보더니 자기 손을 흘깃 쳐다보고 말했다.

"매니큐어라고 하는 거예요. 설마 매니큐어를 처음 보는 건 아니겠죠?"

"손에 피가!"

목덜미의 솜털이 쭈뼛 섰다.

"매니큐어라니까요!"

그녀는 벌컥 화를 냈다.

"고급 잡지에 실린 외국 여배우들을 보면 하나같이 빨간 매니큐어를 바르고 있잖아요. 본 적 없어요?"

피 묻은 손의 이미지가 그의 머릿속에서 서서히 사라졌다. 손톱에 뭘 바르는 사람을 보거나 들은 적이 있는지는 중요한 문제가 아니었다. 그는 변화의 속도를 따라가는 게 불가능한 사람이었다. 그는 최대한 다정하게 물었다.

"그런데 왜 다들 빨간색으로 칠하는 거죠?"

그의 목소리가 힘없고 슬프게 들렸다.

"예쁘니까 그런 거죠! 촌닭 같으니라고!"

소설가는 울컥했다. 자신의 립스틱과 매니큐어를 무서워하는 이 남자를 참을 수 없었다. 그녀는 이 남자하고는 최신식 화장품 이야기를 두 번 다시 하지 않겠다고 맹세했다.

그로부터 얼마 안 있어 그녀는 하이힐을 사고, 머리를 풀고 다니기 시작했다. 그런 다음 뾰족 구두를 신고, 양담배를 피우고, 헤밍웨이를 논하고, 맥주를 마시고, 목에 향수를 뿌리고, 케이크와 촛불로 생일을 자축하는 단계로 발전했다. 개혁개방정책이라는 급행열차에 탑승한 그녀는 얼마 안 있어 밀란 쿤데라의 모든 번역본을 읽고, 집 안에 온수기와 초인종과 전화선을 들이고, 새로 산 책장의 유리문 안쪽에 공예품과 장난감을 진열했다. 그녀는 완전히 현대 여성이었다. 하지만 간염은 십 년이 지난 뒤에야 『호밀밭의 파수꾼』과 『백 년 동안의 고독』을 읽고, 포르노 비디오를 보고,

애인을 만들고, 양복을 샀다.
　아내가 개혁의 분위기에 푹 젖은 뒤로 그는 항상 찬밥이 된 기분이었다. 여류 작가를 따라 파티에 참석할 때면 키가 작고 시시하고 리듬감이 전혀 없는 자기 자신을 의식할 수밖에 없었다. 때문에 디스코 음악이 시작될 때마다 두려움에 떨며 구석으로 물러나, 앞에서 경중경중 뛰어다니는 남녀를 속수무책으로 바라보곤 했다. 아내는 심지어 그의 잡지에까지 간섭하기 시작했다. 사무실로 찾아와 원고를 심사하고 손보면 그녀의 결정을 받아들이는 수밖에 없었다. 집으로 찾아오는 사람들도 모두 그녀의 손님이었다. 문학을 이야기하러 들른 그녀의 친구들이었다. 간염이 부엌에서 들어보면 그들은 '중량감'이니 '복식 구조'니 '단편적인 양식'이니 하는 낯선 용어들을 청산유수처럼 늘어놓곤 했다.
　결혼 삼 주년 기념일에 〈중국작가대사전〉에 아내의 이름이 실리자 그는 앞으로 어릿광대 역할을 맡아야 한다는 사실을 깨달았다. 그날 밤 아내는 젊은 애인들을 집으로 불러 자축 파티를 열었다. 장발의 한 젊은이가 간염을 부엌 밖으로 끌고 나와 이런저런 문제에 대해 의견을 물었다. 간염은 할 말을 잃은 채 방 한가운데 우두커니 서 있었다. 숲을 이룬 손님들 사이로 화가 나서 벌게진 아내의 얼굴이 보였다. 그는 당황스러워하며 이렇게 말했다.
　"우리 안사람한테 물어봐요. 나보다 훨씬 똑똑하니까."
　손님들이 웃음을 터뜨렸다. 아내가 "남자답지 못하게 왜 그러세요?"라고 자신에게 속삭이는 소리가 들렸다. 이렇게 나긋나긋한 아내의 말투는 처음이었다.

그는 주눅이 든 채 부엌으로 돌아갔다. 손님들이 폭소를 터뜨렸다. 그는 고개를 숙이고, 잘게 썬 두부요리 접시 가장자리에 양배추 잎 몇 장을 깔았다. 부엌 대신 화장실로 갔다면 훨씬 훌륭한 퇴장이 되었을 테고, 손님들이 돌아간 뒤 아내한테 시달릴 일도 줄었을 텐데……

그는 행복한 미래에 대한 희망을 금세 접고, 꿈속에서 위안을 찾기 시작했다. 아내가 잔소리를 늘어놓을 때마다 상상의 세계 속으로 몸을 피했다. 아내는 사전에 실린 뒤로 키가 머리 반만큼 더 자란 것처럼 보였다.

마흔 줄로 접어들자 젊은 게 매력이었던 여류 소설가의 얼굴이 아버지처럼 길쭉한 오이 모양으로 변했다. 메이크업 사이로 자세히 뜯어보면 자주 쓰는 얼굴 근육 주변의 피부가 처지고 쭈글쭈글한 것을 알 수 있었다. 하지만 몸은 아직도 탄탄했다. 열여덟 살 때 당적을 선물받은 뒤로 계속 자신만만한 자세를 유지한 덕분이었다. 그녀의 굵은 뼈대와 넓은 어깨는 분명 군인인 아버지에게서 물려받은 것이었다.

나이가 들면서 성격은 더욱 나빠졌다. 간염이 짜증나게 굴 때마다 그녀는 팔을 잡아 뒤로 비틀고, 쿵푸 배우처럼 손을 힘껏 날리고, 정강이를 걷어찼다. 문화적인 부분에 대한 무식함이 그녀의 분노를 자극하는 가장 주된 요인이었고, 간염이 '몽롱시'라는 새로운 장르가 뭔지 잘 모르겠다고 고백하자 그녀는 경악을 금치 못했다. 저녁을 먹는 자리에서 아내와 젊은 손님들은 '구조주의'와 '초저공비행파'와 '병실 의식' 등 사전에도 없는 용어들을 남발했다. 애인을 만들 수 있다는 사실을 알기 전까지 그가 할 수 있는 일이라고는 장광설을 늘어놓는 아내를 멍하니 쳐다보며 경청하는 것밖에 없었다.

맥주와 외제 니코틴이 혈관 속으로 퍼지면 아내의 말과 표정은 평소보다 생기가 넘쳤다. 그는 아내의 기운찬 목소리 속으로 자신이 점점 쪼그라드는 기분이 들 때면 꿈나라로 도망쳤다. 그는 줄줄이 소시지처럼 꿈을 나눠, 부엌에 무를 가지러 가거나 손님들에게 차를 더 따라주는 중간에 한 장면씩 끼워넣었다. 아내가 소리를 지르지 않는 한 그의 꿈은 한 장면씩 계속될 수 있었다.

집안에서의 위치가 점점 보잘것없어지면서 그가 자유를 만끽하고 마음대로 행동할 수 있는 곳은 주방으로 국한되었다. 식초 병을 바닥에 내동댕이칠 때 허락을 받을 필요가 없었다. 도마 위에 고기가 있든 없든 식칼로 내리치는 데에는 아무 문제가 없었다. 그는 심지어 이 도마 위에서 생물을 죽이기도 했다. 살아 있던 동물을 죽은 동물로 변형시키는 것은 그가 가장 즐기는 취미 생활이 되었다. 방금 전에 목을 딴 닭이 그의 두 손 위에서 파닥파닥 몸부림치는 모습을 내려다보고 있노라면 바깥세상의 온갖 고민들이 사라졌다. 살아 있던 동물이 죽은 시체로 변하는 그 순간, 그는 상스러운 욕을 퍼붓곤 했다. 한번은 팔팔한 잉어를 도마 위에 대고 누른 채 식칼로 내리쳐 머리가 시멘트 바닥에 떨어지자 "이 망할 할망구야!"라고 소리친 적도 있었다.

애인을 만들 수 있다는 사실을 알기 전, 아내의 손아귀에서 벗어날 수 있는 유일한 방법은 공상에 빠져드는 것이었다. 침대에 누워 아내에게 『속성 안마 미용법』에 나온 대로 얼굴 마사지를 해주었을 때는 보라색 휴지통을 상상하며 마음을 달랬다. 보라색 휴지통은 상상 속에 종종 등장하던 소재인데, 상상의 내용은 매번 조금씩 달라졌다. 그 휴지통을 찾으려면 모퉁이를 네 번 돌고, 석회 가루가 덕지덕지 발린 담을 지나고, 길가에 군데군데 수북이 쌓여 있는 역청탄을 이리저리 피하고, 담배와 술을 파는 잡화점과 아동 서점과 개인 식당 두 군데와 수의 가게(황홀한 얼굴로 승천하는 시체들이 그려진 벽화를 보면 항상 등줄기가 오싹했다)를 지나서 시공(時空)으로 백 미터를 여행해야 드디어 뒤편에 보라색 휴지통들이 놓여 있는 자전거 주차장에 도착할 수 있었다. 가끔은 한 휴지통 안에서 아버지가 불쑥 튀어나와 안경을 벗고 음흉한 표정으로 그를 뚫어져라 쳐다볼 때도 있었다. 삼십 년이 지나면 그의 얼굴도 이 남자와 똑같아질 것이다. 안경만 빼고.

몇 년 뒤 이 꿈을 꾸었을 때 휴지통은 결국에 비행기를 탔다. 그때 그는 문을 닫은 해변의 어느 공장에서 젊은 애인과 열정의 오후를 보낸 뒤 버스 안에 서 있었다. 버스가 좌우로 덜커덩거렸다. 사정을 한 뒤라 아직 몸에 힘이 없고 심장이 계속 두근거렸지만, 그는 비행기 밖으로 휴지통을 꺼내 바다로 끌고 갔다. 그러자 휴지통이 새하얀 원고지로 변해 그의 머릿속을 둥둥 떠다녔다.

"날아다니는 새처럼."

정신을 차렸을 때 그는 이렇게 중얼거렸다.

("나는 불행해하는 사람들과 어울리는 게 좋아.")

헌혈자가 말한다.

작가는 그의 옆에 앉아 있는 이 친구가 한때 방귀를 잘 뀌기로 유명했던 사람임을 떠올린다. 인민공사 생산대로 파견되었을 때 한번은 하루 동안 서른여섯 번을 뀐 적도 있었다. 이 친구는 어느 시골 사람한테 오 위안을 주고 이를 사들여, 코를 너무 심하게 고는 데 대한 벌로 리 군장의 이불 속에 넣은 적도 있다.

이 친구는 못하는 게 없지. 작가는 속으로 이렇게 생각한다. 하지만 여자에 관한 한 늘 실패다. 그는 여자를 다룰 줄 모른다. 생산대 생활을 함께했던 친구들은 모두 결혼해서 아이가 있는데, 그만 총각이다. 그러니 외로울 만도 하지! 작가는 여류 소설가를 다시 떠올린다. 문화혁명 때 그녀는 그들이 있던 곳에서 고작 팔 킬로미터 거리에 있는 생산대로 보내졌다. 그리고 그곳에서 후앙강과 사랑에 빠졌다. 후앙강은 젊고 잘생긴 운동가이자 대사의 아들이었다. 그 일대에서 혼전 동거를 실행에 옮길 만큼 용감한 커플은 이 두 사람밖에 없었다. 인민공사위원회에서 민병을 보내 두 사람을 불법 동거로 체포할 거라는 소문이 들리자 그녀는 본부로 직접 찾아가 자신을 건드리면 죽어버리겠다고 협박했다. 당시 그녀는 마오 주석의 얼굴이 들어간 공산당원 배지를 달고 있었기 때문에 어느 누구도 두 번 다시 그 문제를 거론하지 않았다.

그녀가 생각하기에 후앙강은 당대의 마르크스였고, 그녀는 그의 정치적 동반자이자 연인인 예니였다. 몇 년 뒤 후앙강이 정신병원에 입원하지만 않았던들 두 사람은 결국 결혼했을 테고 그녀는 한심한 편집장과 엮이지 않았을 텐데…… 이제 편집장에게 남은 단 하나의 역할이라고는 그녀가 거둔 성공과 선명한 대조를 보여주는 것이었다. 하지만 그녀가 바라는 것은 영웅이나 예수처럼 강인한 남자였고, 그녀는 그 옆에서 제멋대로 굴거나 어리광을 피우는 암호랑이가 되고 싶어했다. 사랑했던 마르크스가 반대파에게 밀려나자 그녀도 당장 바닥으로 추락했다. 자신에게 이래라저래라 할 남자가 없어지자 그녀는 날이 서고 오만해졌다.

그러다 그녀는 편집장을 만나 사랑에 빠졌다. 하지만 결혼 직후에 밝혀졌다시피 실망스럽게도 그는 나약하고 무능한 인물이었고, 그럴수록 채찍질을 한 뒤 다정하게 눈물을 닦아줄 남자를 바라는 마음은 더욱 커졌다. 그녀는 새 남자를 찾고 싶은 마음에 집 밖으로 뛰쳐나가 애인들 품에 안겼다. 편집장이 줄 수 없는 것들을 다른 남자들 안에서 찾았다. 너무 취한 어느 날 밤, 그녀는 절망한 눈빛을 하고 전업 작가의 집을 찾아왔다. 엄격한 공산당 간부 밑에서 자란 만큼 사랑의 고통을 감당할 수 없었던 것이다. 그녀가 겉으로는 화려해도 속은 텅 비어 있다는 것을 작가는 알고 있었다.

"우리는 구원받을 수 없는 몸이야. 어느 누구도 도울 방법이 없지."

어둠 속에서 작가가 혼잣말로 중얼거렸다.

"나는 불행해하는 사람들과 어울리는 게 좋아."

헌혈자가 했던 말을 반복한다.

"이 세상에 정말로 행복한 사람은 없어."

여류 소설가와 편집장 생각이 작가의 머리를 떠날 줄 모른다.)

겨울이 다가오자 간염은 사과를 상상하기 시작했다. 그는 달콤한 그 과일 속을 벌레처럼 파고 들어가 잘 익은 속살을 실컷 먹고 사방으로 길을 낸 뒤, 꼬리에 묻은 배설물을 벽에 칠해 고동색 터널을 만들었다. 그는 배불리 먹은 다음 누워서 조용히 소화시키는 일 말고는 아무것도 하고 싶지 않았다. 과일 속에 들어가 있으면 어느 누구도 그를 방해할 수 없었다. 사과는 먹히려고 태어난 과일이었기에 그 누구도 뭐라 하는 사람이 없었다. 그는 때때로 껍질을 뚫고 나오기도 하면서 씨를 중심으로 커다랗게 원을 그리며 움직였다. 어떤 이유에선가 그는 씨를 수도(首都)라고 생각했고, 가까이 다가가기가 두려웠다. 마오 주석과 중앙위원회 고급 간부들이 거기에 살 것 같았다. 씨에서 멀찌감치 떨어져 있기만 하면 마음대로 먹고 자유롭게 돌아다닐 수 있었다. 달콤한 사과의 세계에서 그는 조금이나마 평화와 만족감을 누릴 수 있었다.

"이런 게 공산주의 아닐까?"

그는 남편이 어떤 꿈을 꾸는지 알지 못하는 아내 옆에 누워서 혼자 빙그레 웃곤 했다. 하지만 늘 행복한 꿈만 꾸는 건 아니었다. 해마다 국경일이 되면 황금색 빵 덩어리들로 가득 둘러싸여 있는 자귀나무를 타고 올라가는 꿈을 꾸었다. 잘못 했다가는 나무 껍데기가 영영 벗겨질 수 있기 때문에 적절하게 힘 조절을 하면서 올라가야 했다. 어느 날 밤에는 맨 꼭대기에 있는 나뭇가지를 향해 손을 뻗는데, 아내가 소리쳤다.

"이 인간아, 이 손 못 놔?"

눈을 떠보니 아내의 머리채를 움켜쥐고 있었다. 그는 얼른 머리를 쓰다듬어주고 다시 잠을 청했지만, 꿈을 계속 진행시킬 용기는 나지 않았다.

간옌은 편집장으로 십일 년을 일한 뒤에야 그 자리의 진가를 알아차렸다. 여름의 막바지가 되자 그는 일은 제쳐두고 여자를 찾는 데 촉각을 곤두세웠다. 문화부에서 주최한 문학회의에 참석하느라 베이징을 찾은 그해 봄만 해도 언젠가 애인을 만들 수 있을 거라는 생각은 해본 적이 없었다. 하지만 회의 기간 동안, 스자좡*에서 왔다는 여류 시인을 만났다. 그녀는 담배를 피우고, 빨간 매니큐어를 바르고 다니며, 심지어 당원이라는 부분에서까지 아내와 같았다. 그녀는 아내보다 키가 작았지만, 몸매는 더 아름다웠다. 공식 연설이 이어지는 동안 그는 계속해서 그녀 쪽을 흘끗흘끗 쳐다보며 표정을 확인했다. 회의 첫날 밤, 화장실에 가려고 호텔 복도를 걷고 있었을 때 여류 시인이 객실 밖으로 고개를 내밀더니 그를 불렀다. 그때는 방에 불이 켜져 있었지만, 그가 들어서자 그녀는 불을 끄고 그를 끌어안았다. 그녀의 부드러운 입술이 닿자 긴장이 풀렸고, 일 분도 안 돼서 후들후들 떨리던 다리가 멈추었다.

이 년이 지난 뒤 그는 그날 밤 이후 그녀의 머리와 면 운동화 속에 배어 있던 시큼한 연기 냄새를 다른 여자들한테서도 줄곧 찾고 있었음을 깨달았다. 그날 밤 베이징에서 그는 자신도 벌 받을 만한 짓을 저지를 수 있음을 알게 되었다. 여자가 기꺼이 몸을 바치

---

* 허베이 성의 성도.

겠다는데, 내가 뭐라고 거절하겠는가?

다음 날 아침, 대표단은 회의실에 모여 문예단의 정치적인 교정에 관한 문건 분석을 계속했다. 간염은 자리에 앉는 순간, 점점 높아지고 커지는 듯한 기분을 느꼈다. 그는 공산주의라는 달콤한 사과 속으로 들어가는 희열에 흠뻑 젖었다. 말투도 유창하고 자연스러워졌다. 연설을 하러 일어섰을 때 여류 시인의 맨 엉덩이가 머릿속을 스치고 지나갔다. 그는 꽃무늬 팬티를 천천히 벗겼다. 새하얗고 통통한 두 엉덩이……

"마오 주석님의 문예 사상은 그 위대함을 말로 표현할 길이 없습니다. 그저 놀라울 따름입니다!"

그는 이런 식으로 마무리를 지으면서 연설을 끝냈다.

그는 다른 사람이 되어 집으로 돌아갔다. 이제는 용감한 남자, 여자를 소유할 수 있는 남자였다.

여름이 저물기 전, 잡지에 삽화를 몇 장 그려준 그 지방 섬유 공장 여공이 그의 데이트 신청을 받아들였다. 그래서 훙링진 공원 뒤편의 숲으로 데리고 갔다. 두 사람은 벤치에 앉았고, 그녀는 호숫가에 비친 황금색 노을을 그렸다. 수면은 잔잔했고, 웡웡거리는 벌레들이 사방에 가득했다. 이제 사십대 후반에 접어든 편집장은 그녀의 뒤에 서서 그 보드라운 귀와 귀 뒤쪽의 머리카락을 계속 만지작거리는 조그만 손을 숨죽이고 바라보았다. 그는 그 도시의 젊은 여자라면 누구나 그의 편집부에 정식으로 취직하기를 바라며, 그를 성공한 유력 인사로 간주한다는 것을 알고 있었다. 그가 데이트 신청을 했을 때 섬유 공장 여공은 좋아서 펄쩍 뛰었다. 사실 그는 그녀가 바라는 모든 조건을 갖춘 이상형이었다. 그는 자신만만하게 그녀의 어깨에 손을 얹고, 그림 속의 나뭇가지에 대해 자기 생각을 밝혔다. 그녀의 두 뺨이 발그스름하게 물들었다. 그녀의 손에 쥐어진 연필이 떨리는 것을 보고, 그는 가까이 다가가 나머지 한쪽 팔로 그녀를 감쌌다. 그런데 균형을 제대로 잡지 못한 채 앞으로 몸을 기울이다가 발이 미끄러져 어정쩡하게 땅바닥으로 넘어졌고, 그 바람에 그녀도 함께 쓰러졌다. 그는 몸을 움직여 아무 말 없이 그녀의 위에 올라탔다. 그녀는 내내 눈을 감고 있다가 찌를 듯이 아픈 순간에만 잠깐 눈을 떠서 하늘의 구름이 붉은빛에서 자줏빛으로 변해가는 것을 지켜보았다.

밀회에 성공하자 그는 그녀를 다시 한 번 마음대로 주물러볼 생각에 근무시간이 끝난 뒤, 여러 차례 그녀를 사무실로 불렀다. 그녀는 매번 부름에 응했고, 오래지 않아 첫번째 정식 애인이 되었다. 한 여자, 그것도 처녀를 소유했다는 쾌감이 그에게 새로운 인생을 선물했다.

"너 이전에 동침한 여자는 우리 마누라뿐이야."

그는 그녀의 몸을 베고 누워서 이렇게 말했다.

"저는 당신을 만나기 전에 처녀였어요."

그녀는 행복한 얼굴로 이렇게 대답했다.

"네 덕분에 인생이 달라졌어."

그는 그녀의 반들반들한 이마를 쓰다듬으며 말했다.

"내가 지금 중년 남자라는 생각이 안 든다. 어쨌든 너하고 나이 차가 서른한 살밖에 안 나잖아."

섬유 공장 여공은 그의 자신감을 부추겼고, 이 자신감이 직업적인 부분에까지 확산되자 매일 배달되는 원고처럼 여자들이 그의 자리를 찾아오기 시작했다. 이 여자들은 작품을 실어주겠다는 약속만 하면 그의 쭈글쭈글한 몸 밑으로 기꺼이 쓰러졌다. 먹잇감을 선택하고 넌지시 힌트를 흘리기만 하면 됐다. 점점 불어나는 애인들을 상대하느라 너무 바빠서 공상할 시간이 거의 없었다. 그는 은밀한 쾌락으로 인해 표정이 전보다 어른스러워졌다. 그가 직장에서 정치 학습을 주관하거나 집에서 설거지를 할 때 속으로는 어떤 여자 위로 올라가 그녀의 다리를 들어 올리고 마음대로 조종하는 장면을 떠올리고 있다는 사실을 아는 사람은 아무도 없었다.

그는 절정의 순간에 보이는 행동이 여자들마다 다르다는 사실을 알아차렸다. 섬유 공장 여공은 그 이후의 여자들에 비해 반응이 희미했다. 흥분이 최고조에 달했을 때 기침 소리 비슷한 소리를 내뱉고는 그만이었다. 그녀는 끙끙거리거나 헉헉거리거나 좀 더 경험이 풍부한 여자들처럼 다리를 움직이는 법이 없었다. 가장 인상적이었던 여자는 쓰촨 출신의 어느 단편 작가였다. 무용수처럼 기다란 다리가 그의 노쇠한 몸을 감싸던 광경은 죽어도 잊지 못할 것이다. 안타깝게도 그는 그녀의 작품을 실어주자마자 헌신짝처럼 버림을 받았다. 하지만 그녀는 동침한 스물한 명의 여자들 중에서 가장 기억에 남는 인물이었다. 그는 '미녀 비망록'이라는 이름을 붙이고 애지중지하는 분홍색 공책에 그녀의 생일과 신발 사이즈와 주소를 조심스럽게 적어놓았다.

집에 있을 때 전보다 여유로워진 간염은 얼마 전에 여섯번째 작품을 출간한 아내에게 좀 더 많은 관심을 기울이기 시작했다. (그녀의 대표작에 실린 '마르크스'와 '예니' 이야기가 떠오르자 전업 작가는 구역질이 난다. 그 대표작은 악취를 풍기며 그녀의 과거를 되새김질하는, 속 보이는 자전적 소설이다.) 간염의 주머니는 '편집장'과 '작가협회이사' 직함이 박힌 명함으로 두둑했다. 그는 누군가를 처음 만날 때마다 진지하지만 너무 무겁지는 않은 표정을 지으며 의례적으로 명함을 건넸다. 그는 작고 단단한 체구 때문에 성실하고 믿음직한 인물이라는 인상을 심어주었다. 오랜 세월을 기다린 끝에 드디어 그도 개혁개방정책이라는 급행열차에 탑승하게 된 것이다.

그는 지방에서 발굴한 젊은 작가의 처녀작(이후 평단에서 중국 최고의 아방가르드 소설로 평가받은 작품이었다)을 출간한 이후부터 젊은 문학청년들의 존경을 한몸에 받는 위인이 되었다. 그들은 인재를 알아보는 예리한 안목을 칭찬하며 하루라도 빨리 만나고 싶다는 의사를 전달했다. 간염은 젊은 문학청년들과의 만남을 준비하면서 아내가 문학 토론을 벌일 때 썼던 표현과 말투를 몇 시간에 걸쳐 습득했다. 얼마 안 있어 그도 '잠재의식'이나 '황혼감' '황당무계' '사이비 사실주의'와 같은 단어들을 양념처럼 곁들일 수 있게 되었다.

여류 소설가는 잠깐 동안 소외감을 느끼면서 가벼운 우울증에 빠져들었다. 아무래도 그녀는 주도권을 잃은 듯했다. 이십 년 전의 그녀와 비슷한 여류 문학도들이 집으로 찾아왔을 때 그녀는 대조적으로 누르스름하고 칙칙하게 보였다. 신세대 여성들도 매니큐어 색깔은 같았지만, 립스틱은 빨간색이 아니라 자주색이나 형광 핑크색이었다. 그녀는 십 년 전에 감히 꽉 끼는 청바지를 입었고 심지어 그 옷에 대해 자아비판하는 작품을 출간할 의사도 있었지만, 헐렁한 청바지와 외제 운동화 차림을 즐기는 이 젊은 여자들 앞에서는 아무 의미가 없었다. 가장 전위적인 여자들은 이미 선전에 가서 나일론 실처럼 꼬불꼬불하게 파마까지 하고 온 상태였다. 간염의 아내가 헤밍웨이의 『노인과 바다』를 운운하기 시작하자 그들은 방 한구석으로 가서 하이데거와 로브그리예를 놓고 토론을 벌였다. 그녀가 가장 즐겨 이야기하는 화제—문화혁명에 대한 추억과 인민공사 생산대에서의 생활—도 그들에게는 아무 의미가 없었다. 그들은 부모님 세대의 어느 누구에게나 그렇듯 무관심한 태도로 그녀를 대했다.

("우리는 이제 끝이야."
어느 날 밤 거나하게 취한 그녀가 전업 작가를 찾아와 말했다.
"요즘 세대는 아픔이나 소외감에 대해 아무것도 몰라. 나무토막 같은 세대야."
"소외감을 느껴서 뭐에 쓰려고?"
작가가 물었다.
"요즘 세대는 인생을 진지하게 고민할 줄 몰라."
"그 나이 때는 너도 그랬어."
"글을 쓰려면 자기 자신을 온전하게 희생시켜야 해. 작품에 모든 영혼을 쏟아 부어야 해. 모든 단어에 땀과 피가 어려 있어야 한다고."

"하지만 요즘 세상하고 단절돼 있으면서 요즘 세상에 대해서 글을 쓰려 한다는 건 말이 안 되잖아?"

"작가는 시대의 산물이야. 천박한 시대는 천박한 작가를 낳는 법이지. 인민공사 생산대에서 보낸 그 시절이 그립다."

"세상이 달라졌잖아. 넌 시대에 뒤처져 있어. 그 젊은 여자들이 너보다 요즘 세상을 더 잘 알아. 그 나무토막 같은 세대에서 좀 더 순수한 문학이 탄생될지도 모르지. 편견도 없고, 정치에 관심도 없으니까. 그들의 문제는 단순히 개인적인 차원이야. 하지만 너는…… 네 시대는 이미 끝났다고.")

섬유 공장 여공에 대한 간염의 마음은, 바람이 한 번 불 때마다 낙엽을 떨어뜨리는 가을날의 백양나무처럼 차츰 식어갔다. 그 바람의 근원은 물론 점점 불어나는 애인의 숫자였다. 여공은 그의 냉대를 참으며 희망을 놓지 않았다. 결국에는 그녀의 사랑이 승리를 거둘 것으로 믿고, 그의 곁에 머물며 떠나지 않았다. 하지만 그는 다른 먹잇감이 없을 때에만 그녀를 만나주었다. 그는 인생을 충분히 즐기고, 편집장이라는 자리에 따르는 모든 기회를 활용하기로 작심한 사람이었다. 그는 여공의 애정 공세를 통해 자신감을 얻었고, 쓰촨에서 온 단편 작가의 접근을 통해 용기를 얻었다(하지만 그녀가 "브래지어 좀 풀어봐"라거나 "당신 머리의 벗어진 여기가 좋아"라고 하면 두려움에 몸을 떨었다). 끊임없이 발전하려면 이런 연애 경험을 계속 쌓아야 했다.

섬유 공장 여공은 엄격한 집안에서 자랐다. 어머니는 당의 원칙을 엄수하는 기관 직원이었고, 아버지는 문화혁명 당시 병원에서 숨을 거두었다. 그녀는 외동딸이었기 때문에 어머니를 돕기 위해 고등학교를 졸업하자마자 일을 시작했다. 대학에 진학하려면 고향을 떠나야 했는데, 어머니가 허락할 리 없는 일이었다. 때문에 그녀는 이 도시 생활에 만족했다. 섬유 공장에서 모범을 보이면 사무직으로 진급할 수도 있었고, 잘하면 거기에서 다시 군중 예술관으로 전근할 수도 있는 일이었다. 그녀는 철커덕거리는 베틀을 버리고 조용한 사무실에서 일하고 싶었다. 편집장은 그녀의 우상이었다. 그는 공장에서 일하면서 틈틈이 창작 공부를 했고, 처녀작인 영화대본 덕분에 편집장으로 승진되었다고 했다. 물끄러미 쳐다보고 있노라면 그의 작고 아담한 체구는 나폴레옹과 비슷했고, 주름살이 깊고 부은 듯한 얼굴은 베토벤과 비슷했다. 아버지 없이 자란 그녀에게 편집장은 아버지 같은 인물이었다. 그녀의 인생 목표는 단 한 가지, 영원히 그의 곁에 머무는 것이었다.

그런데 안타깝게도 그를 소유하자마자 생긴 행복감이 식욕을 자극했다. 허리와 허벅지에서부터 시작된 살은 얼굴로 번져 눈두덩을 덮고 뺨을 부풀렸다. 만난 지 이 년이 지났을 때 그녀는 더이상 눈 뜨고 볼 수 없을 지경에 이르렀다. 소녀 같던 매력은 온데간데없이 사라지고, 이제는 중년 부인의 몸만 남아 있었다. 이후 사귄 애인들에 비하면 보잘것없는 수준이었다. 그는 그녀가 부끄러웠고, 그녀와의 관계에서 자유로워지고 싶었다. 어느 수요일 오후, 그는 훙링진 공원 뒤편에서 만나달라는 부탁을 받아들였다.

이참에 영원히 헤어지기 위해서였다.

(작가는 인간관계라는 게 참으로 묘하기 짝이 없다는 생각을 한다. 무서운 사람 앞에서는 고분고분, 심지어 아부까지 하면서 얌전하고 소극적인 사람은 폭군처럼 짓밟는다. 우리는 누구나 두 얼굴의 소유자다. 아내 앞에서는 하인이었던 편집장이 섬유 공장 여공 앞에서는 주인이었다. 두 가지 모두, 다른 여자들한테는 적용할 수 없는 역할이었다. 우리는 이 역할에서 다른 역할로 옮겨 가고 옮겨 온다. 이 이야기가 계속 이어지면 여공이 여류 소설가보다 더 포악해질지도 모를 일이다.)

그녀가 드디어 홍링진 공원 뒤편의 숲 속에 도착했을 때 간염은 화가 나서 씩씩거리고 있었다. 그런 기분은 처음이었다. 그는 이 랑데부 장소로 향하는 동안 조만간 벌어질 육체적인 변화를 감지할 수 있었다. 그녀는 덜컹거리는 낡은 차 안에서 위아래로 요동치기라도 하는 것처럼 투실투실한 몸을 흔들며 달려왔다. 그러면서 늦어서 미안하다고 했지만, 그는 뚫어져라 그녀를 쳐다보기만 할 따름이었다. 그녀의 두 뺨이 죄책감으로 벌겋게 달아올랐다. 사실 이 시점에서 그녀는 예전에 그랬던 것처럼 그의 품 안으로 뛰어들어 그 여성스러운 풍만함으로 그의 욕정을 해소시켜야 할 일이었다. 하지만 차갑고 냉정한 그의 표정 때문에 자신감을 잃은 나머지 감히 다가가지 못했다.
하지만 간염의 입장에서는 그 상황이 마음에 들었다. 그녀가 늦었기 때문에 계속 부글부글 속을 끓일 수 있었고, 한심한 표정을 지은 채 웅크리고 서 있는 그녀의 모습과 맞닥뜨리자 터뜨릴 준비를 할 수 있었던 것이다. (못생긴 여자가 남자의 마음을 사로잡고 싶을 때는 그 앞에 뻣뻣하게 서 있으면 안 된다. 먼저 눈썹을 우아하게 움직이며 재미있는 이야기로 환심을 사거나 키스 세례를 퍼부어야 한다. 뒤룩뒤룩한 눈이나 뾰족한 턱에 시선이 고정되지 않도록 무슨 짓이든 해야 한다. 사실 무척 피곤한 일이지만, 그래도 해야 한다. 가진 장점을 총동원해 최상의 효과를 낼 수 있는 방법을 터득해야 한다.) 분노는 오랫동안 그의 속에서 서서히 끓고 있었던 모양이다. 그렇지 않고서야 일말의 주저함도 없이 손을 들어 그녀의 얼굴을 힘껏 내리칠 수 있었을까.

그는 처음으로 손찌검을 한 뒤 고함을 질렀다.

"이 썩을 년아! 왜 늦은 거야?"

이런 행동과 말투는 아내에게 배운 것이었다. 아이 없이 단둘이 살던 시절에 빨아서 발코니에 널어둔 점퍼가 날아갔을 때 아내는 이런 식으로 소리를 지른 적이 있었다. 일부러 그런 거라며 노발대발하기에 점퍼가 너무 축축해서 바깥에 널 수밖에 없었다고 대답했더니 그의 뺨을 때렸다. 그때 그는 몸속 어느 기관이 조금 움직이는 게 느껴졌다. 그는 부엌으로 달려가 찬물을 한 주걱 떠서 입 속으로 들이부었다. 눈이 핑핑 돌 때까지 그렇게 물을 마셨다. 그 손찌검이 오늘 재현되고 있었다. 처음에는 말을 잇기가 어려웠고 양철 양동이에 대고 삽을 긁는 듯한 목소리가 나왔지만, 이내 괜찮아졌다. 그의 손이 그녀의 얼굴을 정통으로 때렸다. 해낸 것이었다. 자신이 생긴 김에 가슴을 때렸더니 그녀는 순결을 잃은 바로 그 자리에 쓰러졌다. 이후 어떻게 하느냐에 따라 운명이 결정되는 이 순간, 그녀는 되받아치기는커녕 억지로 일어나서 무릎을 꿇고 앉아 용서를 빌었다.

이렇게 애원하는 그녀의 태도로 인해 간염의 행동이 정당화되었다. 그는 더이상 참지 않았다. 잃어버린 지난 세월을 드디어 보상받고 있다고 생각했다.

어스름이 밤으로 깊어갈 무렵, 간염은 그녀를 소유하고 싶은 충동에 휩싸였다. 그는 그녀의 위로 올라가 힘없고 연약한 육체를 휘어잡았다. 그가 젖꼭지를 깨물고 머리채를 잡아당겼을 때 그녀는 입술을 깨물고 꺽꺽 소리를 냈다. 그녀의 키가 더 컸지만 버둥거리며 일어나려고 할 때마다 그의 발길에 채어 다시 쓰러졌다.

"이제 두 번 다시 날 찾지 않을 테냐?"

그가 소리를 질렀다.

"당신이 행복해질 수 있다면 뭐든 할게요."

그녀는 흠모하는 표정으로 그를 올려다보며 이렇게 대답한 뒤 또다시 쓰러졌다.

"내 말 아직도 못 알아먹겠어?"

그는 이렇게 물으며 바지를 올렸다.

"다시는 널 만나기 싫단 말이다!"

그는 이 말과 함께 침을 뱉고 떠나버렸다.

(이때 아파트 8층에 갑자기 전기가 다시 들어온다. 도대체 사랑

이 뭘까? 작가는 방 한구석에 처박혀 있는 헝겊 인형을 쳐다보며 도대체 인형이 왜 거기 있는지 의아해한다. 예전에도 그 인형은 여러 번 본 적이 있지만, 한밤중이나 술에 취했을 때나 멍하니 생각에 잠겼을 때만 보였기 때문에 착각인 줄 알았다. 그런데 정말로 의자 밑에 헝겊 인형이 있는 모양이다. 어떤 여자한테 선물받았거나 어떤 친구가 놓고 간 것일지 모른다. 아니면 예전 세입자가 홧김에 내동댕이친 물건일지도 모른다. 지금까지 어느 누구도 허리를 숙여 인형을 집어 드는 수고로움을 감수하지 않았다. 인형이 더러워지면 더러워질수록 건드리고 싶은 마음도 줄어든다.)

편집장의 서랍은 연애편지로 가득했다. 이 도시는 심해항(深海港) 옆에 건설된 곳이다보니 개혁개방정책 이후 무역 규제 완화로 인한 혜택을 가장 먼저 누렸다. 경제가 꽃을 피우자 도시의 규모가 커졌고, 해안선을 따라 늘어선 농경지에 신시가지가 건설되었다. 내륙 마을의 농민들이 떼거리로 이곳에 몰려들어 농산물을 팔고 새로운 일자리를 찾았다. 얼마 안 있어 중국 내에서 이 도시를 모르는 사람이 없게 되자 간염이 출간하는 문학잡지의 영향력도 날이 갈수록 커졌다. 그는 일이 좋았다. 편집부 직원들도 그를 따뜻하게 대해주었다. 정치 학습 때 당원들은 그의 솔직한 의견과 사소한 불만까지 토로하는 용기를 높이 샀다. 신입 사원들은 그를 존경했다. 그는 신입들과 이야기할 때면 편안히 대할 수 있도록 항상 '성적 매력'이나 '기질' '품행'과 같은 단어들을 잊지 않고 동원했다. 섬유 공장 여공이 잠잠히 있어주기만 하면 은퇴할 때까지 이 자리를 보전하는 데에는 아무 문제가 없었다. 그는 그녀를 제거할 방법이 없는지 머리를 굴리고 또 굴렸다. 그녀는 자존심이라고는 조금도 남아 있지 않았고, 마음대로 괴롭힐 수 있는 대상이었다. 몇 주라는 시간이 지나는 동안 그는 고문을 즐기게 되었고, 그녀의 자발적인 희생 덕분에 서로 만나는 횟수가 그 어느 때보다 잦아졌다.

스스로도 알고 있다시피 먼저 유혹한 쪽은 그였다. 사무실에서 처음 만났던 날, 그는 얼마나 열심히 소설 작업을 했는지 이야기했고, 학창 시절에 바둑대회에서 우승한 적이 있다는 이야기도 했다. 살아오면서 고생을 많이 했고 위로가 너무나도 필요한 사람처럼 자신을 포장했다. 섬유 공장 여공이 고개를 들고 사랑이 담긴 눈빛으로 그를 쳐다본 것은 아니었다. 하지만 그녀는 아버지 같은 사람이 필요했고, 편집장이 그렇게 지대한 관심을 보이다니 기분이 좋았다. 그렇게까지 깊은 속을 내보인 남자는 여태껏 한 명도 없었다. 때문에 공원 뒤 숲 속에서 그가 끌어안았을 때 밀어내지 않았던 것이다. 얼마 동안은 모든 게 완벽했고, 두 사람은 서로의 욕구를 만족시켰다. 섬유 공장 여공의 실수는 간염을 사랑한 게 아니라 그의 마음이 다음 먹잇감으로 떠난 뒤에도 매달렸다는 데 있었다. 그에 대한 사랑이 그녀를 파멸로 몰고 갔다.

그녀는 간염이 헤어지자고 할 때마다 아이가 생기면 갈라서겠다는 조건을 내걸었다. 이런 요구 사항은 그의 영혼을 파괴했고, 얼마 안 있어 공상 속으로 도피하는 버릇이 다시 시작되었다.

편집장은 매일 아침 여전히 의욕적인 미소를 띤 혈색 좋은 얼굴로 출근했다 핏기 없는 얼굴로 퇴근했다. 그는 집 안으로 들어서면 신발을 벗고 소파에 몸을 묻은 뒤 가구를 여기저기 옮기는 상상을 하기 시작했다. 가끔은 야자나무 의자가 너무 무거워서 땀이 뚝뚝 떨어질 때도 있었다. 하루는 주방에서 닭뼈 끓이는 냄새가 흘러나오자 커다란 붙박이장을 없애는 상상을 한 적도 있었다. 몇 분 뒤 정신을 차리고 닭국을 젓는데, 거실에서 아내에게 으스대고 있는 촌스럽고 하찮은 시골 작가의 머리를 붙박이장에 내려친 뒤, 그의 조잡한 소설을 갈기갈기 찢어버리고 싶은 충동이 일었다. 하지만 그 대신 맥주에 물을 섞고 밥에 모래를 뿌린 다음 옆방으로 들고 갔다. 그러고는 모래가 씹히자 얼굴을 찡그리는 아내와 손님의 모습을 쳐다보았다. 흥분 때문에 두 다리가 후들후들 떨렸다. 그는 재수없는 그 작가가 하루만 더 묵으면 맥주에 오줌을 섞자고 다짐했다.

하지만 집에서 그는 여전히 하인이었고, 뭘 할 때마다 아내의 표정을 살펴야 했다. 아내가 암호랑이처럼 사납게 명령을 내리면 그대로 따랐다. 남편으로서의 의무 방어전을 치르고 나면 아내가 요구한 대로 콘돔에서 정액을 짜내 얼굴과 허벅지에 발라주었다 (아내는 가장 비싼 프랑스제 영양 크림의 재료가 정액이라는 잡지 기사를 읽은 다음부터 콘돔 속 내용물을 한 방울도 남김 없이 짜내 피부에 마사지하라고 요구했다). 그는 섬유 공장 여공과 있을 때는 그녀의 입에 사정한 뒤 한 방울도 남김 없이 삼키도록 강요했다.

"얼굴!"

암호랑이가 으르렁거리자 편집장은 침대 위로 기어 올라가 아내 위로 몸을 숙였다. 콘돔 속의 정액이 얼마 안 되는 것은 어제 벌인 비밀 정사와 관계가 있을 것이다. 그는 남아 있는 정액을 아내의 얼굴 위에 조심스럽게 발라주면서 속으로 트집을 잡았다.

'늙은 할망구 같으니라고! 얼굴이 다자이*의 밭처럼 울퉁불퉁하구만.'

그는 정액이 하얀 분가루처럼 마를 때까지 열심히 문질렀다. 그러면서 속으로 중얼거렸다.

'그 아이한테는 내 마음대로 할 수 있지. 젖을 잡고 마르고 닳도록 빨 수도 있어. 그 아이 젖이 당신 것보다 훨씬 하얗고 보드랍다고.'

손을 씻으러 침대 밖으로 나오자 텅 비어 있던 고환이 다시 따뜻해졌다.

여러 애인을 만나기 시작하자마자 트럭에 실린 흙을 바다로 쏟아 붓는 상상이 계속 반복되는 괴로움이 사라졌다. 하지만 섬유공장 여공이 아이가 생기기 전에는 헤어질 수 없다고 했을 때, 그는 다시 대형 트럭 운전석으로 들어가 흙더미가 바다의 파도 속으로 떨어지는 광경을 백미러로 쳐다보기 시작했다. 편집실에서 오후 휴식 시간이 되면 무의식중에 트럭을 운전했다. 직원들은 그가 웃는 얼굴로 물끄러미 벽을 쳐다보다가 이 년 전 달력을 보며 눈

---

*大寨. 중국 산시성 시양현에 소속된 모범적인 생산 조직의 이름.

살을 찌푸리는 것을 알아차렸다. 그러면 상상의 나래를 펼치는 중인 것을 간파하고, 그 틈을 타서 간식을 사러 나가거나 전화 통화를 했다.

직원들은 그가 이런 식으로 꿈을 꾸고 있을 때 짓는 표정을 보고 어떤 상태인지 미루어 짐작했다. 그가 눈살을 찌푸리고 있을 때는 전화벨 소리를 듣거나 원고를 보는 게 가능했다. 심지어 자리에서 일어나 손님과 악수하고 사무실 안을 왔다 갔다 걷는 것도 가능했다. 하지만 꿈에서 깨어나면 무슨 일이 있었는지 완전히 잊어버렸다. 입술 끝을 올리고 희미한 미소를 짓고 있을 때는 자리에서 일어나 보온병이 있는 곳으로 가서 자기 컵에 뜨거운 물을 따르는 정도가 상한선이었다. 트럭이 쌩쌩 신나게 달리고 있을 때 이런 표정이 나온다는 것은 그 혼자만 아는 사실이었다. 하지만 트럭이 바다를 가로질러 파란 하늘로 날아오를 시점이 되면 그의 표정은 무섭도록 진지해졌고 두 눈은 어느 먼 곳을 물끄러미 쳐다보았다. 기공에 대해 조금 아는 편집 보조 천의 주장에 따르면 깊은 명상을 끝낸 뒤 영원을 응시하는 사람이 이런 표정을 지었다.

"허공의 경지에 들어서신 거예요."

천은 염소수염을 기르고 있는 미술팀장에게 이렇게 설명했다.

"영혼이 육신을 빠져나간 거죠. 요전날 밤에 팀장님이 술에 취해서 바지를 벗었을 때처럼 멍한 상태라고 할까요?"

편집장의 몽상은 강렬했지만, 이십 분 이상 계속 이어지는 법이 없었다.

그가 집에서 몽상을 하다 처음으로 들켰을 때 여류 소설가는 이런 식으로 비웃었다.
"이 바보천치, 귀가 멀었어?"
묻는 말에 대답이 없자 그녀는 웃음을 터뜨렸다. 그때 그는 싱크대 속의 식기와 수도꼭지에서 콸콸 쏟아져 나오는 물을 물끄러미 쳐다보며, 어렸을 때 사족을 못 썼던 솜사탕을 따려고 나무에 오르는 상상을 하고 있었다. 두번째 물었을 때도 아무 대답이 없자 그의 아내는 주방으로 돌진해 당근을 집어 들고 군인의 후손다운 힘을 실어 그의 등을 찔렀다. 그 즉시 그는 나뭇가지에서 떨어져 줄기에 부딪혔고, 부엌 바닥 위로 우당탕 쓰러졌다. 깨어보니 그는 뒤집개를 들고 감자 더미 위에 대자로 뻗은 채 아내를 올려다보고 있었다.

그때부터 그는 한쪽 머리만 상상에 동원하고, 나머지 한쪽으로 현실 속의 일상적인 업무를 소화했다. 이쪽 세계와 저쪽 세계가 부분적으로 겹치는 것은 어쩔 수 없었지만, 대부분의 경우 통제가 가능했다.

그러던 어느 날, 섬유 공장 여공이 드디어 그의 집을 알아냈다. 예전부터 뒤를 밟았지만 그가 매번 다른 길로 퇴근하는 바람에 번번이 놓치다 거둔 개가였다. 문을 두드렸을 때 간염은 집에 없었다. 그녀는 그냥 돌아갈까 생각했지만, 무언가 있음을, 이 아가씨가 간염과 모종의 관계임을 여류 소설가가 직감했다. 서로 어떻게 아는 사이냐고 물었더니 섬유 공장 여공은 울음을 터뜨리며 아무 말도 하지 않았다. 소설가는 얼른 그녀를 내쫓고, 간염이 올 때까지 기다렸다가 심문을 시작했다.

"그 여자하고 잤어, 안 잤어?"

남편이 문을 열고 들어오는 순간, 그녀가 물었다.

그는 겁에 질린 얼굴로 아내를 올려다보았다. 그는 아내가 얼마나 포악한 여자이고, 그녀 뒤에는 얼마나 더 잔인한 인물이 버티고 있는지 알고 있었다. 군인인 장인에게 맞아 죽을지도 모르는 일이었다. 그는 다리를 벌린 채 현수교처럼 안정감 있게 서 있는 아내를 보고 모든 것을 고백했다.

섬유 공장 여공은 그 즉시 조사를 받았다. 윗선에서는 그녀의 '프티부르주아적인 자유주의'를 비판하며 이 년 동안 승진이 거부된다고 통보했다. 작업반장은 이 기회를 이용해 파마를 풀고 나팔바지를 입지 말라는 지시 사항을 전달했다. 다음 날 그녀는 땋은 머리와 헐렁한 바지 차림으로 공장에 출근했다. 하지만 풀이 죽기는커녕 점심을 먹고 정각에 퇴근하자마자 다시 머리를 풀고 립스틱을 바른 다음 간염의 사무실로 향했다.

"이제는 어떻게 되든 상관없어요."

그녀는 그의 뒤를 졸졸 쫓아다니며 칭얼거렸다.

"네가 두 번 다시 우리 안사람 눈에 띄면 그 길로 내 인생은 끝이야."

그날 아침, 지도자가 지나가면서 생활 태도에 신경 쓰라는 경고를 전했었다.

"이제 그만 가. 회의가 있어."

"하지만 당신한테 꼭 해야 할 말이 있다고요."

그녀는 사무실 밖으로 그를 따라나섰다. 두 사람은 서로 모르는 사이인 것처럼 앞뒤로 나란히 인파를 뚫고 걸어갔다.

"공장 지도부한테는 뭐라고 했지?"

"오래전부터 같이 잔 사이라고 인정했어요."

그녀가 속도를 맞추려고 기를 쓰며, 그의 목덜미에 대고 말했다. 간옌은 머리가 폭발할 것 같았다. 그의 발걸음이 무거워졌다.

그녀는 뒤처질 생각이 없다는 듯 바짝 뒤를 쫓았다.

"난 그 사람들이 무섭지 않아요."

"꺼져. 알겠니? 꺼져버리라고!"

그가 어금니를 앙다문 채 외쳤다.

그녀는 잠깐 그 자리에 멈춰 섰지만, 그는 계속 발걸음을 재촉했다.

그녀가 뒤따라오는 소리가 들리자 그가 말했다.

"두 번 다시 내 앞에 나타나면 죽여버릴 거다!"

막 도망치려는 순간, 그녀가 내뱉은 한마디가 그의 발걸음을 붙잡았다. "나 임신했단 말이에요!"라고 했던 것이다.

순간, 슬픔과 분노가 동시에 엄습했다.

"앞장 서."

그는 이렇게 말했지만, 고개는 돌리지 않았다.

"공장 뒤쪽, 거기에서 만나자."

그는 발걸음을 늦춰, 볼품없는 그녀가 그를 추월해 인파를 뚫고 바다 쪽으로 어기적어기적 걸어가는 모습을 지켜보았다. 심장이 쿵쾅거렸다. 오늘 회사에 있었을 때부터 뭔가 불길한 예감이 들었다. 최근에 그는 시문화국에서 주관하는 문학 수업에서 강의를 했는데, 그 수업을 듣는 타지 대학생에게 호감을 품고 있었다. 그녀는 가슴이 컸고, 커다랗고 동그란 얼굴을 하고 토기 인형처럼 항상 웃고 다녔다. 오늘 아침, 그녀에게 데이트 신청을 하려고 문화국으로 전화를 걸었더니 전화를 받은 직원이 그녀가 자리에 없다고 했다. 소설 원고를 가지고 오라는 이야기를 전해달라고 하자 그 직원은 쾅 하고 수화기를 내려놓았다. 그때는 불친절하다고 직원을 욕했는데, 이제 생각해보니 누군가 소문을 퍼뜨리고 있었던 것이다.

아내가 섬유 공장 지도부에 이런 상황을 알렸을 때 그들은 비밀리에 처리하겠다고 했지만, 소문이 새어 나간 게 분명했다. 나쁜 놈들. 이제 모두가 알고 있었다. 보모 같은 분위기의 섬유 공장 여공과 멀찌감치 거리를 두고 따라가는데, 다리에서 점점 힘이 빠졌다.

"그러니까 이제 아이를 낳고 싶다고? 나쁜 년!"

그는 인파를 뚫고 앞장 서 가는 섬유 공장 여공을 쳐다보며 들릴락 말락 하게 욕을 했다. 속이 무겁고 거북했다. 진입로 쪽으로 방향을 바꾼 그녀가 벽에 난 구멍 사이로 사라졌다. 그는 구멍을 일부러 지나쳐 몇 걸음 걸어갔다 되돌아서서 얼른 반대편으로 넘어갔다.

문을 닫은 공장의 무너져가는 잔해 속으로 들어가자 저 아래 시멘트 제방에 부딪히는 파도 소리가 들렸다. 가끔은 뒤쪽 화학 공장에서 쏟아내는 폐수의 악취가 나기도 하는데, 어스름 무렵이면 축축한 땅에서 스멀스멀 올라오거나 저녁 바람에 실려와 특히 심했다. 찌는 듯이 무더운 여름날이면 섬유 공장 여공은 늘 호랑이 고약을 들고 와서 벌레들이 달려들지 못하도록 간염의 쭈글쭈글한 다리에 정성껏 발라주곤 했다. 여기저기 흩어진 타일을 밟으면서 그녀가 걸어오는 소리가 들렸다. 그는 이 은밀한 장소를 좋아했다. 모기가 우글거리기는 했지만, 보통 아무도 없었다. 교외에서 건너온 트럭들이 이따금 바깥 도로를 지나가고 행인이 가끔 구멍 사이로 들어와 마당에서 용변을 해결하고 나가는 경우는 있었지만, 폐허가 된 건물 안까지 들어오는 사람은 없었다. 그와 섬유 공장 여공은 항상 예전에 관리실이었음 직한 한가운데 방에서 만났다. 삼 면의 벽이 키를 살짝 넘기는 높이로 건재했고, 바닥에는 평평한 시멘트가 깔려 있었다. 뒤쪽 화학 공장의 디젤 엔진이 하루 일과를 마치고 가동을 중단하면 두 사람은 바닥에 앉아 소금기를 머금은 바람을 들이마시면서 아름다운 해변의 빌라에 와 있다고 상상했다. 섬유 공장 여공은 한구석 벽돌 밑에 숨겨놓은 비닐을 꺼내 그 위에 앉아 있었다. 그 뒤편의 무너진 벽면에 페인트로 적은 마오 주석의 어록이 희미하게 남아 있었다. '공동의 혁명 목표를 위해 함께 행진하자.'

"와서 앉아요."

그녀가 나지막이 말했다.

"와서 앉으라고?"

간염은 화학 공장이 아직 문을 닫지 않았다는 걸 알고 있었기 때문에 언성이 높아지지 않도록 조심했다.

"임신이라니 말이 돼? 난 지난 삼 개월 동안 네 몸에 손을 댄 적도 없는데."

"임신 맞아요. 좀 됐어요."

그녀는 자못 시비조였다.

두 사람은 팽팽히 맞섰다. 간염은 처녀들의 낙태를 전문으로 하는 불법 시술소를 알아봐주겠다고 했다. 섬유 공장 여공은 이후에도 계속 만나준다고 약속해야 아이를 지우겠다고 했다.

어스름이 깔리기 시작할 때까지 두 사람은 합의를 보지 못했다. 간염의 두 눈이 분노로 이글거렸다. 그가 한 걸음 다가가며 으름장을 놓았다.

"계속 이렇게 들러붙으면 내가 무슨 짓을 할지 나도 몰라."

섬유 공장 여공은 비닐에 앉은 채 침착한 표정으로 그를 올려다보았다. 지금까지 그가 남긴 상처 때문에 온몸 곳곳이 흉터투성이였다. 몇 개월 전에는 배를 하도 세게 걷어차여서 요실금에 걸렸다. 지금도 그 때문에 약을 먹고 있었다. 위까지 탈이 나서 찬 걸 먹으면 온몸이 와들와들 떨렸다.

"제발 앉아요. 이야기 좀 하게."

그녀의 눈빛이 슬퍼 보였다. 오늘은 그녀의 열아홉번째 생일이었다. 계산해보니 그와 함께 지낸 지 이 년하고 칠 개월이 지났다. 두 사람의 사랑 이야기는 오늘로 구백사십 일째였다.

"오늘 밤에 외식시켜줘요."

그녀는 간염의 신발을 쓰다듬다 싫은 내색이 없는 걸 확인하고 허벅지 쪽으로 손을 올렸다. 그녀는 그의 습성을 알고 있었다. 앞섶에 손을 대기만 하면 화를 내다가도 진정하고 미안해했다. 그녀는 키가 더 컸기 때문에 그가 우월감을 느낄 수 있도록 항상 앉은 다음 손을 내밀었다. 오늘은 발치에 웅크리고 있다 서서히 무릎을 일으켰다. 그녀는 고개를 들고 입술을 내밀었지만, 간염은 열린 앞섶 쪽으로 그녀의 고개를 잡아당기더니 머리채를 움켜쥐고 사타구니 근처에서 앞뒤로 흔들었다. 그녀는 속이 뒤틀렸고, 입 안으로 처박힌 살덩이 때문에 숨을 쉴 수가 없었다. 마침내 그의 손이 풀렸다. 땅바닥으로 풀썩 쓰러진 그녀는 비닐 위에 몸을 웅크리고 앉아 입 안에 든 정액 때문에 캑캑거렸다.

"그렇게 큰 소리로 기침하지 마!"

편집장이 바지를 추스르며 소리 질렀다.

이제 밤이 되었다. 하얀 비닐이 희미한 달빛을 반사시켜 그녀의 몸 위로 부드럽게 흩뿌렸다. 그녀는 구역질을 억지로 참았다. 안 그래도 부어 있던 눈이 더욱 퉁퉁 부었다.

"걸레 같은 년!"

편집장이 욕설을 토해냈다. 그는 쓰러지기 일보 직전인 것처럼 보였다.

"이제 됐냐?"

그는 손찌검을 시작한 이후부터 그녀의 귀에 대고 달콤한 말을 속삭이거나 시집을 사준 적이 없었다. 그 대신 그녀를 깨물고 꼬집었고, 그녀의 입술이 고통으로 일그러지는 것을 보면 마음이 홀가분하고 유쾌해졌다. 그녀는 사랑의 시련을 감내하는 사람처럼 고문을 견뎠다. 고문이 끝난 뒤 가끔 운이 좋으면 간염이 위로 차원에서 잠깐 안아주는 경우도 있었다. 오늘 밤에도 그녀는 포옹을 기다리고 있었다.

편집장이 그녀의 옆에 쭈그리고 앉아서 물었다.
"그럼 이제 수술 받는 거지?"
"아뇨."
그녀는 얼굴에 묻은 정액을 닦으며 대답했다.
"외식시켜주세요. 오늘은 제 생일이에요."
"생일은 무슨 개뿔! 수술 안 받을 거야?"
그는 벌떡 일어나서 그녀의 정강이를 걷어찼다.
"얼른 대답해. 수술 받을 거야, 안 받을 거야?"
여공은 묵묵부답으로 일관하며 한 치도 양보하지 않았다.
"다리 벌려!"
그가 고함을 질렀다.

여공은 몸을 돌려 그를 올려다보았다. 안색이 달빛보다 창백했다. 편집장이 그녀의 배를 걷어찼다. 그녀는 고통에 몸서리치며 두 손으로 배를 감쌌다. 뱃속 깊은 곳에서 울부짖음이 터졌지만, 정작 그녀의 입에서 새어나온 것은 소심한 신음 소리에 불과했다. 그녀는 숨을 헐떡이며 마오 주석의 어록이 적힌 벽 쪽으로 도망쳤다. 편집장이 다가와 눈물로 흠뻑 젖은 얼굴을 때렸다.
"죽을 때까지 당신 곁에 있을게요."
그녀의 신음 소리는 단순히 목청에서 나오는 수준이 아니었다.
"수술부터 받아. 네 헛소리를 들어주는 건 그다음이야."
편집장은 회사에서 부하 직원의 질문에 대답할 때 그러는 것처럼 권위적인 말투를 동원했다. 순종을 강요하는 말투였다. 그의 지도자, 지도자의 지도자, 그보다 높은 모든 지도자들이 쓰는 말투였다. 하지만 목소리가 가늘다보니 시위원회 서기관처럼 굵으면서도 부드러운 분위기는 내지 못했다.

"백 위안 주마."

그는 이 정도면 설득이 되길 바랐다.

여공은 고개를 숙인 채 아직도 부들부들 떨고 있었다. 하지만 이 소리를 듣더니 다시 울음을 터뜨렸다.

"당신이랑 잤으니까 영원히 당신 곁에 머물러야 한다고요."

"너희 어머니야 그렇게 가르쳤겠지."

그는 빈정거리는 투였다.

"저더러 다른 남자 만나지 말라고 하셨잖아요."

"그야 이 년 전 얘기지! 이제 다른 남자 만나서 결혼할 때라고 진작부터 이야기했잖아."

"못 그래요! 내가 아는 지식인은 당신뿐이라고요."

"열심히 찾아보면 교양 있는 노동자도 있어."

"작가가 아니면 안 돼요. 작가가 아니면 내 인생은 아무 의미 없다고요. 평범한 남자는 사랑할 수 없어요. 그리고 당신의 괴로웠던 과거와 불운한 가정환경 때문에 당신을 더 사랑하게 됐다고요."

"그거 다 거짓말이야."

편집장은 뼈만 앙상한 다리를 건들건들 흔들며 솔직히 고백했다.

"안 믿어요. 감옥에 갔었다고 거짓말하는 사람이 어디 있겠어요?"

"감옥에 간 적 없어. 문화혁명 때 홍위병한테 붙잡힌 적은 있지만 별일 없었지. 두세 시간 사무실에 갇혀 있었던 게 전부라고."

"그러면 독학으로 편집장 자리에 올랐다는 것도 거짓말인가요?"

"전부 거짓말이야."

편집장은 그녀의 불행을 고소해하며 큰 소리로 웃었다.

"나, 별 볼일 없는 사람이야. 한심한 바보 같으니라고!"

그의 목소리는 높고 날카로웠고, 이제는 더이상 다리를 흔들지 않았다. 그는 좀 더 거친 목소리로 다시 입을 열었다.

"얼른 대답해. 수술 받을 건지, 안 받을 건지."

그녀는 잠시 망설이다 대답했다.

"사실은 임신 아니에요. 만나고 싶어서, 같이 있고 싶어서 그랬어요. 공장에서는 아무도 나를 챙겨주지 않고, 다들 뒤에서 욕만 해요. 게다가 오늘은 제 생일이기도 하고요."

"거짓말을 했다, 이거야?"

그가 어금니를 앙다문 채 물었다. 그는 그녀를 때려 죽이는 장면을 상상했다. 떨어져 나온 벽돌과 타일이 바닥 곳곳에 흩어져 있었다. 물에 빠뜨리는 건 어떨까 싶었다. 몇 분만 걸어가면 바다가 있었다. 그는 그녀의 얼굴을 똑바로 쳐다보았다. 이 끈질긴 고집불통 때문에 진이 빠졌다. 무슨 수를 동원해도 이 아이의 결심을 꺾을 수 없었다. 그는 그녀의 머리채를 잡고 고함을 질렀다.

"입 벌려! 입 벌리라고!"

그가 바지 지퍼를 다시 열자 여공은 입을 벌리고 하늘을 멍하니 쳐다보며 말했다.

"오줌 싸고 나면 식당에 가서 생일국수 사주세요. 이번 한 번만 부탁해요……"

 밤이 되어 안마를 받은 아내가 잠이 들면 그는 아내의 벌린 입 주변에 남은 립스틱 자국을 쳐다보며 이런저런 생각을 했다. 그에게는 이때가 소중한 시간이었다. 물론 소설이나 시를 쓸 수는 없었지만, 적어도 긴장을 풀고, 잠든 아내가 주는 보석 같은 자유 시간을 만끽할 수 있었다. 아내는 그보다 재능이 많고 집안도 좋았다. 그녀를 처음 본 날부터 두근거리기 시작한 심장은 그 이후로 줄곧 잠이 들었을 때만 진정되었다.

 이런 두려움에는 이유가 있었다. 그는 정치위원인 장인이 여류 소설가의 뺨을 때리는 광경을 한 번 목격한 적이 있었다. 그 소리가 머릿속에서 울리는 바람에 거의 정신을 잃을 뻔했다. 그날 이후, 그는 아내한테 그런 식으로 뺨을 맞을지 모른다는 두려움에 항상 시달렸다. 그는 비누와 한약 냄새가 나는 조용한 집안에서 자랐다. 그의 아버지는 키가 그와 비슷하거나 조금 작았고, 하얗고 가냘픈 손을 움직이면 귀부인처럼 우아해 보였다. 그 손으로 누굴 때린다는 것은 상상조차 할 수 없었다. 문화혁명 때 아버지가 표적이 되자 그의 가족은 외부와 인연을 끊었다. 집안에서 감히 큰 소리를 낼 수 있는 사람은 어머니뿐이었다. 어머니는 기분 좋으면 애창곡인 〈해방 농노가 부르는 노래〉를 불렀다. 아버지는 퇴근하면 그와 함께 카드놀이를 하든지 바둑을 두었다. 문화혁명만 아니었다면 간염은 대학 공부를 마치고 지금쯤 대학교수가 되었을 것이다.

그는 아내 옆에 누우면 스탠드 불빛이 그녀의 쭈글쭈글한 얼굴을 비치도록 각도를 조절하는 식으로 그녀의 단잠을 방해하려고 애를 썼다. 그녀가 항상 특정한 안락의자를 고집하는 이유를 아는 사람은 이 세상에 그 혼자밖에 없었다. 그 이유는 그 자리에 앉았을 때 조명을 가장 잘 받기 때문이었다. 어느 날 아내는 거실에 있는 모든 의자에 앉아보더니 어디 앉았을 때 안색이 가장 환해 보이냐고 물었다. 아내는 그가 골라준 의자에 앉아서 손거울에 얼굴을 비춰보았고, 옆에 놓인 주황색 스탠드 불빛 덕분에 피부가 맑고 화사해 보인다는 사실을 알게 되었다.

가끔 그는 잠이 든 암호랑이를 내려다보며 주먹을 쥐고 씩씩거렸다. 아내가 코를 골기 시작하면 머릿속에서 은밀한 만남을 세세한 부분까지 재현시켰다. 그는 아내를 속였다는 데 자부심을 느꼈다. 그는 흉골 양옆으로 축 처진 아내의 가슴을 보고 비웃으며, 가장 최근에 만난 여자친구의 가슴은 얼마나 큰지 그 위에서 손으로 보여주었다.

"이만큼 크지."

그는 눈웃음을 치며 이렇게 속삭였다.

"그 아이 젖은 이만큼 큰데, 당신은 탁구공 두 개를 달고 있단 말이야."

하지만 오늘 밤에는 그럴 만한 용기가 없었다. 기껏해야 동그랗게 몸을 말고, 옆에 대자로 뻗어 있는 살덩어리를 희미한 불빛 너머로 물끄러미 쳐다볼 따름이었다. 여류 소설가는 잠들기 전에 다음 날 그의 직장으로 다시 찾아가겠다는 경고를 전했다. 그녀는 간염의 지도자를 만나 불륜에 대해 알리면서 더이상 문제가 확대되지 않도록 도와달라고 간청할 생각으로, 그날 오후 이미 사무실로 찾아온 적이 있었다. 아버지의 귀에 이 소문이 들어가면 그녀와 간염은 둘 다 끝장이기 때문이었다. 하지만 간염이 자리를 비운 사이 사무실에 들어가 책상 속에 산더미처럼 쌓여 있던 연애편지를 발견하자마자(평범한 주머니칼로 금세 서랍을 열었다) 당장 생각을 바꾸었다. 불륜의 규모가 밝혀졌을 때 맨 처음 여류 소설가가 한 생각은 남편을 죽여버리자는 것이었다. 두번째로 든 생각은 살려두되 끈질기게 괴롭히자는 것이었고, 세번째로 든 생각은 집에서 쫓아낸 다음 깨끗하게 잊어버리자는 것이었다. 그녀는 두번째를 선택한 뒤 그 즉시 작업에 착수했다.

그녀는 문학적인 자질이 엿보이는 연애편지를 스무 통 정도 골라서 따로 빼놓았다. 나중에 소설을 쓸 때 소재로 활용하기 위해서였다. 그런 다음 '미녀 비망록'이라고 적힌 공책—앞면에 집과 버섯이 그려진 연습장이었다—안에 들어 있던 좀 더 친밀한 편지들 중에서 스무 통 정도를 골라 내용물을 서로 바꿔치기 한 뒤, 며칠 뒤면 모든 여자가 다른 여자가 그에게 보낸 편지를 받아볼 수 있도록 봉투에 '반송'이라고 적어 부쳤다. 사랑에 눈이 멀어 청춘의 매력으로 편집장을 쓰러뜨리려는 여자아이들의 감상적인 편지는 모두 수거해 소속 단위 조직의 당위원회로 부쳤다. 그런가 하면 군중 예술관의 지도자를 호출해, 남편에게 편지를 보낸 칠십여 명의 여자들이 소속된 단위 조직에 공문을 보내 그들의 생활 태도 점검을 요구했다. 편집부는 아수라장이 되었다.

그날 저녁, 쓰러져가는 공장에 여공을 내동댕이쳐놓고 집으로 돌아온 간염이 어슬렁어슬렁 현관으로 들어서자 보온병이 날아왔다. 다행히 보온병은 머리가 아니라 가슴에 부딪혔다. 수치심에 고개를 숙이고 보니 고대 철학자들의 모습을 홀치기 염색한 아내의 치마가 눈에 들어왔다(백 퍼센트 수출용이라 이 도시 안에서는 똑같은 치마를 입은 여자가 한 명도 없었다). 그는 그 치마가 점점 다가오는 동안 사태를 어떻게 수습하면 좋을지 머리를 굴렸다. 하지만 결정을 내리기도 전에 투명한 나일론 스타킹(역시 외제였다)을 신은 늘씬한 다리가 치마 밑에서 튀어나오더니 사타구니를 걷어찼다. 간염은 비명을 지르면서 몇 시간 전에 여공이 그랬던 것처럼 바닥 위에 몸을 웅크렸다. 너무 아파서 견딜 수가 없었다. 눈앞에서 노란 별들이 번쩍였다. 여류 소설가의 다리가 다시 날아오자 간염의 지친 어깨가 꺼졌다. 그녀는 간염을 불빛 쪽으로 끌고 간 다음 전용 안락의자에 앉고, 분홍색 연습장을 주며 빨간색으로 밑줄 친 부분을 큰 소리로 읽어보라고 했다.

그 이후 벌어졌던 일들은 침대에 눕는 순간 기억 속에서 모두 사라졌지만, 울면서 고백했던 것과 단위 조직에 공식 사과하고 사상 점검을 받으라는 아내의 요구는 예외였다.

"내 말대로 하지 않으면 법원으로 끌고 갈 거야."

그녀는 이렇게 협박한 다음 꿈나라로 떠났다.

이제 그녀는 시체처럼 잠이 들었고, 간염은 뜬눈으로 그 옆에 누워 비참하게 새벽을 기다렸다. 예전에는 밤이 그의 시간이었는데, 이제는 모든 게 끝나고 남은 것이라고는 두려움뿐이었다. 두려움이 혈관을 타고 흘러 온몸의 뼈와 신경으로 번졌다. 예전에 본, 싸늘한 길거리 모퉁이에 죽어 누워 있던 쥐가 된 기분이었다. 그 쥐는 사흘 동안 그 자리에 누워 있었다. 그 쥐를 생각하면 항상 겁도 없이 걸어가서 다리를 쩍 벌리고 내려다보던 여자 동창생이 떠올랐다. 그 여자 동창생이 한번 보라며 끌고 갔을 때 그는 공포의 비명을 질렀고 머리가 터질 것 같았다. 홍위병이 아버지를 현관으로 끌고 가서 아우성치는 사람들 속으로 밀어 넣었을 때에도 그는 이런 공포를 느꼈다. 이런 공포의 순간에 그는 알몸이고 혼자였다. 썩어가던 쥐의 얼굴이 눈앞을 다시 한 번 스치고 지나갔다. 홍위병들이 그를 어둠의 공간 속으로 밀어 넣었고, 암호랑이가 그를 집어삼키려고 으르렁거렸다. 구출하러 오는 사람은 아무도 없었다. 그와 아버지는 포위당했다. 사람들의 함성에 귀가 먹먹해서 온몸을 관통하는 분노의 소리 말고는 아무것도 들리지 않았다. 그들―바깥에 모인 사람들―은 엄청난 숫자였고, 그는 혼자였다. 잠깐 동안 그의 두 눈이 죽은 쥐의 얼굴에 이식되는 광경이 보였다. 그 눈은 불결했고, 미동조차 없었지만 살아 있었다. 그 눈은 모든 것을 볼 수 있었다.

  결혼 후에 가장 감사했던 부분이 있다면 암호랑이의 자비로운 보호 밑에서 지내는 안전한 생활이었다. 그녀가 모든 문제를 처리하는 동안 그는 뒤에 조용히 숨어 있었다. 그녀는 키가 크고 튼튼했고, 기댈 수 있는 언덕 같았다. 그녀가 개혁개방정책에 휩쓸려 파마를 하고 립스틱을 바르고 〈중국작가대사전〉에 등재되지만 않았더라면 그의 인생은 살 만했을 것이다. 고지식하고 융통성 없는 그녀의 성향은 그의 성격과 잘 맞았다. 그는 그런 성향에 익숙해졌다. 그녀는 어머니와 같았고, 그는 보살핌을 받으며 사는 게 좋았다. 그는 인생이 이런 식으로 계속 이어지기를 바랐다.

새벽이 되자 아내의 숨소리가 점점 더 깊고 시끄러워졌고, 아우성치는 사람들 속에 휩쓸리는 공포가 다시금 그를 찾아왔다. 아내가 그의 팔을 잡고 문밖으로 미는 게 느껴졌다. 그 즉시 그는 적의를 품은 군중에 둘러싸였다. 그는 붙잡을 게 아무것도 없었고 혼자였고 무기력했다. 아버지처럼, 죽은 쥐처럼 눈을 휘둥그레 떴지만, 보이는 게 전혀 없었다.

문득, 좋은 수가 떠올랐다.

"도망치자! 아무도 붙잡을 수 없는 곳으로."

그는 곁다리로 만나고 있던 이혼녀를 떠올려보았다. 그녀는 혼자 살았다. 그 이혼녀하고 같이 살면 되지 않을까? 그녀도 아내처럼 립스틱을 바르고 매니큐어를 칠했고, 심지어 아내와 똑같은 책을 읽었지만, 적어도 성격이 포악하지는 않았다. 가장 큰 단점이라고 해봐야 술을 두세 잔 걸치면 항상 운다는 것 정도였다. 하지만 침대에 누워 있는데, 그녀의 이름이 떠오르지 않았다. '미녀 비망록'에 적은 여자들 이름도 하나같이 전혀 떠오르지 않았다. 그러다 여공이 생각났고, 처음으로 입을 맞추었을 때 그녀의 입술이 얼마나 부들부들 떨렸는지 생각났다.

순간, 파멸이 멀지 않은 것 같은 예감 때문에 정신이 번쩍 들었다. 그의 몽상만큼 생생한 예감이었다. 몸을 돌리고 울룩불룩한 암호랑이를 쳐다보는 순간, 온몸이 싸늘해졌다. 죽은 쥐가 바로 자기 자신이었다.

그는 아내가 자신의 정체를 알아차릴까 두려운 마음에 침대 밑으로 미끄러져 내려갔다. 밑에서는 모든 게 더 크게 느껴졌다. 그는 죽은 쥐가 왜 그렇게 눈을 휘둥그레 뜨고 있었을까 궁금해하면서 자신은 그렇게 눈을 크게 뜨고 있지 않길 바랐다. 그는 부엌으로 기어갔다. 밑에서 보았더니 모든 게 익숙하면서도 낯설었다. 전에는 한 번도 본 적이 없는 부분들이 눈에 들어왔다. 싱크대 밑에는 커다란 거미줄이 있었고, 그 한가운데에서 거미 두 마리가 부둥켜안은 채 잠을 자고 있었다. 두 개의 빈 병 사이에서는 오래전에 싹을 틔운 감자와 예전에 버린 줄 알았던 빈 겨잣가루 병이 발견되었다. 창밖 하늘이 점점 밝아지고 있었다. 그는 어떻게 하면 좋을지 머리를 쥐어짰다. 조금 있으면 암호랑이가 깰 시간이었다. 그는 일어나서 아침을 만들기 시작했다. 쌓여 있는 그릇들을 먼저 처리해야 된다는 데 생각이 미쳤을 때, 설거지를 시작하기 전에 늘 그렇듯 몽상이 펼쳐졌다.

그는 증기선 조종실 안으로 들어가 키를 잡았다. 하지만 배를 하늘 높이 띄우지 않고, 깊고 푸른 바다 속으로 움직였다. 관리 담당자가 달려와서 멈추라고 소리쳤다. 배에 구멍이 나서 빠른 속도로 가라앉고 있다는 것이었다.

"왜 아직도 조종하고 있는 거지?"

관리 담당자가 그를 험악하게 노려보며 물었다.

몇 달 뒤, 전업 작가는 군중 예술관 복도를 살금살금 걸어 다니는 편집장을 보았다. 보이지 않는 손이 잡아당기는 밀가루 반죽처럼 움직이는 모습이었다. 그는 집에서 내쫓겨 사무실 한구석의 접이식 침대에서 잠을 잤다. 기댈 언덕이 없어져 낙동강 오리알 신세로 전락하자 늙은 홀아비의 온갖 특징이 나타났다. 지저분하고 굼뜨고 건망증이 심해진 것이다. 몸에서는 불쾌하고 뭐라 말할 수 없는 악취가 풍겼다. 유행의 최첨단을 달리는 의상은 말라빠지고 구부정한 골격과 안 어울렸다. 정오가 되면 그는 군중 예술관 앞마당으로 가서 거기 모인 늙은 퇴직자들과 바둑을 두었다. 작가는 달라진 그의 모습을 보고 깜짝 놀랐다. 그는 이 도시에서 가장 권위 있는 문학잡지의 편집장으로 십사 년 동안 일했다고 해도 믿는 사람이 아무도 없을 만큼 꾀죄죄한 늙은이로 변해 있었다.

작가는 한 번 잠자리를 같이한 적이 있는 여류 소설가를 떠올린다. 그 순간, 그녀의 얼굴에서 나던 화장품과 담배 냄새가 생각난다. 요즘도 작가협회나 문학 행사에서 가끔 그녀와 마주치는데, 어찌나 초췌한지 놀라울 정도다. 하룻밤새 늙어버리는 여자들을 보면 늘 신기하기 짝이 없다. 둘이서 은밀한 시간을 보낸 것은 그녀의 책임이었다. 이 년 전 어느 날 밤, 그는 최근 출간된 그녀의 소설에 대해서 충고를 하기 위해 그녀의 집을 찾아갔다. 찾아가보니 은은한 조명에 촛불이 켜져 있었고, 간염은 출장 중이었다. 그는 아무 저항 없이 그녀의 덫 속으로 빨려 들어갔지만, 그 즉시 후회했다. 어찌나 천박하던지 지금까지 문학계에서 그만 한 성공을 거두었다는 게 화가 날 정도였다.

그녀에게서 상상력이라고는 찾아볼 수 없었다. 끊임없이 이어지는 불륜을 통해 애절한 사랑 이야기의 소재를 얻는 식이었다. 그런데 평단에서는 그녀를 가리켜 위대한 작가라고 했고, 그녀의 작품에서 영감이 느껴진다고 했다. 요즘은 작가로 성공하려면 인생이 복잡해야 한다. 고통을 겪으면 겪을수록 책이 더 잘 팔린다. 요즘 여자들은 시간의 중요성은 이해하지만, 방향의 필요성은 무시한다. 전등갓의 색깔에 집착하고, 몸의 어느 부분을 감추거나 노출할지 고민한다. 그들은 안전한 항구처럼 보이는 남자를 발견하자마자 목적 없이 바다 위를 떠다니는 배처럼 인생을 부유하기 시작한다. 그녀는 바다 한가운데에서 오도 가도 못하게 된 배였고, 편집장은 예전에 버렸는데 지금도 옆에서 둥둥 떠다니는 더러운 양말이었다.

이제 편집장은 휴대용 라디오를 들으며 매일 아침 공원을 걷는 늙은 퇴직자다. 그의 아내는 작년에 그와 이혼하고 나서 작가협회의 빈 사무실에 철물점을 차렸다. 이 순진해 보이는 가게가 사실은 다양한 암시장의 최전방이다. 그녀는 아버지의 군부 쪽 연줄을 통해 인기 많은 허가증을 다수 확보하고, 두 배 가격에 팔 수 있는 물건을 사들인다. 그러면서 돈을 좀 벌자 창작에 흥미를 잃었다. 그녀는 이 불완전한 사회와 찰떡궁합을 자랑하는 사업 수완 덕분에 부의 궁극적인 상징을 손에 넣었다. 시몬스 침대, 벽지, 온수기, 이십팔 인치 텔레비전, 사기그릇 세트, 네스카페, 프랑스산 와인, 알루미늄 새시, 그리고 이 모든 것이 담겨 있는 중앙난방식 아파트.

"우리는 이런 것들을 위해 일하는 걸까?"

전업 작가가 큰 소리로 묻는다.

"우리가 대학에 가고 친구를 만드는 이유가 뭘까? 대답해보게. 이 모든 고통을 감수할 만한 건지."

"무슨 고통 말인가?"

헌혈자는 담배를 눌러 끈다. 그는 작가만큼이나 질문을 좋아하게 되었다.

"그러니까, 모든 문학에는 대가가 따르기 마련일세. 작가는 작품을 위해 고통을 감수해야 하지."

전업 작가는 좀 전까지 하던 생각을 더이상 깊이 파고들고 싶지 않았다.

"모든 건 대가가 따르기 마련이지. 열심히 일하면 원하는 걸 뭐든 살 수 있는 거라네. 물론 시간은 예외지만."

헌혈자가 의기양양하게 대답한다.

"그렇지, 시간만 예외지."

작가는 여류 소설가와의 동침이 아무 의미 없다는 사실을, 아무런 감정도 개입되어 있지 않다는 사실을 알고 있다. 솔직히 말해서 젊었을 때 그녀의 작품은 엄청난 가능성을 보였지만, 기대에 부응하지 못했다. 막판에 가서는 무의미한 단어를 나열한 게 고작이었다. 전업 작가는 자신은 극기 훈련을 하느라 소설을 완성시키지 못하는 거라고 스스로 위로하며 혼자 흐뭇한 미소를 짓는다. 하지만 속으로는 자신이 여류 소설가보다 못한 인물임을 알고 있다. 그는 한 가지에 온전히 전념하거나 생활 속으로 뛰어들 용기가 없다. 그는 방관자, 객관적인 목격자가 되고 싶지만, 먹고살아야 하기에 남들에게 기대고 그들의 요구를 들어주어야 한다. 그는 천성이 게으르고 이기적이며 죽을 때까지 가난에 찌든 이 사회의 변방에서 이럭저럭 살아야 할 운명이다. 진지한 작업에 몰두할 일은 없을 것이다. 조사해야 할 불분명한 부분들과 일상 속의 의무는 늘 있는데, 이런 일들은 고마운 잡무인 동시에 꼭 해야 할 일을 뒤로 미루는 변명이 된다. 하지만 이런 잡무가 그를 현실 세계로 붙잡아놓는다. 잡무가 없으면 그는 평생 허공에 매달려 지낼 것이다.

다시 한 번 전기가 나가고 방 안이 칠흑 같은 어둠으로 덮인다. 잠깐 동안 전업 작가는 강풍에 날리는 비닐봉지가 된 것 같은 기분이 든다. 비닐봉지는 하등 쓸모없는 물건이지만, 세속을 벗어날 수 있고 방향을 바꿀 수 있다. 역풍이 불면 비닐봉지는 공기로 속을 가득 채우고 우주를 활공한다. 세속의 존재들은 할 수 없는 일이다.

거리의 작가 혹은 허공의 비닐봉지

　몇 년 전까지만 해도 뻥 뚫린 밭이었던 신시가지 포장도로에 쭈그리고 앉아 있는 거리의 작가가 전업 작가의 머릿속에 그려진다. 그곳은 해변에 콘크리트와 시멘트로 건설된 구역이다. 땅에서 쫓겨나 새로 지은 2층짜리 시멘트 블록에 재입주한 토박이 농민들은 아직 새로운 생활방식에 적응하지 못했다. 다시는 장작불을 때거나 밭에서 일할 필요가 없는데도 아직까지 현관문 밖에 땔나무와 다 떨어져가는 우비를 쌓아둔다. 여자들은 햇볕을 가릴 필요가 없는데도 계속 검정색 보자기를 머리에 두르고 다닌다. 남자들은 이제 양복을 입지만, 아직도 매일 오후마다 물담배를 피운다. 그리고 밭에서 괭이에 기대고 서 있는 것처럼 항상 자세가 비스듬하다. 아이들은 화장실에 새로 설치된 변기를 마다하고 여전히 길거리에서 용변을 해결한다. 평평한 지붕들은 어지럽게 꽂힌 텔레비전 안테나 때문에 구멍이 나 있다. 도시에서 일자리를 찾았지만 호적이 없는 오지 출신의 농민들이 이 신시가지로 몰려와 독방을 빌린다. 토박이 농민들은 하룻밤새 돈 많은 집주인이 되고, 구시가지 주민들은 예전에는 무시하던 '양배추처럼 생긴 촌뜨기들'에게 관심을 기울일 수밖에 없게 된다.

거리의 작가는 하늘을 날아다니는 비닐봉지를 뚫어져라 쳐다보며 머릿속을 완전히 비웠다. 행인들은 그가 새로 복원된 교회나 그 옆 아카시아 나무를 본다고 생각했다. 그가 비닐봉지를 쳐다보고 있고, 사실은 그걸 쳐다보기 위해 쭈그리고 앉아 있다는 사실을 알아차린 사람은 아무도 없었다. 이 어두컴컴한 먼지투성이 길모퉁이에서 그와 비닐봉지는 하나가 되었다.

그는 호적 이전 신청도 하지 않은 채 충동적으로 이 도시를 찾았다. 고향의 어두컴컴한 분위기와 스모그는 그를 우울하게 만들었고, 무엇보다도 다니던 금속가공 공장에서 전 직원에게 강요하는 일 년 보험금 삼백 위안을 낼 돈이 없었다. 때문에 그는 공장을 그만두고 급속도로 발전하는 이 해변 도시로 건너와 껌딱지처럼 들러붙었다. 얼마 지나자 경찰에서도 불법 거주로 그를 체포하는 데 지쳤는지 그냥 내버려두었다. 그는 별 볼일 없는 일자리들을 전전했다. 식당에서 접시도 씻었고, (장애인 한 명 내쫓지 못할 만큼 비실비실한데도) 술집 경비도 했고, 부탄가스 배달도 했고, 플라스틱 병도 모았고, 식당의 음식물 쓰레기를 근교 돼지 농장에 공급하는 일도 했다. 그는 이런 식으로 이 년 동안 고생한 끝에 자영업자인 거리의 작가가 되었다. 사람들이 돈을 주고 소장(訴狀)

이나 공문서 작성, 간판 글씨를 맡겼다. 연장은 펜과 종이 몇 장과 봉투 다발이 전부였다.

그는 이 지방 위원회와 중앙정부의 주요 분과에서 하달하는 여러 가지 최신 공문에 익숙해졌다. 혼인 절차와 금융 법규, 상공업 세수, 출판법, 사기업 관련 규제, 임대인의 권리, 교통법규, 사면 복권 정책의 최신 개정판, 업무상 재해에 대한 보상에 대해 배웠다. 그가 고객들을 위해 작성해준 소장은 일관적이면서 논리적이었고, 일반적인 관행을 따랐다. 그는 우익분자로 낙인찍힌 가족들의 복권을 도왔고, 산업재해를 입은 피해자들이 경제적인 보상을 받을 수 있도록 했다. 사랑에 빠진 청년들은 그에게 연애편지를 부탁했다. 바람피우는 예술가들의 아내는 이혼 법정에 제출할 소장을 부탁했다. 세입자와 집주인들은 임대 계약서 작성을 부탁했다. 까막눈인 농민들은 받은 편지를 읽어달라고 했다. 그는 아주 꼼꼼하게 일을 처리하고 적당한 대가를 받았다. 그의 전문 분야는 연애편지였다. 그의 편지를 받은 여자는 누구든 다음 날이면 공원 벤치에서 남자가 곁에 앉도록 허락했다.

그가 쓴 수천 통의 편지에서 하나만 골라서 읽어보면 그가 얼마나 유려한 문체를 사용하고, 기교에 얼마나 목숨을 걸며, 인간의 천성에 대한 식견이 얼마나 깊은지 알 수 있을 것이다. 그는 전업 작가, 하다못해 지식인을 꿈꾸었다(그는 손님들이 부탁한 내용에 근거해 편지를 썼지만, 항상 어휘와 문체를 세련되게 다듬고 적절한 표현을 동원했다). 강물 위에서 반짝이는 달빛처럼 단어들이 끊임없이 흘러나왔다.

어느 날엔가는 전업 작가와 사귀려는 딸을 말리고 싶어하는 어느 할머니를 대신해 편지를 써준 적이 있었다. 그런데 부탁한 것과 거의 상관없는 편지가 탄생하자 할머니는 같은 날 오후에 편지를 들고 와서 돌려주며 환불을 요구했다. 이 편지를 쓰는 동안 어찌나 괴로웠던지 거리의 작가는 직업을 바꿀까 하는 고민까지 했었다. 퇴짜 맞은 편지의 일부분을 여기에 소개한다.

……남녀 관계의 시발점은 사랑이 아니라 호기심이란다. 둘이 하나가 될 수 있는지 없는지 궁금해지는 거지. 네 아버지는 작가면서 신문기자였다. 책을 출간하지는 못했어. 나는 얼떨결에 네 아버지와 연애를 하게 되었단다. 처음에는 유난히 큼지막한 얼굴에 끌렸지. 파초선*만 했거든. 네 아버지가 물끄러미 쳐다보면 얼굴이 발개지는 동시에 웃음이 나왔지. 여자는 살갗이 남자의 입술과 처음 만나면 옷 속에 감추어둔 젖가슴에 대한 두려움이 사라지고, 남자가 그곳을 만지고 눌러주면 행복해진단다. 나는 내 몸에 대해서 네 아버지만큼이나 궁금했기 때문에 그이가 그 커다란 얼굴로 온몸을 쓰다듬고 어루만지도록 허락한 다음 다리를 벌렸단다. 그 뒤로 벌어진 광경은 어찌나 외설스럽던지. 내가 만약 어렸을 때 여자들은 남자들이 그 사이로 찔러

---

* 정승이 외출할 때 쓰던, 파초 잎 모양으로 만든 부채 혹은 넓은 파초 잎을 구부려 만든 머리 덮개.

넣을 수 있도록 반평생 다리를 벌리고 살아야 한다는 걸 알았더라면 절대 남자와 얽히는 일이 없었을 게다. 파초선만 한 얼굴을 보고 처음으로 미소를 지었을 때, 내 발그레한 얼굴과 그이의 역겨운 그곳 사이에 어떤 연관성이 있는 줄은 상상조차 하지 못했지. 얼마 안 있어 나는 '사랑에 빠졌지'. 적어도 친구들이 말하길 그렇다고 하더구나. 나는 한 남자가 내 몸을 소유했을 때 느껴지는 그 수치스럽고 천박한 감정이 '사랑'인 줄 알았어. 우리는 서로의 은밀한 부분에 익숙해지자 함께 살 수 있게 되었고, 친구들은 너무 잘 어울린다고 이야기했단다.

내가 바보였지. 소위 말하는 '사랑'이 무엇인지 알게 된 뒤에도 그만두질 못했거든. 오히려 그이의 온갖 욕구를 만족시켜주면서 행복해했고, 우리는 떼려야 뗄 수 없는 사이가 되었어. 모든 정력을 소모하는 바람에 지쳐 쓰러졌다가 밥을 먹고 다시 잠을 자고…… 이게 우리의 일상이었고, 흔히 말하는 '일반적인 결혼 생활'이었단다. 그러다 네가 생겼어. 네가 태어나서 좋았던 게 있다면 덕분에 우리의 성생활이 사라졌다는 거란다. 이제 너는 내가 처음 그이를 만났을 때 나이가 되었구나. 이 엄마가 하는 이야기를 잘 들으면 너는 나보다 훌륭한 길을 선택할 수 있을지도 모르겠다.

내가 하고 싶은 첫번째 충고는 남자의 말을 절대 믿지 말라는 거란다. 그중에서도 작가의 말은 절대 믿으면 안 돼. 말의 덫에 갇히면 빠져나올 방법이 없거든. 작가는 이야기를 만들어내는 걸로 먹고사는, 거짓말의 전문가야. 작가들은 실제로 벌어진 적이 없는 이야기들을 늘어놓지 않니. 적어도 나는 그 사람들의 책 속에 등장하는 그런 연애를 했다는 사람을 본 적이 없구나.

　너와 그 작가는 이미 성관계를 가졌겠지. 그 사람이 사랑을 운운했다면 분명 그와 동시에 네 몸을 주물렀을 테니까. 만약 그렇다면 너는 사랑이란, 남자들이 아무 생각 없이 내뱉는 무의미한 단어라는 걸 이미 알아차렸을지도 모르겠구나. 아니면 성에 대한 호기심 때문에 사랑의 본질을 보지 못하고 있는지도 모르겠고. 너하고 나는 여자 아니니. 우리 여자들은 우리 몸 곳곳의 굴곡에 대해 손바닥 보듯 훤한데, 그 굴곡이 남자들이 생각하는 것만큼 근사하지 않다는 걸 알고 있잖니. 남자들 앞에서는 가능한 한 오랫동안 몸을 허락하지 말아야 해. 남자들이 네 몸 곳곳을 누르고 찌르는 게 끝나는 순간, 너는 도마 위에 놓인 살코기보다 나을 게 없는 존재가 되거든. 결혼 전부터 남자들이 정신을 차리게 만들어야 해. 두 번 다시 침대나 인적 없는 헛간이나 풀밭으로 끌고 가지 말라고 지금 당장 이야기해라. 항상 서 있거나 앉아 있도록 하고. 그 사람한테 너를 바닥으로 쓰러뜨릴 기회를 주지 마.

　너는 그 사람이 사랑을 찾느라 네 몸을 더듬는 거라고 생각하고 싶겠지. 하지만 사랑은 만지거나 끌어안을 수 없는 거란다……

　그는 할머니와의 대화를 통해 얻은 정보를 바탕으로 열 쪽짜리 편지를 썼다. 할머니는 편지를 직접 쓰고 싶은데 손이 너무 떨려서 펜을 잡고 있을 수가 없다고 했다. 거리의 작가는 사랑을 대하는 할머니의 솔직하고 냉소적인 태도에 어안이 벙벙했다.
 할머니의 냉랭한 표정이 떠오르자 온몸에 소름이 돋았다. 예전에 썼던 감상적인 연애편지를 생각하면 얼굴이 화끈 달아올랐다. 그 편지를 받은 여자들은 지금 남산만 한 배를 잡고 만족스러운 얼굴로 길거리를 어기적어기적 걸어다녔고, 그 편지를 보낸 남자들은 은밀히 그를 다시 찾아와 새로 사귄 애인에게 보낼 편지를 부탁했다.
 "사랑은 시간 낭비라우."
 할머니가 말했다.
 "그 작가가 우리 딸아이하고 결혼을 하고 싶으면 먼저 나를 만나야지. 앞으로 구천 일이 지났을 때 딸아이가 어떻게 변할지 나를 보면 알 수 있거든. 나를 보면 상사병이 한 줄 연기처럼 사라질걸?"
 할머니는 요즘 젊은 사람들은 가슴이 아픈 것과 고통을 착각한다고 중얼거렸다. 할머니의 말에 따르면 그 둘은 다른 것이었다. 진짜 고통은 혈관처럼 온몸을 타고 흐르지만, 가슴이 아픈 것은 하찮은 사랑싸움에 대한 일시적인 반응이라고 했다. 사랑의 기쁨으로 훨훨 날아다니는 사람은 상대방의 영혼 속으로 깊숙이 들어가보지 않은 사람이라고 했다. 급기야 할머니는 딸이 지금까지 보낸 편지를 모두 무시하더니 공개 자살을 계획 중이라며 한탄했다.
 "정말 나를 쏙 빼닮았다니까! 아무도 그 아이를 막을 수 없다우. 동물원에서 호랑이를 빌려다 자기를 먹게 할 생각이라는구면. 나중에 환생하면 나하고 둘이서 천하무적 복식조를 만들 수 있겠어."

　할머니가 떠난 뒤, 거리의 작가는 머리를 툭툭 두드린 뒤에야 정신을 차릴 수 있었다. 그날 저녁에 그는 시내 중심가의 아파트 출입구에 자리 잡은 창고로 돌아가서 뒤죽박죽 섞인 할머니의 생각들을 정리해보았다. (이 창고의 예전 주인이자 사설 화장터를 운영하던 모자는 어느 날 근교로 여행을 떠나더니 그 길로 자취를 감추었다.) 그는 온 정신을 집중했다. 위에 달린 전등이 그의 대머리를 비추었다. 할머니처럼 이 세상의 공허함을 꿰뚫어볼 수 있는 날카로운 눈은 없었지만, 지난 몇 년 동안 머릿속에 든 뇌를 어찌나 혹사시켰던지 빳빳한 코털이 콧구멍 밖으로 삐죽 튀어나올 정도였다.

　그는 육체노동이 안 어울리는 분위기를 풍기는 얼굴의 소유자였다. 그의 얼굴은 하트 모양이었고, 달처럼 하얬다. 입술은, 결핵 초기 증상일지도 모르는 일이었지만, 여자아이처럼 빨갛고 촉촉했다. 눈의 흰자위는 노랬다. 그는 종종 아무 이유 없이 웃었다. 할머니의 이야기를 듣고, 나중에 할머니를 대신해 편지를 썼을 때도 그의 얼굴은 계속 미소를 머금고 있었다.

　전구 밑에 앉아 벽돌담을 쳐다보는데, 한 대필 편지의 주인공인 츠후이가 생각났다. 그는 편지의 주인공들에게 거의 항상 연정을 품었지만, 가장 자주 떠오르는 인물은 츠후이였다. 그녀를 생각하면 바람에 한들거리는 비닐봉지처럼 마음이 들떴다. 예전에는 그녀를 생각하면 봄날의 단풍잎과 외제 담배 냄새, 요도와 하수구의 공통점, 아무렇지 않게 끌어안고 공중화장실에서 나오는 커플이 떠올랐다. 하지만 할머니한테 들은 이야기 때문에 생각이 뒤죽박죽 섞이면서 머릿속이 복잡해졌다.

(어스름이 깊어갈 무렵이면 전업 작가는 시내 한가운데 십자로를 비틀비틀 건너는 거리의 작가를 자주 목격한다. 볼 때마다, 불안한 청춘의 눈과 중년 남자처럼 벗어져가는 머리와 육십대처럼 골이 팬 이마와 어린아이 같은 몸의 소유자라는 느낌을 받는다. 그가 무슨 생각을 하고 있는지 궁금하기 짝이 없다. 길거리에서 항상 그의 모습을 찾는 이유도 아마 그 때문일 것이다.)

"아무리 황당한 일도 인생 그 자체보다는 훨씬 진짜 같다."
거리의 작가는 신문지 한구석에 이렇게 끼적였다.
대필하는 편지에서는 그의 본모습이 조금도 드러나지 않았다. 그는 편지를 쓸 때마다 각기 다른 사람으로 변신했다. 변호사도 되고, 여학생도 되고, 농부도 되고, 과부도 되었다. 나이와 성에 관계없이 누구든 될 수 있었다. 그의 정체를 규정하려는 사람이 있다면 지금까지 맡은 모든 역할의 총집합이라고 말할 수밖에 없을 것이다. 그에게 있어 모든 편지는 새로운 시작이었고, 새로운 페르소나를 실험하는 기회였다. 가끔 그는 얼음 위에서 마구잡이로 빙글빙글 원을 그리며 스케이트를 타는 것처럼 느껴질 때도 있었다. 자신이 어디에서 시작했는지는 알고 있었지만, 어디로 가는지는 전혀 알 수 없었다.
아침에는 원고를 대신해 소장을 작성하고, 오후에는 피고를 위해 반론을 썼다. 열렬한 사랑의 고백을 대필하고는 바로 그 뒤를 이어 거절하는 편지를 써야 하는 경우가 태반이었다. 사랑 고백을 거들어주었는데 퇴짜 맞은 사람들을 보면 안쓰러울 수밖에 없었다. 그는 편지를 통해 인생을 살았다. 사방이 조용한 늦은 밤이면, 소의 뱃속에 들어간 풀이 그렇듯 지금까지 썼던 단어들이 속에서 마구 뒤섞였다. 책상 위에 쌓인 종이 더미를 보면 지난주에 썼던 편지 초안이 들어 있었다. 편지는 이렇게 시작되었다. '친애하는 츠후이 동지, 우리 만남을 끝내야 할 때가 된 것 같습니다(슬픈 일이지만 말이지요)……' 거리의 작가는 손님에게 통사정해서 괄호 안의 구절을 추가시킨 기억이 났다. 그는 이 손님을 대신해 모두 서른다섯 통의 연애편지를 츠후이에게 보냈고, 연애 초기의 불안감과 잇따른 열애, 아가씨 아버지와 단위 조직의 반대, 호적 이전 시도, 제삼자와의 짧은 만남, 눈물로 얼룩진 화해를 거쳐 이제 마지막 단계인 결별까지 함께 겪었다. 그로 인해 받을 츠후이의 고통을 생각하면 가슴이 찢어질 것 같았다. 무능력한 젊은 손님을 배신하고 그의 숨겨진 비밀을 츠후이에게 모조리 폭로하고 싶은 충동이 느껴졌다. 이 멍청한 녀석이 츠후이에게 마지막 편지를 보낸 바로 다음 날, 새로운 여자에게 보내는 편지를 부탁한 게 가장 심란한 일이었다.

그는 초안을 뒷면으로 뒤집어 펜을 들고 이렇게 써내려갔다. '당신의 작고 슬픈 얼굴, 바람에 나부끼는 흑단 같은 머리가 떠오릅니다. 눈에는 눈물이 가득하군요. 어쩌면 그 인간은 이런 식으로 잔인하게 이별할 수 있었을까요? 그 편지를 제가 썼다는 걸 알고 계신가요? 그 인간은 글씨가 정말 형편없답니다. 올 한해 동안 당신 생각이 머릿속을 떠날 줄 모르더군요. 사랑하는 당신이 보낸 답장은 저도 모두 읽어보았답니다.' (연애편지 대필이 직업이었음에도 불구하고 그는 이런 식의 애정 어린 표현을 쓸 때마다 얼굴이 화끈거렸다.)

그는 앞면으로 넘겨서 써놓은 편지를 읽었다. '이제 당신은 나에게 아무 의미 없는 사람이에요. 당신은 위치한테 차였기 때문에 나를 만났죠. 나를 통해 그 허전함을 메우려고 했던 거지요. 당신이 위치한테 보낸 편지를 봤어요. 나한테 보낸 편지보다 훨씬 애정이 넘치더군요.' 그는 다시 뒷면으로 뒤집어 이렇게 써내려갔다. '그 편지는 처음부터 끝까지 내가 썼어요. 그 편지를 읽었을 당신의 모습은 차마 상상할 수가 없네요. 혹시 수면제라도 먹은 건 아닐지 겁이 납니다. 그 망할 편지보다 먼저 날아가 당신의 두 손이 그 편지로 더럽혀지는 것을 막을 수만 있었다면 얼마나 좋았을까요.'

그는 앞면으로 다시 넘겨 편지를 읽었다. '당신은 나를 우울하게 만들어요. 당신의 그 칙칙한 가족들도 마찬가지고요. 당신 곁에 있으면 시체가 된 기분이 들어요. 당신의 그 우아한 외모도 끔찍했던 어린 시절의 상처들을 감추지는 못하더군요.'

'츠후이, 당신의 단아한 자태를 사랑합니다.' (천 킬로미터 멀리 사는 이 아가씨의 얼굴을 한 번도 본 적이 없음에도 불구하고) 그는 뒷면에 이렇게 써내려갔다. '당신의 가족도 사랑하고, 당신의 약점도 사랑합니다. 희한하게도 당신의 배경과 성격이 나하고 정확하게 맞아떨어지더군요.' 그는 뿌듯한 마음에 잠깐 펜을 멈췄다가 다시 글을 이어나갔다. '제가 본 아가씨들 중에서…… (손님들은 가끔 애인의 사진을 보여주기도 했다) 당신이 제일 예뻐요. 당신은 병약한 미인 특유의 우수 어린 분위기가 있어요. 우리는 둘 다 말랐고 몸이 약하죠. 우리는 서로를 돌보며 아픔 속에 함께 살아야 할 운명이에요. 당신을 보면 우리 고향집에 내리던 첫눈과 통나무집의 서리 낀 창문과 따뜻한 밀크티 한 잔이 생각나요. 아, 그렇게 잔인한 편지를 쓴 내가 용서가 되지 않네요!' 반대편에서 그는 츠후이의 오이 같은 얼굴과 생기 없는 표정을 나무랐었다. '일 년 동안 당신과 편지를 주고받았는데, 이제 와서 그런 식으로 매정하게 내팽개치다니! 내가 제정신이 아니었나봐요!'

그는 편지를 앞뒤로 왔다갔다 뒤집어보았다. 양쪽 면 모두 진실이었고, 그는 그 사이에 끼어 있었다. 하지만 그는 발전해 있었다. 십 년 전만 해도 그는 툭하면 눈물을 보이고, 음식을 아주 조금밖에 소화시키지 못하는 나약한 젊은이였다. 하지만 지금은 감정이 풍부한 삼십대의 성숙한 남자였다. 어렸을 때 그는 슬픈 영화만 좋아했다. 북한 영화 〈꽃 파는 처녀〉에서 여자 주인공이 죽었을 때에는 같은 반 친구들 앞에서 울음을 터뜨렸다. 그는 항상 몸에 흉터가 있는 사람들에게 끌렸다. 흉터는 고통의 순간을 상징하기 때문이었다.

그는 츠후이를 향한 고백을 계속해나갔다. '어렸을 때부터 나는 흉터를 가지고 싶었지만, 열여섯 살이 되어서야 몸에 상처가 생겼죠. 나는 게으르고 무기력해서 뭘 하나라도 제대로 한 적이 없어요. 소화가 잘 안 되고 심장이 약하기 때문일 거예요. 외로움을 치료할 수 있을까 싶어서 거리의 작가가 되었는데, 수많은 근심들이 나를 괴롭히네요. 이렇게 걱정하면 건강에 안 좋은데 말이죠. 기차역에서 아이들과 작별하는 부모나 웃고 떠드는 친구들과 마주칠 때마다 속이 뒤틀린답니다.'

그는 잠깐 망설이다 계속 이어나갔다. '몸이 너무 가벼워져서 하늘로 날아갈 수 있을 것 같은 기분이 종종 들곤 해요. 그래서 그런 일이 없도록 주머니에 쇳덩이를 넣고 다니죠. 가끔은 발이 땅에서 떨어진 것 같은 기분이 들기도 해요. 이렇게 작고 가벼운 내가 아직까지 바람에 날려가지 않은 게 신기하답니다.' 그는 다시 펜을 멈추었다. 생각해보니 그는 지금 혼잣말을 쓰고 있었다. 지금까지는 편지를 대필할 때마다 어떻게든 그의 존재를 감출 수 있었다. 그는 사람들이 원하는 누구라도 될 수 있었지만, 그들의 삶 속으로 들어가지는 못했다.

전등 불빛에 비친 거리의 작가의 수척한 얼굴과 몸이 서서히 사라져가는 게 보인다. (전업 작가는 글에서 거리의 작가의 미소와 때 이른 주름살을 자주 언급한다. 어촌에서 자란 사람이라면 바다에서 갓 잡아 올린 새우 비슷한 거리의 작가의 모습을 금세 상상할 수 있을 것이다.) 그의 여리고 창백한 외모는 사람들 속에 쉽게 묻혔지만, 그로 인해 사업에 방해가 되지는 않았다. 그의 글 솜씨를 필요로 하는 손님들이 많았다. 까막눈인 신시가지의 이주민들은 덕분에 도시 토박이 행세를 할 수 있다며 고마워했다. 일찍감치 공부를 작파한 젊은 사람들은 그를 통해 짧은 가방끈을 보충했다. 그들은 하루 종일 그의 곁을 맴돌았다. 그들이 동네에 떠도는 최근 소문을 전하면 그는 알고 있다는 듯이 미소를 지었다. 그는 전보보다 빠른 속도로 정보를 접수했고, 그날 무슨 일이 있었는지 알고 싶으면 사람들이 제일 먼저 찾는 사람도 그였다.

"그 고양이 다시 본 적 있어요?"

길모퉁이를 지나가던 사람들이 물었다. 그는 악명 높은 '외국 고양이 사건' 덕분에 온 마을의 유명 인사가 되었다. 몸집이 개만 한 외국 고양이 한 마리가 외국 합작 화학 공장을 탈출했을 때 이 소식을 가장 먼저 접한 사람이 운송담당인 쑨 형이었다. 쑨 형은 이 고양이가 거리의 작가 옆을 자주 지나갔다는 사실을 알고 있었기 때문에 그를 찾아가 최근에 고양이를 본 적이 있느냐고 물었다. 거리의 작가는 이 사건에 대해 주워들은 정보를 모두 알려주었다. 고양이의 한쪽 눈은 파란색, 다른 쪽 눈은 빨간색이고, '안녕히 가세요' '안녕하세요' '마오 주석 만세' '돼지'를 영어로 말할 수 있기 때문에 첩보 활동을 벌인 혐의로 체포되어 심문을 받고 있다는 것이었다. 경찰에서는 고양이의 꼬리에 부착된 도청기와 트랜스시버를 발견했고, 중국 사회주의 체제의 어두운 측면을 몰래 촬영한 초소형 카메라가 고양이의 눈 뒤에서 발견되었다고 했다. 그런데 희한하게도 국가안보국의 두 요원에게 심문을 받는 동안 녀석은 '마오 주석 만세'를 외쳤다. 반동 분자의 위장 전술이었던 것이다. 베이징으로 호송될 예정이던 날 밤, 고양이는 쇠사슬을 끊고 도망쳤다. 거리의 작가는 녀석이 그의 옆을 쏜살같이 달려가 맞은편의 높은 담벼락 너머로 사라지는 모습을 여러 번 보았다고 말했다. 경찰에서는 그로부터 일 년이 지난 뒤에야 고양이의 소재를 파악해 몽둥이로 때려죽일 수 있었다.

거리의 작가는 그날 하루 동안 만든 초안을 분류하고 메모를 추가하면서 밤늦게까지 일했다. 경찰에서 검열 나왔을 때를 대비해 손님의 출신성분과 정치적 지위를 자세히 알아놓으라는 식의 메모였다. 오래된 상처에 반창고를 붙인 듯한 이 신시가지에서 그는 상공관리국 당위원회 국장, 전국인민대표회의 지역 대표로 선발된 양계장 주인 등 수많은 유명 인사와 아는 사이가 되었다. 수많은 범죄와 부패한 관리를 폭로하는 투서와 호적 이전 신청서가 몇 부대씩 까막눈인 양계장 주인 앞으로 배달되었다. 이 가엾은 지역 대표는 수많은 분쟁을 해결하느라 날마다 길거리를 왔다 갔다 했다. 날이 갈수록 인민복이 지저분해졌고, 허리가 굽었다. 학교가 끝나고 집으로 돌아가는 아이들은 그의 꽁무니를 쫓아다니며 노래를 불렀다.

> 허리가 굽은 꼬부랑 할아버지가
> 똥통에 빠져 쇠똥을 집어 드는데⋯⋯

거리의 작가는 잠을 자거나 편지를 대필하는 때가 아니면 항상 책상 위에 쌓아둔 연애편지들을 생각했다. 그 편지들은 그의 인생에서 가장 소중한 보물이었다. 그 안에는 사랑하는 사람에 대한 묘사와 몇몇 야한 표현—개혁개방정책 이전에는 쓰다 들키면 종신형을 받았을 '사랑' '부드러운 입술' '나의 중심인 태양' '애수'

등—을 섞은 사랑의 고백이 들어 있었다. 그는 편지의 대상인 모든 여자들에게 애정을 품고 혼신의 힘을 쏟아 부었다. 그는 손님들이 보낸 편지의 초안뿐 아니라 받은 편지들까지 가지고 있었다. 그는 이를 통해 여성들의 내면을 이해하게 되었고, 그들의 가장 사적인 비밀을 엿보는 즐거움을 누렸다.

연인들이 후끈한 바닷바람을 맞으며 산책을 즐기는 여름 저녁이면 거리의 작가는 책상 위에 고개를 숙이고 땀을 쏟아가며 열심히 일에 매달렸다. 손님들이 맡기는 일로는 창작욕을 달랠 수 없었다. 그는 뼛속까지 시인이었다. 봄이 되고 사람들이 예외 없이 사랑에 빠지면 그는 시인으로서의 능력을 총동원해서 그들을 위해 사랑에 빠졌다. 그리고 가을이 가까워지면 절교를 선언하는 편지를 썼다. 봄에 천 통의 연애편지를 쓰면 가을에 구백여 통의 절교 편지를 쓰는 식이었다. 그의 인생은 계절을 중심으로 돌아갔다.

그는 복잡한 연애 생활 때문에 항상 긴장했고, 매일 밤 창고로 돌아가면 누가 숨어 있지 않나 사방을 살폈다. 예전 주인이 가구를 만들려고 구석마다 널빤지를 쌓아놓았기 때문에 조사를 마치려면 거의 삼십 분이 걸렸다. 그 외에도 매장복, 종이등, 향을 담은 나무 상자 예닐곱 개가 있었고, 방의 삼분의 일을 차지하는 침대 밑에도 잡동사니가 쌓여 있었다. 그는 밤마다 침대에 누워서 그 밑에 뭐가 숨겨져 있을까, 누가 그를 염탐하려고 침대 밑에 숨어 있지는 않을까 전전긍긍했다. 그는 창고로 들어가기 전에 항상 현관문에 귀를 대고 무슨 소리가 들리는지 확인했다. 한밤중에 누가 침대 발치에 나타나면 쓰려고 베개 밑에 망치도 숨겨놓았다.

나무 상자 위에 표시를 해놓고 위치가 달라지지 않았는지 정기적으로 확인했다. 옷장의 비밀 서랍 안에는 손님의 애인들에게 영원한 사랑을 고백한 편지들을 감춰두었다. 물론 단 한 통도 부친 적은 없었다. 이것들이야말로 지금까지 쓴 것 중에서 가장 비밀스럽고 솔직한 편지였다.

그는 시간이 지날수록 이 비밀 편지의 내용이 점점 더 걱정스러워졌다. 가끔 제일 아래 서랍에서 몰래 한 통을 꺼내 몇 줄을 지운 다음 조심스럽게 원래 자리에 넣어 놓을 때도 있을 정도였다. 츠후이에게 쓴 편지에서는 이 부분을 지웠다. '오, 인생아, 너무 빨리 지나가는구나. 내 손을 잡고 잠시 머물며 네 이야기를 들려주려무나.' 다른 편지에서 뜯어내 휴지통으로 직행시킨 종잇조각에는 이런 내용이 적혀 있었다. '이 펜으로 칠 년째 당신에게 편지를 쓰고 있습니다. 이 펜은 나를 이해하고 용서하지요. 만약 내 사랑이 조금이라도 의심스러우시거든 이 펜에게 아무거나 물어보세요.' 또다른 절교 편지에는 이런 문장이 있었다. '여자들에게는 저항할 수 없는 매력이 있어요. 여자가 내 옆에 있으면 따뜻하고 편안해지죠. 당신의 그 환한 빛이 내 온몸 구석구석으로 스며들어요. 길모퉁이에 앉아 있건 영화관 뒷자리에 앉아 있건 당신의 그 폭신한 솜털을 한 번 보기만 해도 나는 넋을 잃는답니다.'

그는 방 한구석에 놓인 상자 너머 벽에 길게 드리워진 그림자를 물끄러미 바라보며 혼잣말로 중얼거렸다.

"오늘 밤에는 정말 경찰 같아 보이네."

그는 널빤지며 온갖 잡동사니를 치워야겠다는 생각을 여러 번

했지만 낮에는 늘 집을 비웠고, 밤에는 시끄러운 소리를 내면 이웃 사람들과 경찰의 이목이 집중될까 싶어 엄두를 내지 못했다.

하지만 어느 날 아침 그는 출근하지 않고 창고를 깨끗하게 청소하기로 마음먹었다. 그는 침대 한가운데 드리워져 있던 빨간 천을 뜯어 상자 안에 넣었다. 그런 다음 탁자와 벽을 살짝 페인트로 칠하고, 행운을 상징하는 두루미 그림과 영화배우 류샤오칭의 사진이 있는 새 달력들을 사다 방 안을 단장했다. 그날 저녁, 침대에 누워보니 방이 훨씬 더 훈훈하게 느껴졌다. 그날 밤 그는 단잠에 빠졌고, 몽정을 했다.

새벽 세시인가 네시쯤 되었을 때 나지막이 웅얼거리는 소리가 그의 잠을 깨웠다. 눈을 떠보니 이리저리 날아다니는 길고 가는 그림자가 보였다.

"누구요?"

골이 팬 이마에서 땀방울이 흘러내렸다. 그 그림자는 백발을 치렁치렁 늘어뜨리고, 종이돈으로 만든 신발을 신은 노파였다.

"그 화장로는 너무 뜨겁더구나."

모기처럼 앵앵거리며 그림자가 말했다.

"색이 바래지 않은 천을 찾고 있어."

그녀는 허리를 숙이더니 상자 속을 뒤졌다.

"여긴 내 집이에요!"

그는 땀을 비 오듯 흘렸다.

유령은 깜빡거리며 웃음을 터뜨렸다.

"하! 하지만 나는 한평생 여기에서 살았는걸! 이 방이라면 손바닥 보듯 훤하단 말이지. 네 그 지저분한 베갯잇이 새것이었을 때 그 안에 반지를 숨겨놓곤 했지. 침대 밑은 봤나?"

거리의 작가는 고개를 가로젓다 자기가 아직 살아 있다는 사실과 눈앞에서 깜빡이는 그 노파도 살아 있다는 사실을 알게 되었다. 벗어지는 머리에 남아 있던 머리카락들이 쭈뼛 섰다. 그는 입을 벌렸다. 목이 말라서 물 한 방울이 간절했다.

"침대 밑에 뭐가 있습니까?"

노파는 그를 향해 다가오더니 침대 위로 내려앉으면서 중얼거렸다.

"한심한 인간 같으니라고. 꼬챙이처럼 삐쩍 말랐군그래. 언제까지 여기 있을 생각이야?"

"여긴 제 집인걸요."

어렴풋하고 희미한 얼굴을 향해 이 말을 했더니 마음이 진정되었고, 쭈뼛 섰던 머리카락들이 다시 가라앉았다. 상대는 아무래도 유령이 아닐까 싶었다. 그는 주기적으로 이런 일을 겪었다. 예전에도 성모 마리아, 마오 주석, 잡지에서 본 적이 있는 아가씨 그리고 길거리에서 스쳐 지나갔던, 발이 조그만 여자의 유령이 그를 찾아온 적이 있었다. 몇 년 전에 자신을 괴롭힌 적이 있는 경찰의 혼령이 찾아왔을 때는 그의 뺨을 때리고 헬멧을 쳐서 떨어뜨렸다. 이 요상한 노파도 그런 유령인지 모를 일이었다. 그는 경찰의 뺨을 때렸을 때처럼 침대 밖으로 나가려고 했지만, 다리가 계속 후들후들 떨렸다.

"벌레 같은 인간아."

노파는 아들한테 늘 그랬던 것처럼 사납게 쏘아붙였다.

"시체 속을 파먹는 구더기 같구나. 넌 밤마다 우리 창고에 들어와서 미친 척하며 여자들 이름을 부르지? 그 여자들도 몇천 일만 지나면 나이 먹은 아줌마가 돼서 아이들을 끌고 다닐 거다. 탱탱하던 얼굴도 소금에 절인 고기처럼 변할 거야. 여자들은 누구나 나이를 먹으면 냄새를 풍기고 뒤뚱거린다고. 그 여배우 어머니가 한 말을 왜 귀담아듣지 않은 거야? 왜 여기서 그 음란한 편지들을 써가며 허송세월하느냐고."

노파가 바닥에 주저앉자 상자 안에서 덜컹덜컹하는 소리가 들렸다. 침대 밑에서 튀어나온 쥐 두 마리가 책상 맨 아래 서랍 속으로 폴짝 뛰어 들어갔다.

"이제 그만두지 그래? 조만간 떠나야 할 테니 이제 끝내는 게 좋겠어. 하! 우리 세간이 아직도 여기 있네. 적어도 도둑질은 하지 않았군."

덜컹덜컹하는 소리가 그쳤다. 그는 허파와 심장 위로 손을 가져가 아직 숨이 붙어 있는지 확인했다. 모든 소리가 잦아들자 그는 침대 위에 앉아서 불을 켜고 새벽이 오길 기다렸다.

그는 다음 날 아침 일찍 길모퉁이를 다시 찾았다. 날씨가 좋았다. 비닐봉지가 날아다니지 않고 하늘 위의 흰 구름도 꼼짝 않는 것을 보니 바람 한 점 없는 걸 알 수 있었다. 그는 벽에 등을 기댄 채 쪼그리고 앉아서 어깨를 웅크리고 왜 이렇게 우울한지 생각해 보았다. 어젯밤에 노파한테 시달림을 당했기 때문이거나 일주일

전에 여배우의 어머니에게 들은 이야기 때문이거나 날마다 그렇게 많은 편지를 쓴 데 따르는 여파가 드디어 나타났기 때문일 것이다. 가족들과 너무 오랫동안 떨어져 지내다보니 종종 고향 생각이 났지만, 비닐봉지만 보면 고무줄 튕기듯 금세 현실로 되돌아왔다. 이제 그는 길모퉁이에 쪼그리고 앉아서, 단풍나무가 빨갛게 물들어가고 있을 무렵 눈물이 그렁그렁 맺힌 얼굴을 하고 나무로 다가가서 연필로 나무줄기에 '도와줘! 도와줘!'라고 새겼던 어린 시절을 떠올렸다. 어렸을 때부터 그는 생각을 글로 표현하는 것을 좋아했다. 계산대 앞에 몇 시간이고 서서 살 수 없는 만년필을 물끄러미 쳐다보았을 때, 같은 반 친구들 앞에서 어머니에게 뺨을 맞고 하루 종일 강둑을 따라 달렸을 때, 자살한 옆집 여자아이를 떠올리며 남몰래 슬퍼했을 때, 한 해의 첫 새싹을 뽑고 알몸으로 맨땅 위를 뒹굴던 때가 생각났다.

이제 서른 살이 되고 보니 새로운 봄이 시작될 때마다 품는 희망이 공허한 거짓말처럼 느껴졌다. 그는 그의 인생 여정이 편지 초안에 적힌 한자처럼 일찍부터 가지런하고 면밀하게 계획되어 있었다는 사실을 알게 되었다. 그의 몰골은 한심했고, 머릿속은 건조하고 무의미한 기억들로 가득했다. 어젯밤에 찾아와 괴롭힌 그 노파의 말이 맞았다. 그는 누군가 침을 묻혀 길거리에 붙여놓은 쓰레기였다.

그는 펜을 들었다. 무슨 일이 있더라도 편지는 써야 했다. 소장을 부탁한 농부 두 명이 옆에 서서 초조하게 기다렸다. 두 사람은 고향 마을의 당 서기관이 어느 과부와 아이들을 살해했다는 사실을 알리려고 이 도시를 찾은 길이었다. 소장 작성을 마친 거리의 작가는 발송을 도와주고 함께 밥을 먹자고 했다. 식당에 앉은 농부들이 고마운 얼굴로 그를 올려다보며 부들부들 떨리는 시커먼 손으로 새하얀 만두를 집어 입 안으로 꾸역꾸역 넣었을 때, 그의 머릿속은 다시금 이런저런 생각들로 가득 찼다. 그는 고향으로 돌아가는 기차 안에서 이런 농부들을 숱하게 만나곤 했다. 그들은 바퀴벌레처럼 여기에서 저기로 쪼르르 달려가며 어떻게든 살아보려고 애를 썼다. 기차에 앉아 있으면 그들이 들고 있는 인조가죽 가방에서 흘러나온 음식 썩은 내가 객차 끝에 달린 변소 냄새와 한데 어우러지던 기억이 났다.

그는 고향으로 돌아갈 때마다 고치를 갓 벗은 누에처럼 연약하고 힘없는 존재가 된 듯한 기분이 들었다. 그의 호적은 영원히 고향을 벗어나지 못할 것이다. 그는 호적을 옮길 수 있도록 도움을 받을 만한 연줄이 없었다. 그가 이 해변 도시에서 살아남을 수 있는 유일한 방법은 어느 누구의 눈에도 띄지 않는 것이었다. 그는 상점 출입을 거의 하지 않았고, 한 달에 한 번, 문 닫기 직전에 슬쩍 들어가는 식으로 공중목욕탕을 이용했다. 집 밖에 설치된 수도꼭지에서 물을 길어올 때도 한밤중에만 움직였다. 옷을 빨아서 널 필요가 없도록 나흘에 한 번씩 편지칼로 셔츠 깃에 묻은 기름때와 먼지를 없앴다. 식사는 믿을 수 있는 만두 가게 한 곳에서만 해결했다. 그리고 매일 아침, 이웃 사람들이 일어나기도 전에 집을 나섰다. 그 오랜 세월 동안 별다른 일 없이 살아남을 수 있었다니 기적에 가까웠다.

"저 여자 화장 좀 보게! 꼭 달걀 껍데기에다 그림을 그린 것 같네!"

그는 지나가는 여자를 보고 중얼거리다 자기가 한 말에 충격을 받았다. 그는 양손에 얼굴을 묻은 채 종이 위에 끼적였다. '내가 정말 미쳤나보다. 모든 게 가짜 같다.' 펜촉이 종이를 긁는 순간, 어렸을 때 기억이 또다시 그의 뇌리를 스치고 지나갔다. 커다란 눈에 눈물이 그렁그렁 맺힌 채 상자에서 빠져나오는 여섯 살의 그가 지금의 그를 똑바로 쳐다보며 울부짖었다.

"이거 놔요! 나 혼자 할 수 있다고요!"

그는 아이를 움켜쥐고 바닥에 내려놓았다. 마루를 기어가던 아이의 다리 한쪽이 갑자기 떨어졌다. 잠시 후 이번에는 머리가 떨어져 창문 사이로 비스듬히 비치는 햇빛 쪽으로 굴러갔다.

"넌 가짜야."

그가 이렇게 말하며 아이 쪽으로 걸어가 두 눈을 파냈다. 그러자 잠시 후, 쇼윈도에 진열된 아이의 눈이 보였다. 뚱뚱한 여자가 그 눈을 사서 들고 나가고, 그는 미로처럼 얽힌 좁은 골목길 사이로 여자의 뒤를 쫓았다. 십삼 년째 계속된 꿈이었다.

"모든 걸 볼 수 있는 눈이었는데."

그는 이 꿈에서 깨어나면 종종 한숨이 나왔다.

"하늘로 올라가면 새처럼 날아야지."

밤이 되어 집으로 갈 때면 종종 팔다리가 잘린 아이가 깃털처럼 바닥으로 떨어지는 것이 보이곤 했다. 하지만 오늘 밤에는, 시내 한가운데 십자로를 향해 가는 동안 노파의 말이 계속 머릿속을 맴돌았다. 그리고 머리가 맑아지면서 끔찍한 죄책감이 엄습했다. 자신의 정직하지 못한 직업과 이 모든 사랑을 파멸시키는 데 자신이 일조했다는 사실이 수치스럽게 느껴졌다. 정직하게 살고 싶었는데, 이 도시에서는 정직성이 발붙일 곳이 없었다.

동이 트기 전 조용한 몇 시간 동안 그는 뜬눈으로 밤을 지새우며 책상에 앉아 글을 썼다.

'인간은 오로지 고통을 통해 지혜를 얻을 수 있다. 고통을 겪어본 적이 없는 사람은 성장할 수 없다. 행복은 힘들고 오랜 여행 끝에 만나는 오두막이다. 쉬운 길을 택한 사람은 그 오두막에 도달할 수 없다. 내가 지금까지 겪은 불행은 타인의 불행이었다. 나에게는 아무 흔적도 남기지 않았다.'

꼬챙이처럼 비쩍 마른 거리의 작가는 마침내 진실과 마주했고, 큰 소리로 웃었다. 그는 배우의 어머니한테 들은 말과 지금까지 대필한 수백 통의 연애편지에 대해 생각했다. 손님들은 그의 재능을 이용했지만, 한편으로는 그에게 엄청난 지식을 전수해주었다. 숫총각인 거리의 작가는 여자들의 은밀한 폭로 덕분에 우아하게 성숙할 수 있었다. 마침내 수줍음과 난처함을 극복했으니 이제는 그의 사랑을 찾으러 나설 때였다. 이런 생각에 깜짝 놀란 그는 침대로 풀썩 올라가 잠깐 동안 가만히 누워 있었다. 기분이 좋았다. 진정한 연애를 시작하려는 날이 찾아오다니 전혀 상상하지 못한 일이었다.

"그런데 누굴 사랑하지?"

그는 얼굴을 붉히며, 일 년 내내 열렬한 연애편지를 대필했던 머나먼 지방의 츠후이를 떠올렸다. 이 주 전만 해도 그녀에게 그렇게 엄청난 고통을 선사하려는 손님을 목 졸라 죽일 마음이 있었다. 그녀의 편지에서 눈송이처럼 흩날린 사랑 때문에 혼란스러워져서 어지럽기까지 했다.

그는 배우의 어머니한테 들은 냉소적인 이야기들은 기억 저편으로 밀어버리고, 바닥에 앉아서 츠후이와 주고받은 편지를 모조리 훑어보았다. 가슴속에서 묘한 격정이 솟구쳤다. 그는 직접 연애를 하고 싶었다. 사랑의 고통을 겪어보고 싶었다. 누군가에게 입을 맞추고, 누군가를 정복하고 흠모하고 싶었다. 살과 뼈로 이루어진 여자를 원했다. 얼굴이 땀으로 촉촉하게 젖었다. 그는 츠후이에게 보냈던 편지 초안을 훑어보며 기쁨의 미소를 지었다. 그는 그녀를 사랑했다. 어쩌면 처음부터 그녀를 사랑했을지도 모르겠다. 그는 편지에서 그녀의 아름다운 머리카락과 치아와 보조개와 가슴을 이야기하면서 자간과 행간에 사랑의 흔적을 남겨놓았다.

그는 자리에서 일어나 책상으로 걸어갔다. 엄청난 기쁨이 방 안을 가득 메운 듯한 느낌이었다. 지금까지 무감각했던 사타구니와 허벅지의 말초신경이 갑자기 잠에서 깨어났다. 머릿속이 아득해졌고, 희망으로 가슴이 아렸고, 맥박이 빨라졌다. 그는 수줍게 미소 지으며 고개를 젓는 츠후이의 모습을 상상했다. 그는 츠후이의 편지 한 무더기를 끌어안고 다시 침대 위로 펄쩍 올라갔다. 그런 다음 혀로 윗입술을 축이고 다리를 꼬며 키득키득 웃었다.

조용히 문을 두드리는 소리가 들리자 그는 황급히 웃음을 삼켰다. 경험상 웃음소리는 항상 경찰을 불렀다. 그는 허리띠를 조이고, 조사를 받으러 호출된 사람처럼 고개를 숙인 채 문을 열었다. 퀴퀴하면서도 달콤한 냄새를 풍기는 어떤 사람이 안으로 쏜살같이 뛰어 들어오더니 문을 닫고 그의 앞에 섰다. 살짝 눈을 떠보니 배우의 어머니였다. 그녀가 큼지막한 입으로 미소를 지으며 표범처럼 좁고 깊은 눈으로 그를 쳐다보고 있었다.

"할머니는……"

그가 어리둥절해하며 우물쭈물 입을 열었다.

"우리 딸이 어젯밤에 자살했다우. 그 아이는 내 충고를 한 번도 들은 적이 없었지."

노부인이 가까이 다가와 그를 안았다.

그는 반항할 틈이 없었다. 노부인은 결핵에 걸려 쇠약할 대로 쇠약해진 거리의 작가를 안고 침대로 옮겨 술기운이 짙게 물든 입술로 그의 입술을 덮었다. 바로 그때 그의 머릿속을 스쳐 지나간 장면은 츠후이와 물결치는 그녀의 머리카락도 아니었고, 길모퉁이에서 그를 괴롭혔던 경찰도 아니었다. 등불 밑에서 반짝이는 노부인의 검은 눈이었다. 그러자 정신이 아득해졌고, 보이는 것이라고는 허공을 날아다니는 새하얀 비닐봉지뿐이었다. 갑자기 그의 조그만 몸이 한 줄기 숨결처럼 시커먼 기름 구덩이 속으로 풍덩 빠지는 게 느껴졌다. 그는 노부인에게서 벗어나려고 했지만, 그럴 만한 기운을 내기도 전에 불이 꺼지면서 사방이 캄캄해졌고, 더이상 아무것도 볼 수 없었다.

거울에게 심판을 부탁하거나 벌거벗거나

젖꼭지를 소경의 눈처럼 슬프고 외롭게 늘어뜨리고 길거리를 알몸으로 뛰어가는 아가씨가 전업 작가의 눈에 띈다. 그는 아직도 이 아가씨와 화장업자의 어머니가 헷갈린다. 쓰지 않은 그의 소설 속 수많은 등장인물 속에 그 성격이 녹아 있는 화장업자의 어머니 가 말이다.

그 아가씨의 젖가슴은 크고 풍만하고 묵직하고 말랑말랑하고 흔들흔들거린다. 여자들은 불룩한 이 살덩어리를 희롱과 양육의 도구로 생각한다. 남자들에게 이것은 음흉한 상상을 수없이 자극하는 원천이 된다. 유식한 학생들은 이것을 유방이라고 부른다. 화가들은 이것을 분홍색 꼭지가 달린 복숭아로 그린다. 농부들은 이것을 배까지 늘어져 있는 물건이자 아이들이 배고플 때 갖다 대는 도구로 간주한다. 시골 남자들은 훤히 드러낸 젖가슴을 수시로 접한다. 그들에게 맨 젖가슴은 맨 팔뚝과 다를 바 없다. 하지만 도시로 무대를 옮겨오면 이 살덩어리는 엄청난 가치가 있는 물건이 된다. 현대 여성들은 이것을 꼭 끼는 브래지어 속에 감춰 신비로운 분위기로 포장한다. 사진작가들은 여자의 가슴에 카메라 초점을 맞출 때 늘 신중한 태도를 보인다. 가슴의 계곡을 너무 많이 드러냈다가는 '부르주아적인 자유주의자'로 낙인찍혀 감옥에서 사년 동안 썩을 수 있기 때문이다.

좀 더 대담한 현대 작가들은 '올록볼록한 베개' '말랑말랑한 만두' '장미꽃잎' '잘 익은 포도' '그리운 휴식처' 등 다양한 단어들로 이것을 표현한다. 그런가 하면 난생처음 젖가슴을 만졌을 때 '불사신이 되었'고, '너무 짜릿해서 기절' 했으며, '생사의 기로를 넘나들었다'고 주장한다. 전위적인 작가들은 이렇게 감상적인 표현에 반항하듯 '젖'이나 '젖통'이나 '시든 딸기' 같은 단어들을 애용한다.

개혁개방정책이 도입되자 유방에 관한 몇 가지 사실이 일반적인 상식이 되었다.

크고 둥그런 유방은 현모양처의 상징이다. 훌륭한 배필감이다.

중간 정도 크기에 볼록하고, 옅은 분홍색 젖꼭지가 달린 유방은 이상적인 정부의 상징이다(화가들은 이런 유방을 보면 침을 뚝뚝 흘린다).

덜렁거리거나 축 처진 유방은 크든 작든 섹스를 지나치게 즐기고 한물간 여자라는 뜻이다.

유방이 아주 작은 여자는 일반적으로 조신하고 얌전하며 지적

일 가능성이 높다. 자신감 부족으로 인해 예민하고, 시나 학문에 재능을 보이는 경우가 많다. 이런 여자들은 남자를 유혹할 때 헐렁한 옷을 입고 불을 끈 다음 남자의 귀에 대고 달콤한 말을 속삭인다. 애정이 담긴 눈빛으로 남자를 올려다보며, 늘씬한 다리나 육감적인 입술, 부드러운 손, 풍성한 머리카락, 우아한 곡선 모양의 눈썹 쪽으로 남자의 시선을 유도한다. 그들은 개혁개방정책 실시 이후 시판되기 시작한 유방 확대기를 구입해 집으로 돌아오자마자 방문을 걸어 잠그고 펌프질을 시작한다. 이곳의 백화점에서는 이 기계를 하루에 이천 대씩 들여놓는데, 두 시간도 안 돼서 매진된다고 한다.

어느 일본 사업가는 중국의 유방 시장을 조사한 다음, 이곳에 최초의 성형외과를 개업했다. 여기에서 주사를 맞으면 삼 일 동안 유방이 커지고, 이삼 일 동안 남자친구가 만지고 꼬집어도 전혀 아프지 않았다. 이 주사는 신혼 첫날밤이나 열정적인 하룻밤으로 이어질 것 같은 데이트를 앞두고 있는 여자들에게 안성맞춤이었다. 이 병원에 가면 납작한 코를 높이고, 눈꺼풀을 절개해 쌍꺼풀을 만들고, 주름을 펴고, 숱이 많고 지저분한 눈썹을 가늘고 우아하게 정리하거나 아예 완전히 밀어버린 다음 문신을 하는 시술까지 받을 수 있었다. 턱 크기나 이마 넓이, 치아나 입 모양이 마음에 안 들어도 도움을 받을 수 있었다.

몇 달 뒤 과학 기술의 엄청난 발전을 알리는 소식이 여러 신문에 실렸다. 중국 과학자들이 백 일 동안 실험한 끝에 유방을 키우는 크림을 발명하는 데 성공했다는 소식이었다. 한 연구원이 실험

도중 아무 생각 없이 이 크림을 입술에 발랐더니 몇 분 뒤 입술이 두 배로 부풀었다는 이야기도 있었다. 제조업체에서는 가슴이 절벽인 여자라도 이 크림을 두 통만 바르면 유방이 조그만 만두 크기로 커진다고 주장했다. 신문에서는 해외 과학자들이 끈적끈적한 투명 액체가 담긴 주머니를 흉골 쪽 피부 안에 넣는 유방 확대술을 개발했다는 소식도 소개했다.

유방이 우리 생활에서 아주 중요한 역할을 하게 된 것 같은 분위기다.

얼마 전 그 지역 문화선전부에 배치된 아가씨는 현모양처를 의미하는 유방의 소유자였다. 대학교 때는 그녀의 유방을 본 남학생들이 나무나 길가 가로등 기둥에 부딪히는 사고가 비일비재했다. 식당에 들어서면 남학생들이 입을 떡 벌리면서 젓가락을 떨어뜨리곤 했다. 스스로도 알고 있었다시피 그녀는 천 명에 한 명 나올까 말까 할 만큼 값진 보물의 소유자였다. 하지만 또 한편으로는 앞으로 평생 동안 그 보물을 감추어야 할 때와 내보여야 할 때를 고민하며 살아야 하는 운명이기도 했다. 아무리 눈을 감고 생각해도 그녀의 몸매는 주변의 그 어떤 여자보다 매력적이고 육감적이라고 자신할 수 있었다.

그녀의 유방이 늘 자랑스러웠던 것은 아니었다. 처음에 가슴이 봉긋해지기 시작했을 때는 무슨 병에 걸린 줄 알았고, 너무 겁이 나서 어머니한테 말도 할 수 없었다. 그것이 여자가 되어가는 과정임을 알게 되었을 때는 수치스럽고 부끄러웠다. 길을 걸으면 꼭 끼는 티셔츠 위로 너무나 불룩하게 솟아 좌우로 흔들리는 유방에 꽂히는 사람들의 시선을 느낄 수 있었다. 그녀는 그런 시선을 견디기 힘들었고, 중고등학교 시절 내내 어깨를 움츠리고 지냈다.

얼굴은 예쁘지만 가슴이 납작한 여자들은 머리카락을 뒤로 획 넘기는 동작이 얼마나 중요한지 터득한다. 그중 일부는 남자 옆을 지나갈 때 엉덩이를 흔들거나 다리를 꼴 때 허벅지를 살짝 보여주거나 핑크색 립스틱을 바른 입술로 도발적인 단어들을 속삭이기도 한다. 예쁘지도 않고 가슴이 크지도 않은 여자들이 남자의 성욕을 자극하려면 똑똑한 머리와 폭넓은 독서와 세련된 매너로 승부해야 한다. 그런데 이 아가씨는 대학교를 졸업하기 전부터, 말랑말랑하고 하얀 젖가슴이야말로 남자들이 그녀에게 관심을 보이는 최우선적인 이유이자 앞으로 누릴 행복의 원천임을 간파했다. 예전에는 부끄러웠던 젖가슴이 이제는 신비롭고 귀한 물건이 되었다.

그녀는 대학을 졸업한 뒤 이 도시로 건너와 당에서 배정한 일을 시작했다. 여자 네 명과 남자 한 명과 한 사무실에서 근무하는 일자리였다. 일을 시작한 첫 달에 여러 가지 문제로 고생하지 않았더라면 그녀는 예순두 살까지 그 일을 하다 평화롭게 퇴직했을 것이다. 그 정도로 안정적인 자리였다. 출근 첫날, 생사의 기로를 오락가락하던 선인장 두 그루가 느닷없이 하얀 꽃을 터뜨리자, 사무실 분위기가 당장 화기애애해졌다. 그녀는 청춘의 기운으로 충만했고, 숨을 내쉴 때마다 사방을 봄 향기로 가득 채웠다. 동료 여직원들은 그녀의 등장으로 위협을 느꼈지만 깍듯하게 환영했다. 하지만 그녀가 자리를 비우자마자 하얀 피부가 외제 '설화' 크림 때문인지, 겉보기에 잘록한 허리가 사실은 코르셋 때문인지를 놓고 논쟁을 벌이기 시작했다.

"배가 좀 출렁이더라."

나이 많은 경리 담당이 그녀를 따라 화장실에 들어갔다 나온 뒤 다른 여직원들에게 알렸다.

이 소리를 듣고 중년의 번역 담당이 타자기를 치다 말고 고개를 들었다.

"얼굴이 너무 통통해서 뺨에 벌써 보조개가 생겼더라고. 난 마흔이 됐을 때도 얼굴 피부가 탱탱하고 반질반질했구만."

"아직 스무 살도 안 됐는데 아줌마 가슴이야. 낙태 수술을 받은 적이 있다고 해도 난 놀라지 않겠어."

쉰다섯 살의 노처녀인 판 과장이 이죽거렸다.

얼마 전에 결혼한 젊은 비서가 끼어들었다.

"주사나 뭐 그런 걸 맞았겠죠."

"크림을 바른 것 같던데. 아니면 너무 많은 남자들이 만지도록 내버려뒀던지. 그러지 않고서야 어떻게 그렇게 클 수 있겠어?"

노처녀 위원장은 창가 쪽 자기 자리로 돌아가며 자기 생각을 밝혔다. 판 과장을 자세히 보면 사악한 눈빛으로 번뜩이는 것을 알 수 있었다. 그녀는 사무실 한구석의 창가 쪽 자리에서 삼십 년 동안 근무했다. 가슴 큰 아이가 출근하기 전에는 동료 여직원들의 한가한 잡담에 끼어든 적이 없었다. 직원들은 어느 누구도 감히 그녀의 책상으로 찾아오거나 그녀가 앉아 있는 창문 쪽을 흘끗거리지 않았다. 그녀는 책상과 맞닿은 반쪽의 창문을 티끌 하나 없이 깨끗하게 관리했다. 위쪽 창틀에는 '금연' 표시를 붙이고, 아래쪽 창틀 위로 커튼을 늘어뜨려 오후에 쏟아지는 햇빛을 가렸다. 그녀가 앉은 쪽 구석에서는 항상 축축한 장화와 나프탈렌 냄새가 났다. 가슴 큰 아이는 맞은편 책상을 배정받았다. 노처녀의 관점에서 보았을 때 그 아이의 가슴은 정말이지 너무 컸다. 어찌나 앞으로 불룩 솟았는지 까딱하면 책상에 닿을 정도였다.

화장실에 갔던 그녀가 자기 자리로 돌아왔을 때 나머지 네 명의 여직원은 입을 다물었다. 그들은 이처럼 은밀한 공범의 순간을 음미했다. 신입의 유별나게 큰 가슴에 대한 의견 일치로 하나가 된 기분이었다. 그날 이후 그녀가 봄날의 기쁨으로 충만한 눈을 하고 매일 아침 사무실로 씩씩하게 걸어 들어가면 다른 여자들은 어색하게 미소를 지으면서 서로 눈빛을 교환했다.

그녀는 첫 월급을 받기 전부터 네 명의 여직원 중에서 가장 어린 비서와 친해졌다. 비서가 남편의 불같은 성격을 고백하자 그녀는 대학교 때 사귀었던 남자친구들 이야기를 들려주었다. 비서가 출장 간 남편이 사다주었다며 누가*를 주자 그녀는 플라스틱 열쇠고리를 선물했다. 두 사람은 얼마 안 있어 나이 많은 다른 여직원들을 주제로 농담을 주고받기 시작했고, 심지어 은밀한 비밀까지 털어놓는 지경에 이르렀다.

사무실 분위기가 험악해졌다. 비서가 나이 많은 나머지 세 명과

---

* 설탕 반죽에 견과류나 과일조각을 섞어서 탄산가스로 부풀린 사탕의 일종.

이루었던 대열에서 이탈하자 냉전이 자리 잡았고, '구파(舊派)' 간의 결속이 무너졌다. 한 사람이 쾅 소리 나게 책상 위로 컵을 내려놓으면 일 분 뒤 다른 사람이 더 시끄럽게 컵을 내려놓는 식이었다. 어느 날 아침, 처음 보는 꽃무늬 원피스를 입고 출근한 번역 담당이 집에서 기르는 암탉이 더이상 알을 낳지 않으니 잡아먹는 수밖에 없지 않겠느냐는 말을 했다. 자기를 겨냥한 농담이라는 걸 알아차린 노처녀가 번역 담당을 흘끗 쳐다보며 씩 웃었다.

"그거 딸이 사준 원피스야? 정말 몇 년은 젊어 보인다."

그들의 기 싸움은 정치 학습 시간으로 이어졌다. 나이 많은 회계 담당이 기관 소유의 돼지를 구하려다 물에 빠져 죽은 그 지역 영웅에 대한 보고를 마쳐도 번역 담당과 비서는 무표정한 얼굴로 앉아 있기만 했다. 심지어 안타까워하는 기색조차 보이지 않았다. 판 과장은 두 사람의 태도를 알아차리고 수첩에 기록했다.

"내가 못마땅한 모양이에요."

어느 날 퇴근 후, 가슴이 큰 그녀가 비서에게 말했다. 이즈음 두 사람은 아무렇지도 않게 점심을 나눠 먹을 정도로 가까워진 뒤였다. 사무실의 분위기는 '2급 전쟁준비' 단계로 돌입했다. 선인장 하나는 여전히 꽃이 만개했지만, 나머지 하나는 꽃이 다 떨어지고 가시가 빨간색으로 딱딱하게 변했다.

두 사람은 버스 정류장으로 걸어갔다. 지난 이틀 동안 두 사람은 밖으로 나갈 때마다 손을 잡고 다녔다. 비서가 앞장서면 그녀가 뒤를 따르는 식이었다. 여자라면 누구나 이런 친구가 있어야 한다. 비서는 이렇게 절친한 친구가 생겼다는 사실에 감사했다.

결혼한 날부터 따라다닌 남편과의 갈등을 여기에서 위로받았다. 그녀는 아직 성관계가 없는(혹은 최신 표현을 빌리자면 '아직 딱지를 떼지 못한') 친구에게 침실에서의 비밀을 털어놓고, 그 대가로 지금까지 한 번도 경험하지 못한 기쁨을 누렸다. 순진하고 따뜻한 친구의 손길, 먹이를 덮치기 직전에 고양이가 느낌 직한 동정심, 그 친구가 앞으로 어떤 일을 겪고 안 겪고는 자기 마음먹기에 달렸다는 인식…… 그녀의 인생이 갑자기 흥미진진하게 느껴졌다. 그녀는 몇 번이고 참으려 했지만, 더이상 참을 수 없는 지경에 이르자 급기야 다른 동료들과 공유하고 있던 비밀을 폭로했다.
"그 세 사람, 너 때문에 사이가 틀어진 거야."
가슴이 큰 그녀는 깜짝 놀랐다.
"예? 어째서요?"
비서는 친구와의 우정을 깨뜨리고 싶지 않았다. 그래서 친구의 손을 꼭 잡은 채 달래듯이 물었다.
"정말 몰랐어?"
가슴이 큰 그녀는 비서가 무슨 소리를 하는 건지 알 수 없었다.
"무슨 말인지 얼른 알려줘요. 얼른!"
"알아맞혀봐."
"나 지금 궁금해서 죽을 것 같다고요."
가슴이 큰 그녀의 얼굴이 벌겋게 변했다.
"판 과장님 말이 맞는 것 같다."
비서는 일부러 질질 끌었다.
"언니, 부탁이에요. 얼른 말해줘요."

가슴이 큰 그녀는 다시 보호 본능을 자극하는 역할로 후퇴했다.
예전에도 '언니'라고 불린 적이 있었기 때문에 비서의 표정이 달라지지는 않았다.
"너를 질투하는 거야. 더이상 알을 못 낳는 그 늙은 암탉이 말이지."
"그분이 저더러 뭐라고 했는데요?"
가슴이 큰 그녀의 얼굴빛이 붉은색에서 하얀색으로 변했다.
"네 가슴 때문이야."
비서가 친구의 팔을 살짝 건드리며 대답했다.
"네 가슴이 워낙 크잖니."
그녀는 이제 피임이나 잠자리에서의 문제를 이야기하는 여자 같은 말투였다.
가슴이 큰 그녀는 두 손으로 얼굴을 가리고 걸음을 멈추었다. 몇 년 동안 묻어두었던 열등감이 느닷없이 고개를 들더니, 가슴에 달린 두 개의 살덩어리 때문에 수치심과 두려움을 느끼며 할머니처럼 어깨를 웅크리고 사람들 사이를 걸어갔던 시절로 그녀를 끌고 갔다. 같은 반 친구들 앞에서 어머니가 이런 말로 창피를 주었던 때가 생각났다.
"그런 티셔츠를 입고 낯 뜨겁지도 않니? 젖꼭지가 다 보이잖아!"
그날 밤에 그녀는 어머니의 하얀색 브래지어를 빌려 젖가슴을 붙들어 맸다. 다음 날 집을 나섰을 때, 가슴을 동여맸다는 걸 온 동네 사람들이 아는 듯한 기분이 들었다.
힘들게 쌓아올린 자신감이 산산이 무너지려는 순간이었다.

"그분들이 뭐라고 했는데요?"

그녀의 가냘픈 목소리는 머리 위 육교를 걷는 사람들의 시끄러운 발소리에 묻혀 잘 들리지 않았다. 비서는 친구가 이 정도로 당황할 줄은 몰랐다. 친구는 마치 물에 빠진 한 마리 새끼 양 같았고, 티끌 한 조각을 불어서 날릴 힘이면 이 새끼 양을 구할 수 있을 것 같았다. 그녀는 유부녀인 만큼, 친구가 알고 싶어하는 많은 것들을 알고 있었다. 어제는 친구에게 남자의 혀가 배를 타고 내려올 때의 쾌감을 알려주었다. 몇 분 전에 친구의 가슴 이야기를 꺼냈을 때 그녀는 다리 사이가 축축해지는 것을 느낄 수 있었다.

비서는 한층 더 과감한 질문을 던졌다.

"너 외제 크림을 바르거나 뭘 넣거나 그랬어?"

그녀는 친구의 동안을 부러운 눈빛으로 쳐다보았다. 결혼하기 전에는 그녀도 그렇게 발그레한 피부를 자랑했다. 친구가 얼마나 거북스러워하는지, 친구의 심장이 얼마나 빨리 뛰는지 느낄 수 있었다.

가슴이 큰 그녀는 온몸이 안으로 쪼그라든 것처럼 보였고, 불과 몇 분 만에 나이를 열 살쯤 먹은 듯한 인상을 풍겼다.

"아니에요, 아니에요. 주사를 맞거나 외제 크림을 바른 적은 없어요."

"그렇지? 그럼 판 과장님 생각이 맞나보다."

"그분이 뭐라고 했는데요?"

가슴이 큰 그녀는 난생처음 그녀의 가슴을 공개적으로 운운할 수밖에 없는 상황에 처했다.

"그 노처녀, 진짜 음흉하다니까."

비서는 뒤를 흘끗 돌아보며 듣고 있는 사람이 없는지 확인했다. 두 사람은 이제 거의 버스 정류장에 도착했다.

"네가 남자들한테 만지게 해서 가슴을 키웠다잖아. 사실 처음에는 나도 그런 줄 알았어."

가슴이 큰 그녀의 얼굴이 다시 빨갛게 물들었다. 비서는 웃음을 터뜨렸다.

"너도 어디서 들은 모양이구나? 남자들이 만지면 만질수록 더 커진다고."

"한 명도 만진 적 없어요!"

가슴이 큰 그녀는 목이 멨다.

"열네 살 때부터 이 크기였다고요."

이제 그녀는 귀와 목까지 빨개졌다.

"부끄러워할 것 없어."

비서는 새로 사귄 친구의 심정을 공감하면서도, 여전히 그녀의 표정을 살피며 참말인지 확인했다.

"정말이에요!"

가슴이 큰 그녀는 고개를 떨어뜨렸다. 이 수치스러운 상황에서 얼른 벗어나고 싶었다.

"날 못 믿는 거죠? 그렇죠?"

두 사람은 서로를 외면한 채 걸음을 재촉했고, 지난 몇 주 동안 쌓였던 친밀감은 사라져버렸다. 버스 정류장에 도착했을 때 가슴이 큰 그녀는 난간 안쪽에서 줄지어 기다리는 사람들 뒤로 가서

섰고, 비서는 난간 바깥쪽에 그냥 서 있었다. 지난 며칠 동안 비서는 친구의 버스가 올 때까지 같이 기다려주었다가 걸어서 집으로 돌아가곤 했다.
"너무 심각하게 받아들이지 마! 그 사람들이 네 이야기 좀 하면 어때? 자기들 가슴이 워낙 절벽이니까 널 질투하는 거야."
비서는 살짝 처지기는 했지만 그래도 '가슴이 있는 축'에 들었다.
"주사 맞거나 약을 먹거나 그런 적 없어요."
가슴이 큰 그녀의 이마에 깊은 주름살이 패었다.
"시대가 달라졌잖아. 그 아줌마들은 시대에 뒤떨어진 구닥다리야. 그래서 너를 질투하는 거라고. 넌 겨우 스무 살이잖아. 그러니까 남자의 손을 빌려서 좀 키웠다 한들 뭐 어때?"
비서는 친구의 풍만한 가슴 쪽으로 시선을 돌렸다. 그로 인해 지저분한 상황이 숱하게 연출됐을 거라는 생각이 들었다. 그 가슴을 보고 있으려니 예전에 겪었던 몇 가지 사건과 남편이 그녀의 가슴을 움켜쥐었을 때 느꼈던 쾌감이 떠올랐다.
"남자들은 가까워지면 만지고 싶어해. 하지만 나는 잠자기 직전에만 남편한테 빨아볼 수 있게 허락해."
비서는 사생활을 또다시 살짝 공개하는 수밖에 없었다. 그래도 친구는 여전히 우거지상을 하고 있었다. 그녀는 버스가 오는 방향을 흘끗 쳐다보며 왜 이렇게 안 오느냐고 속으로 투덜거렸다.
"왜 내 이야기를 하는 걸까요?"
가슴이 큰 그녀의 목소리는 여전히 들릴락 말락 했다. 이제는 비서가 어떤 말을 해도 위로가 되지 않았다.

"원래 이렇게 태어난 건데."

그녀가 나지막이 중얼거렸다.

비서는 친구를 보고 미소를 지었다.

"신경 쓰지 마. 한물간 노인네들이잖아. 네 심정 이해해. 네가 뽕브라를 하고 있대도 난 전혀 놀라지 않을 거야. 가슴 큰 게 뭐 어때? 그 여자들은 뽕브라 열 개를 겹쳐 입어도 계속 절벽일 거야."

"난 뽕브라 한 적 없어요."

가슴이 큰 그녀가 얼른 맞받아쳤다.

비서는 그녀의 말을 전혀 믿지 않았다.

"하지만 너무 키워도 안 좋아. 사람들이 알아차릴 테니까. 우리처럼 가슴이 큰 여자들은 뽕브라를 할 필요가 없잖아."

드디어 버스가 도착했고, 가슴이 큰 그녀는 사람들에 휩쓸려 버스에 올라탔다. 목구멍이 솜으로 막힌 듯한 느낌이었다. 그녀는 묵직한 젖가슴 두 쪽과 함께 집으로 향했고, 현관문을 열자마자 침대로 달려가 울음을 터뜨렸다.

"거울한테 심판이 되어달라고 할 거야."

그녀는 이렇게 중얼거리며 직사각형 거울 앞에 섰다. 그러고는 한가운데 말린 딸기가 달려 있는 두 개의 큼지막하고 포동포동한 공을 난생처음 한참 동안 물끄러미 쳐다보았다. 이곳을 건드려본 남자는 정말 한 명도 없었다. 열네 살 때 처음으로 봉긋해지기 시작했을 때 이 가슴은 잊기 힘든 아픔을 선사했다. 대학생 때는 자부심의 근원이었다. 길을 걸을 때마다 위아래로 출렁이면 짜증이 나면서도 뿌듯했다. 책에서 그런 가슴은 현모양처의 상징이라고 했다. 현모양처야말로 그녀의 장래 희망이었다. 꿈속에서 그녀는 아이를 수백 명 낳고 그 한가운데에서 사과를 나눠주었다. 아이들에게 예쁜 옷을 입히고 젖꼭지에서 끊임없이 콸콸 쏟아져 나오는 젖을 먹였다. 그녀의 가슴은 수많은 아이들의 밥줄이었고, 남자들에게는 기쁨과 즐거움을 선사했다. 하지만 이런 꿈이 오늘, 산산조각으로 깨져버렸다. 남들이 보기에 그녀는 가슴을 부풀려 남자를 유혹하려 드는 사기꾼이었다. 그들은 그녀의 수작을 간파했다고 생각했다. 모두들, 심지어 대학원 시험을 준비하느라 사무실에서 날마다 책을 읽는 젊은 남자 직원까지 같은 결론을 내렸다.

"거울한테 심판이 되어달라고 할 거야."

커튼 뒤에서 온 가족이 저녁을 먹고 있었기 때문에 그녀는 계속 목소리를 낮추었다. 그녀의 침대는 커튼으로 분리된 방 한구석에 놓여 있었다. 그녀는 뜬눈으로 밤을 지새웠다. 그러고는 다음 날 아침이 되었을 때 수면제를 먹고 하루 결근했다.

(헌혈자가 그녀의 이야기를 하고 있을 때, 호랑이의 입속으로 뛰어든 여배우가 퍼뜩 전업 작가의 뇌리에 떠오른다. 그가 묻는다.

"그 아가씨도 이 세상에서 탈출을 시도했던 걸까?"

헌혈자가 대답한다.

"아니. 너무 어려서 탈출할 만한 일도 전혀 없었다네. 외부의 압력이 아니라 나약한 내면 때문에 무너진 거야. 만약 우리가 그녀처럼 나약한 존재라면 모두들 진작 미쳐버렸을 걸세. 그녀가 알몸으로 길거리를 달린 건 딱 한 번뿐이었어. 별일은 아니었지."

"어쩌면 그녀 이야기는 쓸 만한 가치가 없는지도 모르겠네."
작가는 가볍게 한숨을 내쉰다.
"모든 이야기가 죽음과 연관되어야 한다고 여긴다면 그건 자네가 잘못 생각하는 걸세. 요는 죽음이 아니라 삶이고, 삶은 인내, 그 자체 아닌가. 나처럼 이를 악물고 견뎌야 하는 거란 말일세. 나는 삶의 모든 걸 감당하고 있다네. 자네처럼 유유자적하는 사람은 내가 얼마나 고생하는지 상상할 수 없을 걸세."
그녀의 커다란 가슴이 아직도 작가의 머릿속을 떠나지 않는다. 건포도 색깔의 젖꼭지 두 개가 애원하듯 그를 쳐다본다. 만약 그녀가 이 세상에서는 이미 진짜와 가짜를 구분하기가 불가능하게 되었다는 사실을 알았더라면, 그렇게 자주 수면제를 먹지는 않았을 것이다.)

그녀가 밤마다 수면제를 먹고 건강이 매우 악화되었다는 사실을 알게 되었을 때 가족들은 그녀를 입원시키는 수밖에 없었다. 비서와 판 과장이 꽃다발, 월급봉투, 비누, 실크 장갑을 들고 찾아갔다. 그녀는 병원 침대에 얌전히 누워서 하얀 벽을 멍하니 쳐다보고 있었다. 그러고는 며칠 뒤 퇴원했을 때 옷을 전부 벗어던지고 알몸으로 길거리를 내달렸다. 부끄러움에 고개를 들 수 없게 된 가족들은 도시를 등지고 근교의 농장으로 집을 옮겼다. 하지만 추문이 사방에 퍼지자 부모님은 고향 마을로 딸을 보내는 수밖에 없었다. 몇 년 뒤에 그녀는 농부와 결혼했지만, 그녀의 과거를 알고 나서 폭력적으로 변한 남편에게 툭하면 반죽음이 될 때까지 맞앉다.
 그때까지도 판 과장은 회사에 계속 다녔다. 가슴이 큰 그녀가 건강상의 이유로 회사를 그만두자 비서가 그 책상으로 자리를 옮겼다. 창틀에 놓여 있던 두 그루 선인장은 너무 크게 자라서 복도로 옮겨졌다.

버리거나 버림받거나

작가와 헌혈자의 대화는 항상 두서가 없다. 두 사람은 논쟁을 계속하기보다 중간에 흐지부지 그만두는 쪽을 택할 때가 많다. 그런데 오늘 밤은 헌혈자가 우세를 보이는 것 같아서 흥미롭다. 천성이 실리주의자인 헌혈자는 이 추악한 세상에서 필요한 것을 얻으려면 모든 수단과 방법을 동원해야 한다고 생각한다. 작가는 이상주의자이지만, 현실이나 자신의 실패에 직면하면 초연한 척하는 수법으로 실망감을 극복한다. 그는 생각할 수 있지만 움직일 수 없는 불구다. 그는 영양 결핍에 시달리는 머리로, 죽을 때까지 쓰지 못할 게 분명한 이야기를 엮어나간다.

그녀는 한 자녀 정책이 시작되기 불과 한 달 전, 어머니의 다리 사이에서 태어났다.

(남몰래 못된 짓을 꾸미는 자의 눈빛을 한 채 모자란 아이를 안고 길거리를 걸어가는 아버지의 모습이 전업 작가의 머릿속에 떠오른다. 처진 입꼬리와 움푹 꺼진 뺨이 그의 절망감을 말해준다. 그의 팔에 안긴 여자아이는 잠잠하지만 어느 한 군데가 살짝 불편한 얼굴이다. 이 두 사람은 항상 어딘가로 향하고 있는 것처럼 보인다.)

그는 A형에 소띠였기 때문에 고집이 세면서도 내성적이었다. 스무 살 때, 양배추처럼 얼굴이 쭈글쭈글한 쌀집 할머니가 그의 손금을 보더니 팔자에 아들이 없다고 했다. 결혼 후 아내는 심각한 장애가 있는 딸을 낳았고, 그로부터 오 년 뒤에 정상적인 둘째 딸을 낳았다. 그때 아이 아버지는 쩡이라는 절름발이에게 육 위안을 주고 다시 점을 봐달라고 했다. 쩡의 예언에 따르면 그는 마흔여덟에 셋째 딸이 생기고, 마흔아홉에 한 단계 승진할 것이었다(그는 현재 시 재무과 부과장이었다). 또 쉰에는 남서쪽에서 귀인이 행운을 가져다주고(남서쪽에 사는 친구와 친척을 모두 뒤져보니 국민당 잔당으로 게릴라 부대와 함께 미얀마에 남은 삼촌이 한 분 계시는데, 삼십 년째 연락이 두절된 상황이었다), 쉰일곱에 어머니가 돌아가시고 아내는 폐병으로 눈을 감으며, 예순에 A형에 양띠 과부를 만나 결혼하고 넷째 딸을 낳는다고 했다. 사신은 예순셋에 찾아온다고 했다. 수명을 몇 년만—단 이 년만이라도—늘릴 수 없겠냐고 물었더니 절름발이 쩡은 주어진 운명을 바꿀 방법은 없다고 강조했다.

사실 그로서는 수명이 짧은 것보다 대를 이을 아들을 못 낳는 게 불만이었다. 그는 과부 이야기는 기억 저편으로 제쳐두고 아들을 낳는 데 혼신의 힘을 다했다. 첫딸이 장애아였기 때문에 아내의 단위 조직에서 한 자녀 정책의 예외를 인정하고 둘째를 낳을 수 있도록 허락했지만, 셋째까지 허락할 리는 만무했다. 임신을 허락받을 수 있는 유일한 방법은 두 아이 중 한 명이 사라지는 것뿐이었다. 가족계획정책만 없었더라면 아들이 태어날 때까지 계속 아이를 가질 수 있었겠지만, 사정이 이렇다보니 모자란 딸을 없애는 수밖에 없다는 결론이 내려졌다.

이렇게 해서 그는 운명과의 전쟁을 시작했다. 그는 모자란 딸이 일곱 살이 되었을 때 공원에 안고 가서 벤치에 버리고 오려 했지만 실패로 돌아갔다. 이후에도 세 번이나 더 실패하자 그는 일을 제대로 끝낼 작정을 하고 하루 휴가를 냈다. 그 아이가 없어져야 다시 한 번 아들을 낳을 시도를 할 수 있었다. 점쟁이들은 첫딸이 장애아로 태어날 거라든지 정부가 한 자녀 정책을 계획 중이라는 이야기를 한 적이 없었다. 앞으로 어떤 일이 생길지 그때 알았더라면 아내가 임신했다는 사실을 맨 처음 알았을 때 수술을 받자고 했을 것이다.

큰딸은 똑같은 장애를 안고 태어난 대부분의 아이들과 생김새가 비슷했다. 가늘고 솜털 같은 머리카락이 작고 납작한 머리를 덮었고, 이마는 넓으면서 쭈글쭈글했고, 누런 눈구멍 속에 올챙이 같은 눈알이 들어 있었고, 코는 납작했고, 숨을 들이쉴 때마다 커다란 콧구멍이 벌름거렸다. 입은 항상 벌리고 있었다. 그 입에서 떨어진 침과 음식 부스러기가 작은 턱을 타고 내려가 두꺼운 목이 접히는 곳에 모였다. 이런 딸은 있어봐야 골치만 아플 뿐이었다.

딸아이는 칠 년을 사는 동안 몇 가지 기술을 터득했다. 예를 들어 용변이 마려우면 소리를 지르고, 음식이나 약은 절대 사양하지 않는 식이었다. 하지만 눅눅한 집을 나서서 신선한 공기를 쏘이면 무서워하는 것은 여전했다. 뻥 뚫린 하늘이 보이는 곳으로 안고 갈 때마다 머리카락을 곤두세우고, 도저히 입을 벌릴 수 없도록 앙다물곤 했다. 그 아이는 이미 숲 속에서 주말을, 돌 벤치에서 하룻밤을, 시골 고아원에서 육 일을, 베이징으로 가는 기차에서 사십팔 시간을 혼자 지낸 적이 있었다. 아버지가 갑자기 사라지고 혼자 남겨지면 이렇게 불행한 사건이 벌어지곤 했다. 하지만 결국에는 죽지 않고 살아남아 진흙과 썩은 양배추 냄새가 나는 어두컴컴한 방으로 안전하게 돌아갈 수 있었다.

여행을 시작할 때마다, 그는 딸아이를 무사히 버릴 수 있을지 알지 못하면서도 운명과의 싸움을 계속하기로 작정한 상태였다. 장차 태어날 아들과 아내의 다음 배란일 때 성공적인 수정을 위해 계획을 관철할 생각이었다. 지금까지 딸아이를 키운 이유는 오로지 말끔하게 처치할 기회를 기다리기 위해서였다. 딸아이의 입장에서는 바깥세상으로 떠나는 여행이 자신의 생명력을 입증하는 기회였다.

그는 1958년에 입당한 이래 삼십 년 동안 성실하게 일했지만, 여전히 부과장에 머물러 있었다. 문화혁명 때 가입했던 정치 조직은 시대의 변화를 따라가지 못하고 반대 조직에 의해 폐쇄되었다.

그는 결국 그 반대 조직 출신의 활동가와 결혼했다. 밖에서는 총알이 하늘을 어지럽게 수놓을 때 두 사람은 방 안에서 사랑을 나누었다. 이들 부부는 상소리를 통해 터득한 것 말고는 성 관련 지식이 없었기 때문에 결혼하고 일 년이 지난 뒤에야 아이가 생겼다. 의사는 임신 기간 동안 과도하게 성관계를 가졌기 때문에 아이에게 장애가 생겼다고 했다.

  쉰 살이 되었을 때 그는 큰딸을 버리는 데 더 많은 노력을 기울이기로 결심했다. 그 뒤로 일에 대해서는 점점 소홀해지기 시작했다. 점쟁이들이 말하길 그의 띠로 보았을 때, 누가 데려가서 잘 길러준다는 보장만 있으면 딸을 치워버려야 성공할 수 있다고 했다. 그 때문에 딸이 굶어죽거나 다칠 수 있는 곳에는 절대 버리지 않았다. 그가 딸을 없애지 못하는 것은 띠와 분명 연관이 있었다. 만약 그가 호랑이띠거나 닭띠였다면 지금쯤 젖먹이 아들을 품에 안고 있었을 것이다.

  어느 날 아침 그는 시외의 벌판에 딸을 혼자 남겨두고, 멀리 떨어진 덤불 뒤에 숨어서 온종일 딸을 지켜보았다. 그러다 서쪽으로 해가 지기 시작하자 누군가 구하러 올지 모른다는 희망을 접고, 배가 고파서 기진맥진한 몸을 이끌고 딸에게 달려가 품에 안고 집으로 다시 데려갔다. 그는 딸을 위해 온갖 고생을 견뎠다. 하루는 옆 도시의 고아원에 대한 기사가 신문에 실렸다. 그는 하루 휴가를 내고 그 도시로 건너가 고아원 카운터에 딸을 맡기면서 길거리에서 데리고 온 아이라고 주장했다. 고아원장은 고아가 아닐 수 있으니 공안국에 넘겨야 한다고 했다. 그는 그 말을 듣고 당황스러워하며, 레이펑처럼 모범을 보이고 싶지만 기차를 놓치면 안 되기 때문에 더이상 할 수 있는 일이 없다고 이야기했다. 원장은 그렇다면 자기가 아이를 공안국에 데려가겠다고 했다. 다음 날, 자리에 앉아서 창밖을 내다보고 있는데, 아이를 데리고 가라는 옆 도시 경찰의 전화가 걸려왔다. 이렇게 해서 그는 또 하루 휴가를 냈고, 상부에서는 경악을 금치 못했다. 일주일에 한 번 있는 부서 당원회의에 불참한다는 뜻이었기 때문이다. 그날 오후, 그는 아내와 이제 두 살 된 작은딸에게 손을 흔들고, 큰딸을 집으로 데려오기 위해 여행을 떠났다.

("자네는 자네만의 조그만 세상 속에서 살고 있어."
헌혈자가 작가에게 말한다.
"자네의 생각과 상자 같은 이 아파트 속에 갇혀 있단 말이지. 우리는 날이 갈수록 점점 멀어지고 있지 않은가."
"그게 무슨 소린가?"
"우리는 서로 가치관이 다르단 말일세. 나는 현실에 굴복했고 인생에 성공했지. 자네는 콧대 높은 척하지만, 이 세상에 버려진 쓰레기를 먹고사는 실패작이야.")

그는 큰딸을 버리기 전에 항상 수면제를 먹였다. 계속 깨어 있으면 울다 숨이 막힐 수도 있고, 울음소리 때문에 늑대들이 꼬일 수도 있기 때문이었다. 밖에서 보내는 시간이 워낙 많으니 비가 와도 맞지 않도록 우비까지 사주었다. 그의 아내는 전형적인 중국 여자였다. 남편이 딸을 안고 여행을 떠날 때마다 울면서 대문까지 배웅해주었다. 실패를 반복하는 남편 앞에서 그래도 매번 눈물을 흘리며 손을 흔들었다. 아내는 그의 선택에 찬성했다. 예전에 한 번은 아내가 직접 중개인을 통해 불임 부부에게 큰딸을 팔아넘겼는데, 안타깝게도 장애아로 밝혀지자 그쪽에서 딸을 되돌려 보내고 환불을 요구한 적도 있었다.

이 장애아는 끝없는 시험과 상처에 시달렸지만, 언제나 목숨을 부지했다. 걸음마를 떼기 전에 이미 두 번이나 교통사고를 당하고 한번은 3층 창문에서 떨어졌지만 죽지 않았다. 이후에는 거의 매일 밤마다 침대에서 시멘트 바닥으로 떨어졌다. 이웃 사람들은 축복받은 아이가 아니면 그렇게 많은 사고를 겪고도 목숨을 부지할 수 없다며 이 아이가 집안의 보물단지가 될 거라고 했다. 그 소리를 듣고 아버지는 일 년 동안 아이를 내다버릴 생각을 접고, 운세가 바뀌길 기다렸다.

하지만 아무 일도 일어나지 않았고, 그는 절름발이 쩡이 점친 미래가 분명하다고 다시금 확신했다. 조만간 대가 끊긴다는 생각이 그의 어깨를 무겁게 짓눌렀다. 아내가 할당량을 넘어 셋째를 낳으면 지금까지 부단한 노력 끝에 얻은 모든 것을 잃을 게 분명했다. 공무원 일자리, 당적, 집, 월급…… 큰딸의 존재가 그의 모든 것을 위협했다.

결국 그는 직장을 그만두고, 딸을 버리는 일에 모든 시간을 투자하기로 결심했다. 하지만 없애려고 할 때마다 아이에 대한 애착이 점점 깊어졌다. 예전에는 딸이 협조해주길 바랐다. 아들을 낳을 수 있도록 조용히 사라져주길 바랐다. 하지만 이런 희망이 사라지면서 딸에게 위로와 동정을 받는 입장이 되었다. 자신을 고생시키는 아버지를 용서할 수 있는 유일한 사람이 바로 딸이었다.

시간이 지나면서 딸은 그의 가장 친한 친구가 되었다. 그는 결혼 생활의 문제점과 세상일에 대한 걱정, 딸을 고생시킨 생각을 할 때마다 느끼는 괴로움 등을 이야기하며 속을 털어놓았다. 딸이 아무 대답도 하지 못할 테니 그 앞에서는 온갖 상소리를 마음껏 동원할 수 있었다. 헛수고라는 게 분명해질수록 상황은 그의 손에서 점점 벗어났다. 딸을 버리려고 할 때마다 사실은 자기 자신과 예정된 미래를 버리는 기분이 들었다. 그래도 그는 계속 시도할 작정이었다.

가끔은 딸이 그를 끌고 다니는 것 같은 생각이 들 때도 있었다. 딸을 버리려고 할 때마다 그 아이가 이렇게 말하는 소리가 들리는 듯했다.

"아버지한테 버림받는 거, 나도 찬성이에요. 지난 몇 년 동안 나도 정체성을 확립했고, 아버지도 나하고 씨름하면서 인생에 대해서 몇 가지 교훈을 얻었죠? 아버지가 지진아를 속일 수 있는 것처럼 지진아도 아버지를 속일 수 있는 거예요. 나로 인해 아버지의 인생에 어떤 패턴이랄까, 리듬이 생겼죠. 아버지의 그 결심이 결국에는 아버지를 파멸로 몰고 간다는 걸 알아야 해요. 나로 인해 아버지는 알고 싶지 않은 아버지의 진면목을 알게 되었죠. 미쳐 돌아가는 세상에서는 모자란 사람들만 행복을 찾을 수 있는 거예요. 나는 과거나 미래, 아버지의 정자가 또다른 난자를 만날 수나 있을지에 대해서는 아무 관심 없어요. 내가 존재하는지 아닌지도 장담할 수 없는 걸요. 아버지도 모자란 사람이 되어보면 이게 무슨 소리인지 알 거예요. 헛수고는 그만두셨으면 좋겠어요. 모두를 위해 최선을 다했잖아요. 나를 실망시키지 않았고, 아버지 자신을 실망시키지도 않았잖아요. 이제 아버지가 할 수 있는 일은 아무것도 없어요."

사람들은 개혁개방정책으로 인한 변화에 적응하느라, 떨어져 지내다 재결합한 아버지와 딸 이야기를 점점 하지 않게 되었다. 하지만 그 부녀가 누군지 모르는 사람은 없었다. 사람들은 옷깃과 소맷부리를 깨끗하게 빨아 입은 한 남자가(한눈에 보아도 간부임을 알 수 있었다) 지진아를 안고 시립 박물관 뒤편에서 걸어 나오는 모습을 종종 목격할 수 있었다. 이 남자는 육교를 건너서 신시가지를 뚫고 해변 공원 쪽이 아니라 그 너머의 벌판으로 향했다. 그런 다음 목적지에 도착하면 길가에 아이를 내려놓고, 십 미터쯤 멀리 있는 나무 옆에 쭈그리고 앉았다. 거기 쭈그리고 앉아 있는 동안에는 주름살이 펴졌다. 하지만 누가 다가와 '분실물'에 손을 대기라도 하면 벌떡 일어나 달려가서 아이를 확하니 안았다. 이 도시에서 그는 지진아의 유일한 보호자였다.

내일은 어떤 일이 벌어질까? 전업 작가는 궁금해진다. 이 두 사람과 길거리에서 마주치고, 절망이 어린 아버지의 눈빛을 목격할지도 모르지. 문득, 죽이 먹고 싶을 때 찾아가는 국숫집에서 일하는 긴 머리의 조용한 웨이트리스가 떠오른다. 그는 그 아가씨를 물끄러미 쳐다보는 게 좋다. 그녀는 생기 넘치는 한편으로 차분하고 상냥하다. 어떻게 하면 그녀를 자신의 소설 속에 등장시킬 수 있을지 궁금해진다.

속 편한 사냥개 혹은 목격자

녀석의 짖는 소리가 종종 나를 깨웠다. 우리 대화 도중에 냈던 소리와는 달랐다. 정말 개가 짖는 소리였다. 녀석이 죽고 이 개월 동안 그 소리가 계속 나를 깨웠다. 나는 녀석이 죽었을 때 곁에 있어주지 못했다는 사실에서 평생 벗어나지 못할 것이다.

(전업 작가는 라이터에 불을 붙이고 시립 박물관 식당에서 화가와 점심을 먹었던 날을 떠올린다. 그때 화가는 그를 물끄러미 쳐다보며 물었다. "내가 키우던 개가 환생할 수 있을까? 그 녀석이 지금 우리처럼 말을 할 수 있었던 이유가 뭘까? 그 녀석의 비밀은 어느 누구한테도 밝힌 적 없어. 심지어 여자친구한테도. 지금 너한테 이야기하겠지만, 아마 못 믿을 거야.")

녀석이 어떤 모습으로 죽었는지 나는 모른다. 세미나를 마치고 돌아와보니 이미 박물관 전시품으로 만들어지는 중이었다. 박물관장인 왕 관장도 개가 어쩌다 죽었는지 알려주지 않았다. 개를 키웠다고 비판하기 위해 집으로 몰래 경찰을 보냈을 뿐이다. 아래층에 사는 아이들은 4층에 사는 늙은 목수가 개를 때려 죽이는 것을 보았다고 했다. 심지어 범행 현장으로 나를 안내하기까지 했다. 아이들은 콘크리트 바닥에 남은 지저분한 자국을 가리키며 개의 핏자국이라고 했다. 그 자국을 꼼꼼히 뜯어보았더니 사실은 몇년 전 칠장이들이 남긴 페인트 자국이었다. 그래서 나는 이 문제를 가지고 늙은 목수에게 따지지 않았다. 하루는 왕 관장이 내가 개와 함께 찍은 사진을 보고 말했다.

"이런 일이 생기지 않길 바랐다면 엘리베이터에서 개가 오줌을 싸도록 내버려두지 말았어야지."

나는 그 말을 듣고, 개를 죽인 사람이 늙은 목수냐고 단도직입적으로 물었다. 왕 관장은 문 쪽을 흘끗 쳐다보며 대답했다.

"경찰이 자네 집을 찾아갔나? 개를 키우고 있었다고 화가 이만저만 난 게 아니던데."

개가 어쩌다 죽었느냐고 다시 한 번 묻자 왕 관장은 나방으로 변해버렸다. 눈이 점점 더 작아지는가 싶더니 등을 돌리고 열린 문 밖으로 홱하니 나가버렸다. 그의 엉덩이는 내가 공중화장실에서 보았던 다른 사람들의 엉덩이에 비해 결코 깨끗하지 않았다. 세미나를 마치고 돌아와보니 개집이 비어 있고, 옥상에서도 오줌 냄새가 나지 않았다. 침대용 담요에서 잘라내 깔아준 천 조각은 온통 개미투성이였다. 내가 내려다보자 개미들은 흘끗 올려다보더니 저 아래서 길을 걷는 사람들만큼 빠르게 털실 숲을 뚫고 계속 달렸다.

나는 개집 밖으로 기어 나와 옥상에서 개의 흔적을 찾았다. 옥상은 어마어마하게 넓다. 삐죽 튀어나온 굴뚝들이 워낙 많아서 죽은 나무의 숲이나 비석들이 늘어선 묘지처럼 보인다. 굴뚝 중에서 몇 개는 지어진 지 오십 년이 넘었고 십자가 모양이다. 내 방은 옥상 가장자리에 놓인 높다란 시계탑 속이다. 작은 창문이 달려 있어 저 아래 길거리를 내다볼 수 있다. 자살하기 전에 종종 이 집으로 놀러왔던 여자친구는 옥상은 묘지 같고 시계탑은 묘지기의 집 같다며 투덜거렸다. 그녀는 지붕을 가로지르는 파이프들을 질색했고, 항상 거기 걸려 넘어졌다. 하지만 내 개는 이 년여 동안 불평 한마디 없이 행복하게 옥상을 뛰어다녔다. 다리가 하나 없는데도 말이다.

시계는 정각이 되어도 아무 소리를 내지 않는다. 문화혁명 때 '백만정병(百萬精兵)' 사령부가 시계탑을 점령하고 시계 부품 일부를 떼다가 무기를 만들어 '호표추방(虎豹追放)' 부대를 물리치는 데 사용했기 때문이다. 예전에는 모든 경찰관이 이 시계를 보고 퇴근 시간을 알았다. 이 도시의 어디에서도 시계가 보이기 때문이다. 그 말은 곧, 나의 옥상에서 해변의 신시가지를 비롯해 이 도시 전체가 내려다보인다는 뜻이 된다. 아침에 일어나 옥상으로 나가면 동창생들과 내가 아는 사람들이 만원 버스에 올라타거나 노점에서 아침을 먹는 모습이 보인다. 이미 출근해서 정치 학습을 시작한 몇몇은 창문 너머로 나에게 윙크를 보낸다. 하루 일과가 끝났을 때 내가 큰 소리로 말을 걸면 그 친구들도 큰 소리로 대답한다. 전화보다 훨씬 간편한 방법이다.

내 개는 여기 위에서 태어났다.

(말도 안 되는 소리라고 작가는 속으로 생각한다. 우선, 지금까지 옥상에 발을 들여놓은 암캐는 한 마리도 없었다. 사실 그 개는 교외 사설 화장터 마당에서 태어났다. 인간과 그 정도로 흡사한 새끼가 태어날 수 있는 곳은 그곳밖에 없었다. 화장터 마당은 죽은 사람들의 혼령이 머무는 곳이었다. 개들이 그중 일부를 가엾이 여겨 자기 새끼로 환생할 수 있도록 허락한 것이다.)

나는 다리가 세 개뿐인 녀석을 보았을 때 무한한 연민을 느끼고 직접 기르기로 결심했다. 녀석은 잘 서 있지 못했다. 녀석이 서 있을 때 가끔 앞다리를 툭툭 건드리면 땅바닥으로 넘어지곤 했다. 몇 개월이 지나자 녀석은 다리를 삼각대 모양으로 펼치면 잘 넘어지지 않는다는 사실을 터득했다. 그런 다음에 내가 넘어뜨리려고 하자 녀석이 입을 삐죽거리며 말했다.

"쓸데없는 데 기운 쓰지 마."

녀석의 말소리를 듣고 어찌나 놀랐던지 도망치고 싶을 정도였다. 하지만 내가 꼼짝하기도 전에 녀석이 한숨을 내쉬며 말했다.

"내가 말했잖아. 그만 하라고."

"너 사람이니, 개니?"

"너는 뭔데?"

"나야 당연히 사람이지."

"그럼 나는 당연히 개지. 하지만 전생에 분명 사람이었던 모양이야. 사람의 말을 할 수 있는 걸 보면."

"전생에 어떤 사람이었는데?"

"그렇게 궁금하면 사망 기록부를 찾아봐. 나도 잘 모르겠으니까. 하지만 한 가지 분명한 건, 내가 이 도시에서 백 년 넘게 살았다는 거야. 이번에 다리 세 개짜리 개로 환생할 줄은 몰랐는데. 나 원 참 어이가 없어서!"

"전생에 어떤 사람이었는데?"

나는 똑같은 질문을 반복했다. 온몸이 계속 사시나무처럼 떨렸다.

"잘 모르겠어. 알 방법이 없거든. 다음번에는 인간으로 태어나고 싶지 않았다는 것 말고는 아무것도 모르겠어. 개로 살아도 상관없지만, 다리 하나가 없는 건 유감이다."

우리는 서로 잘 맞았다. 박물관 일을 끝내자마자 옥상으로 계단을 달려 올라가면 녀석이 개집 밖에서 나를 기다리고 있었다. 나는 파이프의 미로를 껑충껑충 뛰어넘어 문을 열고 녀석을 안으로 들였다. 나는 몇 시간 동안 그림을 그린 다음 녀석과 함께 침대에서 책을 읽고 그날 있었던 여러 가지 일들을 이야기했다. 녀석은 내 방에 있는 책을 모조리 읽었다. 책장 가장 높은 칸에 있는 책만 예외였다. 가장 높은 칸에 있는 책들은 건드리지 못하도록 했다. 그 안의 내용 때문에 정신이 오염될 수 있고, 녀석이 나보다 더 똑똑해지는 것은 참을 수 없었기 때문이다. 그리고 녀석이 언성을 높이거나 짖을 것 같으면 그전에 옥상으로 향하는 문을 꼭 잠갔다. 박물관 직원 중에서 늙은 목수와 배관공인 그의 아들을 비롯한 세 명이 타구대(打狗隊) 소속이었다. 내가 개를 키우고 있다는 소문이 나면 그들이 직권을 동원해 내가 사는 시계탑을 뒤져서 개를 잡아먹을 수 있었다. 그들은 개를 찾으면 항상 잡아먹었다. 지도부한테는 잡은 개의 머리만 제출하면 그만이었다.

　나는 시립 박물관의 자연사 분과에서 삽화가로 일한다. 박물관에 전시된 모든 박제동물을 그리는 게 내 일이다. 동창생들보다 훨씬 괜찮은 일을 할당받았으니 아주 운이 좋은 편이었다. 나는 '생존자'(녀석이 스스로 지은 이름이었다) 때문에 혹시라도 잘릴까 싶어 더욱 열심히 일을 했고, 적극적으로 입당을 추진했다. 하지만 결국 개는 죽어버렸고, 이제 남은 건 온전한 가죽뿐이다.

　(작가는 식당에서 이 이야기를 하던 화가의 멍한 표정을 떠올린다. 그의 이야기가 진짜인지 가짜인지는 알 수 없었다. 생존자는 단지 그 자신의 연장선에 불과할 수도 있었다. 정말로 개가 옥상에서 살았느냐고 물었더니 화가는 못 참겠다는 듯이 입을 삐죽였다. "개집이 아직 있으니까 직접 확인해보게.")

　세미나를 마치고 돌아와보니 녀석이 박물관 작업실로 옮겨져 있었다. 다음 달에 베이징에서 열리는 전국 전람회에 출품된다고 했다. 목수의 작업실로 맨 처음 찾아갔을 때 녀석의 가죽은 살아 있을 때보다 더 부드럽고 윤기가 흐르는 것 같았다. 슬퍼 보이던 두 눈은 반짝이는 유리알로 대체되었다. 축 늘어졌던 두 귀는 말라서 끝이 뾰족하게 섰다. 뱃속에 솜을 얼마나 많이 넣었던지 새끼를 밴 암캐처럼 보였다. 녀석의 주변으로 자기 차례를 기다리는 죽은 동물들이 쌓여 있었다. 유리 눈이 달린 표범은 나무틀에 사지가 못 박힌 채 벽에 기대어 있었다. 내장이 전부 제거된 여우는 바람에 몸을 말릴 수 있도록 밖으로 옮겨지기를 기다리며 슬픈 눈으로 창밖을 응시하고 있었다. 사지가 잘리고 너덜너덜한 그 옆의 꿩과 대머리 독수리와 구렁이에 비하면 생존자는 아주 생생해 보였다. 하지만 아무리 애를 써도 죽은 생존자와 내가 알던 개는 서로 연결이 되지 않았다.

내가 사는 옥상은 넓다. 그 끝에 서 있으면 온 도시가 한눈에 들어온다. 생존자는 모든 거리의 모든 집을 훔쳐볼 수 있었다. 녀석은 지난 이 년여 동안 단 한 번도 옥상을 벗어난 적이 없었다. 그러니까 공중에서 평생을 지낸 것이다. 녀석은 다른 인간들과 거리를 유지했고, 그들의 세계를 거부했다. 타구대에게 잡혀 삼천 마리가 목숨을 잃는 동안 녀석은 대중들과의 거리와 내 덕분에 옥상에서 이 년 동안 목숨을 부지할 수 있었다. 녀석은 동료들이 쫓기고 두들겨 맞는 광경을 종종 접할 때마다 심란해했다. 하지만 고백하건대 나는 녀석을 경찰에 넘기고 싶은 유혹을 일곱 번 느꼈다. 그러면 입당 가능성이 높아질 수도 있기 때문이었다. 녀석을 돌보는 것이 가끔 당에 미안한 마음이 들게 했다. 녀석은 반동적인 발언을 서슴지 않았고, 나중에 박물관에서 정치 학습을 할 때 그의 발언이 생각나면 심란했다.

녀석은 나와 함께 이 년을 지내는 동안 많이 성장했고, 우아한 표현도 몇 가지 터득했다. 이 사회에서 벌어졌던 모든 일들과 벌어지지 않은 모든 일들에 대해 심도 있는 소견도 갖추게 되었다. 녀석은 반질반질한 까만색 털과 축 늘어진 귀 때문에 외국 변호사 같은 인상을 풍겼다. 여기에 흔치 않은 대머리와 기다란 회색 수염은 현명한 노인 같은 분위기를 더했다. 녀석은 속으로 자기가 하늘에서 내려 보낸 사자(使者)이자 예언자라고 생각했다. 중국이 실시하는 개혁개방정책에 대해서는 낙관적인 입장을 보였고, 누드화 전시회가 우리나라의 정서와 어울리지 않는다는 당국의 의견에 동의했다. 중앙위원회에서 어느 중국 여자와 프랑스 시민이 결혼해도 좋다는 허가를 내렸을 때는 그들의 용기를 칭찬했다. 녀석은 도급제가 사회주의를 살릴 수 있다고 주장했고, 외자 유치에 나선 정부의 움직임에 박수를 보냈다. 해외 자본이 중국 경제를 장악하도록 방조하는 정책이 아니냐고 물었더니 녀석은 냉소를 금치 못했다. 고백하건대 나는 녀석을 무척 좋아하게 되었다. 나는 날마다 녀석을 위해 맛있는 음식을 들고 왔다. 경찰이 녀석을 발견해 끌고 가면 어쩌나 싶어 밤이면 잠을 설쳤다. 녀석에 대한 애착이 어찌나 강했던지 여자친구의 자살극을 보고 있을 때도 정신은 다른 데 가 있을 정도였다.

우리의 대화는 환상적이었다. 녀석은 그리스 신화와 성서에 실린 우화를 들려주었다. 녀석의 이야깃거리는 고대에서 현대, 중국에서 서양에 이르기까지 시공을 초월했다. 상상력에도 한계가 없었다. 매일 저녁을 녀석과 보내는 게 인생의 낙이었다. 저 아래 길거리에서 벌어진 집단 강간 사건을 목격하기 며칠 전에 내가 개들에게 이 도시를 맡기면 뭐가 달라질 것 같으냐고 물은 적이 있었다. 그러자 녀석은 이렇게 대답했다.

"가장 먼저 타구대를 없애겠지. 광견병은 우리 탓이 아니야. 우리는 아무것도 모르는 바이러스 보균자일 뿐이라고. 그리고 외국 개들과 똑같은 특권을 누릴 수 있게 되겠지. 가죽으로 만든 개 목걸이도 받고, 털실로 짠 따뜻한 옷도 받고. 인간들에게 종족의 질을 높일 수 있도록 우리처럼 교미기를 제한하는 게 어떻겠냐는 충고도 할 거야. 인간의 영역과 여행의 자유, 야당 창당의 자유는 당연히 보장할 거고."

녀석은 축 늘어진 귀를 의기양양하게 펄럭이며 이야기를 계속했다.

"우리 견공 정부는 정치인과 장성들을 시골로 보내서 우리가 먹을 고품질 고기를 생산하게 만들 거야. 그 사람들 봉급과 계급은 우리 아래가 될 테고. 내가 여기 시장이 되면 정치 학습을 모조리 금지시키고, 우리처럼 겸손하고 얌전하게 네 다리로 걷게 할 거야. 아침마다 온 도시가 쩌렁쩌렁하게 체조 노래를 틀어대는 관행도 폐지해야지. 늦잠을 자고 싶은 사람은 잘 수 있도록."

"새로운 사회에서 우리 임무는 뭐가 되는 거지?"

"견공들을 위해 봉사하는 것. '인민을 위해 봉사하자'는 표어를 '견공을 위해 봉사하자'로 바꾸기만 하면 돼. 우리에게 먹을 것과 마실 것을 바치는 게 주된 임무가 되겠지. 쓸데없는 정치 학습으로 시간을 낭비하지만 않으면 우리도 인간들을 건드리지 않을 거야. 개는 인간의 가장 좋은 친구고, 인간은 개의 가장 좋은 파트너 란 걸 잊지 말라고."

며칠 뒤, 저 아래 길거리에서 한 여자가 강간당하는 광경을 목격했을 때 녀석이 다시 이 이야기를 꺼냈다.

"우리가 권력을 잡게 되면 주장할 일이 한 가지 더 있어. 견공들이 마음 내키는 대로 길을 건널 수 있도록 자동차, 트럭, 자전거의 통행을 모두 금지시킬 거야."

그날은 교통 정체로 도로가 꽉 막혀 있었다. 십자로에서 몇 명의 젊은 남자들이 한 여자를 바닥에 꼼짝 못하게 눕혀놓고 번갈아 강간하고 있었다. 그들은 여자가 입고 있던 옷을 모조리 갈기갈기 찢어 하늘로 던졌다.

("중국의 여러 도시에서 집단 강간은 점점 흔한 일이 되고 있어." 헌혈자가 친구에게 말한다.

"지난해 상하이에서는 두 시간 동안 집단 강간이 벌어진 적도 있다네. 난징로 일대의 교통이 마비되었지. 구경꾼들이 어찌나 많던지 경찰이 현장에 접근할 수 없을 정도였다더군. 간신히 풀려난 여자가 교통경찰 초소로 기어가서 도와달라고 해도 경찰이 문을 열어주지 않았다지? 그러자 범인들이 여자를 쓰러뜨려 다시 강간하기 시작했어. 나중에 그 아가씨는 신경쇠약증에 걸렸다더군. 범인들이 체포되었을 때 주모자는 운동 경기장에서 총살형을 당했다네.")

여자가 드디어 풀려났다. 그녀는 교통경찰 초소로 기어가 도움을 청했지만, 경찰은 문을 열어주지 않았다. 자기 소관은 교통정리 하나라는 것이다. 뭐라고 항의할 겨를도 없이 남자 한 명이 그녀를 다시 쓰러뜨려 꼼짝 못하게 붙잡았다. 옥상에서 보았을 때 남자는 엉덩이를 앞뒤로 움직이는 장난감 같았다. 공범들이 그를 둥그렇게 에워싸고 구경꾼들을 뒤로 밀었다.

생존자가 말했다.

"지나가던 차량들을 꼼짝 못하게 만들었군. 견공들은 교미 중인 친구가 있을 때 저런 식으로 입을 떡 벌리고 구경하지는 않지."

내가 큰 소리로 외쳤다.

"이건 있어서는 안 될 일이야! 정말 부끄럽기 짝이 없군!"

엄청난 군중이 길거리에 모였다. 주변 아파트 단지에서 창밖으로 내다보는 사람들도 있었다. 심지어 아직 개통하지 않은 십자로 위쪽 육교까지 대규모 인파가 점령했다. 그 와중에 가장자리로 밀려 그 아래 모인 구경꾼들 위로 떨어지는 사람도 있었다. 여자의 하얀색 브래지어가 몇 번이고 허공으로 날아올랐다 얌전히 땅 위로 내려앉았다. 빨간 속바지는 너무 높이 날리는 바람에 육교 가로등에 걸렸다. 두 남자가 속바지를 차지하려고 덤벼들었다. 그들이 육교 시멘트 다리를 타고 올라가기 시작하자 사람들은 박수갈채를 보냈다. 둘 중에서 호리호리한 쪽이 먼저 꼭대기에 도착했다. 그는 속바지를 낚아채 입을 맞춘 뒤 저 아래 구경꾼들을 향해 힘껏 던졌다. 아래에 있던 남자 하나가 잡아서 다시 하늘로 던졌다. 속바지는 일이 분 동안 비둘기처럼 사람들 머리 위를 날아다니다 다시 바닥으로 떨어졌다.
"인간은 군중심리가 강하지. 그러니까 통제가 필요한 거야. 개별 공간에서 지내는 것보다 개미나 영양이나 바퀴벌레처럼 함께 모여 사는 쪽이 훨씬 나을 텐데."
"저 사람들, 도저히 이해가 안 되는군. 제정신이 아니야."
"다른 동물들도 동족의 고통에 저만큼 무관심할지 모르지만, 인간만큼 다양한 방법으로 남을 괴롭히는 동물이 또 있을까 싶어. 내 눈에는 인간이야말로 가장 열등한 동물로 보여."
그 무렵 생존자는 옥상에서 이미 이 년에 가까운 시간을 보내고 있었다.
"은근히 즐기는 저 구경꾼들의 표정을 보게. 이게 지금 무슨 일인지 모두 알고 있는데, 아무도 막으려 들지 않아. 길거리에서 날마다 부딪치는 무표정한 얼굴들 뒤에 숨겨진 사악한 본능을 이제 자네도 알겠지. 가로등이 꺼진 곳마다 여자들이 강간을 당하게 되어 있어. 사람들을 흥분시키려면 보통은 엄청난 노력이 필요한데, 지금 저 사람들은 너무 흥분해서 얼굴이 벌게지지 않았나. 저들의 생식기로 쏠리는 피 냄새가 여기까지 풍기는군."
"이 정도는 아무것도 아니지! 마오 주석이 톈안먼 광장에서 홍위병을 맞이했을 때 관중들은 이보다 더 흥분했으니까."
"주석과 만나는 게 그렇게 흥분할 일인가?"
"생각해보게. 우리는 사방의 벽과 책, 신문, 영화에 덕지덕지 발린 주석의 얼굴을 보고 자랐지. 사람들 사이에서 유일한 화제가 바로 주석이었어. 그러니 주석을 드디어 두 눈으로 직접 보았을 때 광분하는 건 당연한 일 아니었을까?"

"하지만 따지고 보면 마오 주석도 남들과 똑같은 인간이잖나."

"내가 없으면 너도 없는 거야. 마오 주석이 없으면 오늘도 없는 거고."

내가 맞받아쳤다. 녀석의 반동사상 때문에 슬슬 화가 나기 시작했다.

"그래서 오늘날 좋아진 게 뭐가 있나?"

녀석이 입술을 삐죽 내밀고 아래에서 펼쳐지는 광경을 가리켰다. 여자는 다시 바닥에 눕혀졌고, 수많은 사람들이 몸을 더듬었다. 여자는 목이 쉬어 더이상 아무 말도 하지 못했고, 머리카락을 흠뻑 적시던 눈물도 이제는 말라버렸다. 좀 더 자세히 보겠다고 젊은 남자들이 정차해 있는 버스 지붕으로 우르르 올라갔다. 여자의 알몸에서 가장 가까이 있던 남자들은 그녀의 다리를 눌렀고, 그 위에 올라타겠다고 서로 발길질을 해댔다.

"저 인간들은 분명히 형편없는 집안 출신일 거야."

내가 말했다.

"인간의 존재 이유는 뭘까?"

녀석이 잘난 척 물었다.

"내 책장 꼭대기에 꽂아둔 책 속 구절 같은데! 나 몰래 그 책들을 읽고 있는 건 아니겠지?"

내가 무섭게 달려들었다.

녀석은 얼굴을 붉히더니 면목 없어하며 고개를 돌렸다. 녀석은 지금까지 쇠파이프에 머리를 기대고 (가슴 한가운데에서 시작되는) 앞다리를 앞으로 쭉 뻗은 채 볕이 가장 잘 드는 옥상 구석에 아침 내내 누워 있었다. 따뜻한 바람이 불어 반짝이는 가죽을 어루만지자 떨어져 나온 털 하나가 저 아래 사람들 쪽으로 둥실둥실 날아갔다. 한낮까지 인파는 계속 늘어났다. 자동차 한 대가 정차되어 있는 버스 뒤에 갇혀 오도 가도 못하는 신세가 되었다. 여자는 이제 기운이 다 빠져서 반항도 못했다. 경찰 사이렌 소리가 들리자 여자 위에 대자로 뻗어 있던 남자들이 벌떡 일어나 사람들 속으로 숨으려 했지만 자리가 나지 않았다. 여자는 체온을 유지하려는 것처럼 두 팔로 허벅지와 가슴을 감쌌다. 범인들이 드디어 달아나자 사람들이 여자 곁으로 몰려들었다. 여기저기서 튀어나온 손들이 여자의 몸을 만지고 주물렀다. 여자는 죽어가는 토끼처럼 힘없이 누워 발작하듯 몸을 떨었다.

"방금 전에 도망친 남자가 저 여자 남자친구야."

생존자가 말했다.

"무슨 근거로 그런 소리를 하는 건가?"

내가 큰 소리로 물었다. 이제 육교 위의 스피커에서 〈마오 주석의 찬란한 빛이 대지를 비추네〉 혁명가가 요란하게 울려 퍼지고 있었다.

"지난달에 두 사람이 제팡로를 같이 걸어가는 걸 봤거든. 5번로까지 가서 허핑 동로로 들어가 허핑 서로로 건너갔지. 아침 일찍 요우이 공원에서 나오는 것도 봤고."

"남자친구가 어떻게 다른 남자 셋을 데리고 와서 여자친구를 강간할 수가 있지?"

"개는 없고 인간에게만 있는 특징이 하나 있지."
"그게 뭔데?"
"질투심."
 녀석이 수염을 쓰다듬으며 대답했다. 인산인해를 이룬 구경꾼들이 동요하기 시작했다. 주변 길거리와 골목길에서 계속 사람들이 몰려들었다. 경찰들이 차에서 내려 그 사이를 비집고 들어갔다. 경찰 손에 밀려난 사람들은 금세 다른 구멍을 메웠다. 감미로운 테너의 노랫소리가 스피커를 타고 흘러나왔다.

 사랑하는 우리 당, 어머니 같은 그대. 조국을 사랑하도록 가르치고, 열심히 공부하도록 격려하는 그대. 행복한 미래가 나에게 손짓하네, 계속 전진하라고⋯⋯

 오케스트라와 경찰 사이렌 소리가 사람들 머리 위로 울려 퍼졌다.
"그럼 저 여자가 남자친구를 배신했다는 건가?"
"인간들은 사랑에 빠지면 안 돼."
 녀석은 감정이 잔뜩 실린 목소리였다.
"저 아래서 벌어진 일은 우연한 사건일 뿐이야."
 나는 어떻게든 인류를 변호하고 싶었다.
"자네가 여자친구를 어떤 식으로 대하는지 생각해보라고!"
"그녀는 예외적인 경우지."
 생존자는 미소를 지었다. 녀석이 미소를 짓자 눈이 반짝이고 수염이 위아래로 흔들렸다.

하얀 제복 차림의 경찰 또 한 부대가 사람들 사이를 파고들었다. 육교 위의 인부용 숙소가 인파 해산을 위한 임시 본부로 용도가 변경되었다. 경찰 네 명이 숙소 안으로 벤치를 들여놓았고, 근처 식당의 종업원이 찻잔과 뜨거운 물이 담긴 보온병을 쟁반에 들고 왔다. 시 지도부가 조만간 도착한다는 신호였다. 아니나 다를까 몇 분 뒤, 보닛에 적기(赤旗)가 달린 리무진 두 대가 시 위원회 건물에서 출발했고, 유리창을 짙게 코팅한 검은 차 세 대가 시 공안국에서 출발했다. 차량이 사람들 사이를 넓게 헤치고 육교 밑에서 멈춰 섰다. 관리들이 차에서 내려 악수하고 불룩한 배를 서로 장난스럽게 찔렀다. 그런 다음 육교로 올라가 야단법석을 떨면서 상황을 해결할 방법을 의논하기 위해 숙소로 들어갔다.

생존자는 앞으로 뻗은 다리를 핥고, 발톱 위쪽으로 발갛게 부풀어 오른 부분을 혀로 감쌌다. 그곳은 살갗이 벗겨져 상처가 난 것처럼 보였다. 어쩌다 그렇게 되었는지 우리 둘 다 알 수 없는 노릇이었다. 녀석은 쇠파이프에 다시 머리를 기대며 졸린 듯한 목소리로 말했다.

"앞으로 두 시간은 있어야 경찰이 저 여자 곁으로 갈걸? 그때쯤이면 여자는 시체나 다름없는 상태가 될 거야."

"하지만 지금 거의 다 도착했잖나?"

"아냐. 꼼짝 않고 있잖아. 임시 본부에 들어간 지도자들이 결정을 내릴 때까지 서서 기다리고 있는 거라고."

좀 더 유심히 들여다보니 경찰들은 정말로 가만히 서 있었다.

사람들은 좀 진정이 된 것 같았지만, 모두들 바짝 붙어 있다는 데 불편해하는 눈치였다. 몇 사람이 주머니에서 담배를 꺼내 경찰에게 권했다. 그런 다음 서로 라이터를 주고받으며 최신작 〈행복한 혁명〉에서 텐구가 선보인 새로운 헤어스타일에 대해 이야기를 나누기 시작했다.

"저 폭도들이 개라면 어떤 식으로 처리하겠어?"

내가 생존자에게 물었다.

"사실 개들은 저런 짓을 절대 저지르지 않아."

"그래도 위원회 지도부에서 잘하고 있는데? 사태를 해결하러 직접 나서서 사건의 한가운데로 뛰어들었잖아."

"내일 신문을 보면 시위원회 서기관이 병상을 박차고 일어나 이 폭동을 해결하러 달려왔다는 사설이 실릴걸? 자네들은 우리 견공보다 훨씬 형편없는 동물이야. 우리의 고상한 태도와 도덕심, 정의감을 본받으려고 애쓰지만 생각하는 거라고는 돈과 식권뿐이지."

생존자는 저 아래 길거리에서 울려 퍼지는 소음을 잠깐 무시하려는 듯 고개를 돌렸다.

"부탁 하나만 해도 될까?"

녀석이 시선을 아래로 떨어뜨리며 물었다.

"웨이민 로에 있는 쓰레기통에 누가 돼지 갈비를 버렸는데, 뼈에 고기가 좀 붙어 있더라고."

나는 잠자코 듣기만 했다.

"진한 양념 국물에 넣고 끓인 것 같던데."

녀석은 여전히 시선을 피했다. 그릇에 담긴 물을 한 모금 마시더니 코를 위로 치켜들고 킁킁거렸다.

"어제 내가 식당에서 가져다준 그 뼈다귀도 아직 남았잖아."

"못 먹겠어. 내가 양뼈는 안 좋아하는 거 알잖아."

"하지만 이제는 회교도 코너에서만 뼈를 얻어올 수 있다고."

그는 다시 고개를 숙이고 한숨을 내쉬었다.

길거리에 모여 있던 사람들이 개미 떼처럼 흩어지기 시작했다. 현장으로 출동하는 경찰과 무장경찰들이 점점 많아졌다. 잠시 후 해방군이 탱크 두 대를 앞세우고 어디에선가 느닷없이 등장하더니 허난* 사투리로 〈공산당이 없으면 신중국도 없네〉를 부르며 남아 있던 무리를 몰아내기 시작했다.

"강간범 한 명이 붙잡혔어!"

내가 큰 소리로 외쳤다.

"지난주에 길거리에 모였던 시위대를 보았나?"

생존자는 딴 생각을 하는 눈치였다. 아직도 쓰레기통에 누가 버린 갈비 생각을 하고 있을지 모르는 일이었다.

거대한 먹구름이 하늘을 뒤덮자 길거리가 어둑해졌다. 여자는 담요로 몸을 감싸고 경찰차로 안내되었다. 십자로 위쪽 육교에서는 지도부가 최종 결론을 내리고 있었다.

내가 중얼거렸다.

"그렇게 몸에 꼭 끼는 치마를 입지 말았어야지. 우리 박물관 여

---

* 중국의 동부 지역.

직원들은 그렇게 꼭 끼는 치마를 입지 못하게 되어 있는데."

생존자는 먹구름을 올려다보며 말했다.

"이 분 안으로 비가 내릴 거야. 오늘 아침에 저기압이라 그 아이들이 정신을 잃은 거지."

빗방울이 햇빛이 비치는 하늘을 뚫고 나일론 실처럼 떨어졌다. 생존자는 몸을 흔들어 비를 털어내며 일어섰다.

"비는 깨끗하지만 땅에 닿으면 진흙으로 변하지."

"진흙 걱정은 잊어버리고 비가 내리는 광경만 즐겁게 감상해도 좋지 않을까?"

"나야 구름 위에서 살고 있으니 비를 바라보고 있기만 해도 되지. 하지만 자네는 두 발로 땅을 밟고 있으니 진흙을 무시할 수 없잖은가."

"아무 걱정 없이 세상을 유람할 수 있으니 견공들이 참 부럽네그려. 반면에 우리는 집세, 점퍼, 레인코트, 온수를 조달하느라 하루 종일 돈을 벌어야 하네. 직장에서 잘리지 않으려면 행동을 조심하고, 자네가 심취해 있는 반동사상과 공상을 자제해야 하지. 날마다 신문을 연구하면서 올바른 정치 노선을 걷고 있는지 확인해야 하고. 그런가 하면 피부가 너무 얇아서 옷을 입어야 하는데, 그 옷이 찢어지면 알몸뚱이 돼지가 되거나 저 아래 길거리의 그 여자처럼 된다네. 그러니 우아한 포장에 목숨을 걸 수밖에. 우리는 살아남고 싶으면 본성을 감추어야 한다네."

"자네 목소리를 듣자 하니 감기에 걸린 것 같군."

생존자는 내 말은 듣지도 않은 채 이렇게 쿵쿵거렸다.

세미나를 마치고 돌아와 생존자의 죽음을 알게 되었을 때 나는 맥이 빠졌다. 날마다 붓만 물끄러미 쳐다볼 뿐, 들어 올릴 힘조차 남아 있지 않았다. 죽을병에 걸리거나 자연재해를 만나 죽고 싶은 심정이었다. 내가 만약 술꾼이었다면 모든 걸 잊을 때까지 술을 마셨을 것이다. 그러면 얼마나 좋을까. 나는 녀석이 나오는 꿈을 꾸지 않도록 남쪽으로 침대 머리를 바꾸었다. 잡지에서 말하길 이렇게 하면 악몽이 달아날 뿐만 아니라 피부색을 개선하고 흰머리의 출현을 늦추는 데에도 도움이 된다고 했다. 실제로 그 이후 악몽의 횟수가 줄긴 했지만, 꿈들이 점점 야해졌다. 어느 날 밤에는 어느 통통한 여자의 엉덩이를 쫓아 하늘을 날아가는 꿈을 꾸기도 했다. 엉덩이를 잡고 보니 박물관 식당에서 오리털을 뽑는 여자였다.

나는 생존자가 죽은 뒤 단 한 번도 울지 않았고, 감정을 분출할 만큼 가슴 아픈 일도 겪지 않았다. 세상은 여느 때와 다름없이 굴러갔다. 부모님은 여든이 넘은 나이에도 정정했다. 동창생들도 여전히 지루하고 단조로운 인생을 살고 있었다. 여자친구의 자살은 기억에서 거의 잊혀졌다. 나만 빼고 모두들 평온하게 사는 것 같았다.

나는 녀석의 날카롭던 눈빛을 추억하며 망원경을 하나 샀다. 이제 나는 녀석의 눈을 통해 인간 세상을 바라본다. 가끔은 저 아래서 벌어지는 일들을 구경하며 내 의견을 이야기할 때도 있다.

이제 도시는 고요하고 질서정연하다. 야만적인 사건을 고발하는 투서를 수거할 수 있도록 빨간색 상자가 길모퉁이마다 설치되었다. 시위원회에서는 길거리에서 소리 지르거나 웃거나 뛰는 것을 금지시켰고, 네 명 이상 무리를 지어 다녀도 안 된다고 했다. 동행이 네 명 이상인 경우에는 둘로 나눠서 다니도록 했다. 시위원회에서는 문화선전공작단까지 각 단위조직에 파견해 예의범절을 가르치고 시민으로서의 자질을 평가했다. 우리 조직은 불합격 판정을 받았다. 보폭이 너무 크거나 작다는 평가를 받은 재무처의 나이 많은 두 동지 때문이었다.

옥상에서 내려다보면 사람들이 구더기처럼 느릿느릿 꿈틀거리는 것처럼 느껴졌다. 이른 아침에 훙링진 공원에서 노인들이 보건체조를 할 때 말고는 대규모 인파가 보이지 않았다.

나는 종종 옥상에 앉아 파란 하늘 위의 구름을 쳐다보았다. 구름은 몇 개월이고 한자리에 머물러 있는 것 같았다. 이제는 다시 그림을 그릴 수 있게 되었지만 의욕이 사라졌다. 어찌나 오랫동안 캔버스를 주물럭거렸던지 멀리서 보면 지저분한 앞치마처럼 보였다.

며칠 전에는 오래된 동창에게 기타를 빌려, 생존자와 앉아서 수다를 떨던 개집 옆 그 자리에서 구슬픈 노래를 연주했다. 줄을 퉁겨 낭랑한 선율을 하늘로 날려 보냈다. 그러고 나서 다시 한 번 줄을 퉁겼지만, 이번에는 아무 소리도 나지 않았다. 저녁이 되자 박물관의 보위과장이 찾아와 다시는 옥상에서 기타를 치지 말라고 했다. 국가안보국에서 기타 소리를 몰수했으니 앞으로는 라디오를 듣는 것으로 만족하라고 했다. 그는 기타를 압수했지만, 다행스럽게도 자아비판서를 작성하라고 요구하지는 않았다.

지금 길거리가 얼마나 깨끗해졌는지 생존자가 보았다면 여기가 어디냐고 물었을 것이다. 옥상에 누워 있으면 바닷바람이 내 살갗과 녀석의 털을 간질이던 따뜻한 여름날 저녁이 종종 생각난다. 녀석은 개의 눈으로 바라본 세상을 이야기하며 좀 더 개를 닮지 못하는 인간을 비판했다. 그런 소리를 들으면 나는 화가 났다. 녀석이 말하길 개들은 운전도 하지 않고 옷도 입지 않는다며 자동차는 쓸모없는 물건이고 셀프 세탁소는 시간 낭비라고 했다. 어느 날 밤에는 이런 소리도 했다.

"게다가 영화관은 얼마나 시끄러운지 알아? 머리가 아플 지경이라고."

"개한테 이 세상을 맡기지 않으신 하느님께 감사할 따름이야." 내가 대답했다.

"인간의 직립 자세도 역겨워. 너희 지도자들은 연설할 때 가슴과 생식기를 훤히 내보이면서 하는 셈이잖아. 우리는 말을 하고 싶으면 고개만 들어. 그게 훨씬 예의 바른 태도지."

녀석은 장차 견공 정부가 수립되면 어떤 정책들을 도입해 인간을 훈련시킬 계획인지 대강 내용을 알려주었다.

"우리 지도자들이 똑바로 서서 연설을 하는 건 사실이야." 나도 그 부분은 인정했다.

"그래도 옷은 입고 있잖아. 너희는 허리를 숙이고 이야기한다지만 다리 사이에 대롱대롱 매달려 있는 생식기가 훤히 보인다고. 만약 너희가 세상을 지배하는 날이 오면 복종하느니 차라리 지붕

위로 올라가서 쥐가 되고 말겠어."

"적어도 이 나라는 너희 정부보다 견공들한테 맡기는 게 훨씬 좋을걸?"

밤이 되어 별들이 모습을 드러내자 녀석의 눈빛이 반짝반짝 빛났다.

"우리는 언어를 발명하면서 동물 세계를 넘어섰지. 근사한 도서관들 좀 보라고!"

나는 환하게 불을 밝힌 저 아래 공공 도서관을 가리켰다.

"우리 견공들은 경험을 서서히 축적하는 방식으로 배움을 터득해. 우리는 너희보다 훨씬 예리하고 날카로워. 예를 들어 나만 해도 내일 날씨가 어떨지, 또 언제 지진이 일어날지, 어떤 버섯이 독버섯인지, 어느 사람이 어디로 가는지 알고 있거든. 우리는 배워가면서 설렁설렁 이 세상을 살아나가지. 그런데 너희는 집을 떠날 수 있을 만큼 똑똑해지려면 이십 년이 걸리잖아. 이십 년이면 우리는 대부분 저세상으로 떠날 때라고. 삼 개월 된 강아지가 너희 대학교수들보다 훨씬 아는 게 많을걸? 우리는 대학이나 도서관이 필요 없어. 너희들이나 그런 데서 허송세월하라고."

"만약 자네가 권력을 잡으면 견공들의 결혼을 허락할 생각인가?"

"견공들의 성생활은 한 계절에 국한돼 있어. 봄에만 교미를 하지. 만약 우리가 권력을 잡으면 이런 관행을 유지할 걸세. 인간의 시도 때도 없는 성욕이 사회 불안의 주요 요인이거든. 저 맞은편 건물을 보게! 이 순간에도 1층에서부터 8층까지 거의 모든 커플이 정사를 벌이고 있지 않나. 3층의 커플은 오늘 밤만 벌써 두번째 야. 어젯밤에도, 그제 밤에도 마찬가지였지. 자세만 조금 바뀌었을 뿐이고."

맞은편 건물은 문화국 간부들이 사는 아파트였다. 각 방의 불이 꺼지자 생존자는 시큼한 체액 냄새가 열린 창문을 통해 흘러나온다고 했다.

"하지만 8층에 사는 저 남자는 참 마음에 든단 말이지. 그 집 창문이 열리면 책상 위 곰팡이 슨 책 옆에 놓인 잉크병 냄새가 나거든. 저 남자는 몇 달째 여자하고 잔 적이 없어. 그런데 일요일 밤마다 맛있는 고기와 생선 냄새가 저 집에서 흘러나오더라고."

"내 친구야. 전업 작가지. 그 월급으로는 평생 부인을 먹여 살릴 수 없을 걸세."

"자네도 몇 푼 안 되는 월급으로 날 먹여 살리고 있지 않나."

녀석은 미안해하는 듯한 말투였다.

"그를 사랑하는 여자가 저 아래 사는데, 계속 다른 남자를 만나더군. 지금도 사모의 물결이 그의 집으로 향하는 게 느껴져."

나는 녀석이 가리키는 곳을 쳐다보았다.

"저기 저 낡은 건물 말인가?"

"그런데 며칠 밤 동안 골초하고 술을 마셨어. 담배 연기가 술 냄새와 섞이면 오래된 양고기 냄새가 나지."

밤이 되면 도시는 고요하고 적막해 보인다. 생존자는 어두컴컴한 데 누워 있으면 사람들이 환하게 불을 밝히고 있을 때보다 훨씬 부산해진다는 사실을 알게 되었다. 녀석은 사람들이 성교하면서 내는 소리와 시큼한 체액 냄새 때문에 종종 속이 뒤틀린다고 했다.

"바람 한 점 없는 밤에는 견딜 수가 없어."

"결혼의 묘미를 포기할 수는 없는 일이지."

"인간이 바라는 건 그저 먹고, 성교하고, 쇼핑하는 것뿐이야. 세 가지 다 혼자서는 할 수 없는 일이지. 그것도 하나면 되는 게 아니라 여럿이 필요한 일이라고. 도시에 바글바글 모여 사는 것도 텅 빈 가슴을 채우기 위해서지."

"나는 자네를 위해서, 자네의 모든 욕구를 채워주기 위해서 뼈가 부서져라 일하고 있는데."

"매일 아침마다 물을 떠다주는 게 고작 아닌가? 그나마도 어느 정도는 자네가 마시고."

"자네가 어지럽힌 곳을 치운 게 몇 번인데! 지난주만 해도 현관에 실례를 해놓고 세숫대야로 가려놓은 걸 내가 치우지 않았나."

"그날 자네가 내 요강을 깨뜨리는 바람에 땅바닥에 실례할 수밖에 없었던 걸세."

"다 먹은 뼛조각들 좀 접시 위로 쓸어 담아주겠나?"

내가 툴툴거리며 말했다.

"내 물그릇 좀 건네주겠나?"

녀석은 그릇에 주둥이를 대고 한 모금 꿀꺽 들이켰다. 그런 다음 고개를 들고 말했다.

"오늘 날씨가 참 덥네그려. 이렇게 두꺼운 털 코트를 입고 있으면 얼마나 불편한지 자네도 알아야 하는데."

"우리 사무실에는 선풍기가 있어서 시원한 바람을 쐴 수 있지."
"그 앞에 한번 앉아봤으면 소원이 없겠는데."
녀석이 상상 속으로 빠져들자 덩달아 꼬리가 살랑거리기 시작했다.
"이 옥상 밖으로 데리고 나갈 수 없다는 건 자네도 알고 있겠지?"
녀석은 입술에 남은 물을 핥더니 앞으로 몸을 움직여 내 발을 핥기 시작했다.
"밖으로 나가는 건 위험한 짓이야."
나는 발을 멀찌감치 치우며 말했다.
"밤에도 길거리마다 경찰이 깔렸단 말일세."
녀석은 애교 부리듯 고개를 위로 젖히고 콧소리를 냈다.
"그럼 동반자라도 하나 만들어주든지."
나는 껄껄 웃음을 터뜨렸다.
"암캐가 필요하다는 건가? 이런 파렴치한 친구 같으니라고!"
이 소리를 듣고 녀석이 무릎 위로 펄쩍 뛰어올라오는 바람에 하마터면 뒤로 넘어질 뻔했다.

("안타깝게도 나는 녀석의 부탁을 들어주지 못했지."
화가가 작가에게 말했다.
"녀석은 같은 종족과 한평생 뭘 해보기는커녕 이야기조차 나눈 적이 없다네."
작가는 그를 쳐다보며 말했다.
"녀석이 많이 보고 싶은 모양이로군.")

함께 보낸 날들을 떠올리면 조금 기운이 난다. 지난 토요일에는 매주 직장에서 열리는 정치 학습에 참석했고, 평소처럼 기억 속의 녀석과 대화를 나누며 시간을 보냈다. 위원장의 마이크는 새것이었지만, 목소리는 여느 때처럼 단조로웠다.

"……우리 당 앞에는 찬란한 미래가 기다리고 있습니다. 그렇습니다. 덩샤오핑 동지의 선언문도 이 점을 분명히 강조하고 있습니다. 우리 당은 그야말로 엄청난 변화를 겪고 있습니다. 중앙위원회에서는 세 가지 분야가 중요하다고 역설하는데, 당과 인민의 생각도 위원회와 일치합니다. 그렇습니다. 우리의 굳은 의지가 흔들리면 안 됩니다. 오 년이 길게 느껴질지 모르지만, 금세 지나갈 겁니다. 항일전쟁도 팔 년에 불과했고……"

회의에 참석한 인원의 절반이 단상의 위원장을 쳐다보고 있었고, 나머지 절반은 눈을 감고 명상에 잠겼다. 뒤쪽에서는 여자 셋이 뜨개질거리를 꺼내 들고 속닥속닥 수다를 떨었다.

"현재 이 나라는 하나로 뭉쳤습니다. 동지 여러분, 우리는……"

마이크에서 갑자기 삑 하고 귀청을 울리는 소리가 났다. 위원장도 깜짝 놀라서 찻잔을 떨어뜨렸고, 그 바람에 바닥에 찻잔이 부딪혀 산산조각이 났다. 모든 사람들의 시선이 깨진 찻잔 조각으로 쏠렸다. 앞으로도 한 시간 반이나 남았다.

"동지 여러분, 시간이 없으니 다섯번째로 건너뛰도록 하겠습니다. 우리 당은 경제가 어려웠던 지난 삼 년 동안 온갖 어려움을 극복했습니다. 이 말은 곧, 우리 당이 뛰어넘지 못할 위기는 없다는 겁니다. 동지 여러분도 생각해보십시오. 당의 지도력이 없었더라면 우리나라는 후퇴했을 겁니다. 예, 후퇴했을 겁니다. 우리 당은 세계 최고입니다. 인민들의 피와 살 속에 깊이 자리 잡고 있는 당입니다……"

아무리 애를 써도 집중이 되지 않았다. 정치적인 의지가 약해진 게 아닐까 걱정스러웠다. 예전에는 지도부에서 보낸 문건이 있으면 열심히 숙지했다. 나의 인간관계나 정치 학습과 관련해서 그들이 내린 결정을 무엇이든 따랐다. 나는 행운아였다. 부모님이 해방 전에, 소비에트 지구에서 입당했기 때문에 다른 동급생들과 달리 인민공사 생산대로 파견되지 않았다. 학창 시절에는 오이절임처럼 비쩍 마르고 같은 학년에서 키가 가장 작았지만, 출신성분 덕분에 학기가 시작되는 첫 주면 학생회장에 임명되었다. 나는 회장직을 아주 진지하게 받아들였고, 모든 학교 활동에 참여했다. 학교를 졸업한 뒤에는 더욱 성실한 인민이 되었다. 저우언라이 총리가 흡연을 애국적인 일이라고 했을 때 하루에 열 갑을 피우다 오후에 배탈이 나서 병원으로 실려 간 적도 있었다. 이 정도 표현이면 당원증을 지키기에 충분했다. 하지만 안타깝게도 담배 피우는 습관을 들이지는 못했다.

강간 사건 이후 생존자는 육교가 언제쯤이면 정식 개통되느냐고 틈이 날 때마다 물었다. 가끔 나는 녀석을 위해 지역신문에 실린 기사를 읽어주었다. 어느 날 밤에는 교통경찰들의 목소리가 저 아래 길거리에서 쩌렁쩌렁 울리는 가운데 '육교에 대한 전망' 이라고 제목이 달린 기사를 읽어주기도 했다. "육교 건설과 관련해 백칠십 건의 투서가 접수된 가운데 성 당국에서는 어제 현장으로 조사단을 파견해 사태 점검에 나섰다. 열세 명으로 구성된 조사단은 사태를 객관적으로 파악하고, 뇌물이나 특별 대우를 일절 거부하겠다고 선언했다. 조사단은 약속을 지켰다. 기차역에 도착했을 때 시위원회에서 보낸 리무진을 거절하고 현장까지 버스로 이동했으니 말이다. 길에서 이들을 접한 군중들은 검소하고 청렴한 자세를 인정했다. 현장에 도착한 조사단은 이번 달 들어 육교 밑에서 벌어진 교통사고가 몇 건인지 문의했다. 그런가 하면 신설된 의무실을 방문하고, 견갑골이 탈구된 교통사고 피해자를 소홀하게 처리한 의사에게 정직 처분을 내리고 조사를 받게 했다. 그들은 의무실에서 월요일, 수요일, 금요일 오후에 열리는 정치 학습이 환자 치료에 심각한 지장을 초래하고 있으니 이 문제를 해결해야 된다고 최종 보고서에서 지적했다……"

"조사단이 여러 문제를 해결한 모양이군."

내가 고개를 들고 말했다.

"애초에 육교를 만들지 않았으면 그렇게 많은 사고가 발생하지도 않았을 텐데."

생존자가 투덜거렸다.

"그래도 시정부에서 다방면으로 애를 쓰고 있잖나."

"하루 빨리 육교를 개통하는 게 이 문제를 해결하는 유일한 방법이라는 걸 깨달은 모양이지."

시위원회가 육교 개통 시기를 정할 수 있을 만큼 막강하다고 생각하는 걸까? 생존자는 너무 순진했다. 그런 문제를 결정할 수 있는 곳은 중앙국무원, 단 한 군데였다. 그런데 중앙국무원은 나라 전체를 책임지고 있으니 이 도시의 육교보다 훨씬 더 시급하게 처리해야 할 문제가 많을 것이다.

"자네는 상급자와 대중을 구분하지 못하는 모양이지? 윗사람 의견에 감히 토를 다는 개도 있던가? 자네는 참 어처구니없을 정도로 당돌하군. 우리 지도부가 육교를 건설한 이유는 교통 혼잡을 해소하기 위해서일세. 그런데 어디서 감히 적반하장 격으로 교통 문제에 대한 책임을 지도부에 전가하는 건가?"

"자네의 그 비참한 인생을 보면 개보다 나을 것도 없지 않은가."

"고생하면 할수록 오래 산다는 말도 모르는가?"

가끔 녀석은 화가 날 정도로 쓸데없는 말을 할 때가 있었다.

저 아래 길거리에서 사고가 벌어지면 생존자는 언제나 신이 나서 구경했다. 한번은 육교 건설로 인한 교통사고 사망자가 한 해에 삼백 명이 넘을 거라고 예언하기도 했다. 이런 착각은 내 평생 용서하지 못할 것이다. 물론 처음에는 육교 때문에 정말로 교통사고 사상자 숫자가 가파른 상승세를 보이긴 했다. 안전하게 길을 건너려고 육교로 모여든 보행자들이 육교가 아직 개통되지 않은 것을 보고 차들이 가장 쌩쌩 지나가는 지점에서 십자로를 건넜기 때문이었다. 생존자는 육교의 콘크리트 다리 사이를 날아다니는 유령들이 보인다고 했다.

하지만 강간 사건 이후 시 지도부에서 문제 해결을 위해 조치를 취했다. 응급 치료실 역할을 할 철판집이 육교 위에 설치되었다. 육교 밑에서 사고로 부상을 당하면 그 즉시 응급 치료실로 옮겨져 무료로 치료를 받았다. 이 조치는 엄청난 성과를 거두었다. 시위 원회에서는 간호사들이 혁명적인 인도주의 실천에 이바지했다고 칭찬하며 표창장을 수여했다. 시민들은 아직도 육교로 길을 건널 수 없었고 사람들은 여전히 쌩하고 지나가는 차량에 치여 목숨을 잃었지만, 그래도 육교는 나름대로 장점이 있었다. 직장 동료 한 명이 근무 도중 다리가 부러졌을 때도 육교의 응급 치료실에서 무료로 붕대 치료를 받을 수 있었다. 나는 박물관에 전시된 생존자를 종종 찾아가 놀라운 발전상을 들려주지만, 훔쳐보는 동료들이 없는지 조심해야 한다. 다들 나를 놀리지 못해 안달하기 때문이다. 한번은 점심때 고기 파이를 먹고 있는데, "개고기"라고 하는 게 아닌가. 이후로 며칠 동안 얼마나 속이 메슥거렸는지 모른다.

생전에 생존자가 예언하길 1992년은 되어야 육교가 일반인들에게 개방될 거라고 했는데, 1992년까지 아직 일 년 반이 남은 지금, 조만간 개통식이 거행될 조짐이 보인다. 계엄 지휘부가 철수한 자리에 육교관리위원회 간판이 내걸렸고, 교통경찰들에게 새 제복이 지급되었다.

육교는 원래 생존자의 1주기인 작년에 개통될 예정이었다. 중앙위원회에서는 육교가 개혁개방정책의 상징이 되길 바랐다. 차우셰스쿠가 중국을 방문하는 때에 맞춰 개통하고, 이름도 중-루우의교가 되어야 한다고 주장했다. 중앙위원회에서는 성황리에 개통식을 치르는 데 모든 노력을 기울이라고 시 지도부에 지시를 내렸다. 시당국에서는 차우셰스쿠의 방문에 대비해 난간을 작은 붉은 깃발로 장식했다. 그는 이 도시와 루마니아의 어느 산업도시가 자매결연한 것을 기념하기 위해 방중 기간 동안 개통식에 참석해달라는 초청을 받은 참이었다. 정부에서는 전문가를 보내 폭탄이 설치되지는 않았는지 점검했고, 사복을 입은 무장경찰들이 인근 길거리를 순찰하며 반혁명적인 벽보를 벽에 붙이는 사람이 없는지 살폈다. 그런데 방중 며칠 전에 차우셰스쿠가 암살당하는 바람에 개통식이 취소되었다.

레이펑 본받기 캠페인이 시작되었을 때 육교의 철판집 옆에 방송 센터가 설치되자 라디오를 장만할 여유가 안 되는 시민들이 모두 환호성을 질렀다. 이제는 길거리에 서 있으면 공짜로 방송을 들을 수 있었다. 방송 센터에서는 혁명가, 중앙인민방송국 프로그램, 심지어 세계의 날씨까지 내보냈다.

캠페인 기간 동안 거리는 레이펑을 본받으려는 사람들로 넘쳐났다. 모두들 모범을 보일 만한 기회가 있는지 눈에 불을 켜고 찾았다. 연석에 걸려 넘어지거나 무거워 보이는 가방을 들고 가기만 해도 누군가 달려 나와 도움을 자청했다. 그런가 하면 물건을 잃어버릴 틈도 없었다. 어느 날엔가 나도 모르는 새 주머니에서 연필이 떨어지자 어린아이 셋이 달려와 집어주며 "아저씨, 이걸 떨어뜨리셨네요" 하더니 방긋 웃으면서 소년 선봉대 식으로 경례를 붙였다.

"고맙다, 얘들아. 너희들이야말로 진정한 레이펑이구나."

"별 말씀을요. 해야 할 일을 했을 뿐이에요."

아이들이 한목소리로 합창했다.
"어느 학교 다니니? 교장 선생님께 너희의 모범적인 행동을 말씀드려야겠다."
"착한 일을 하는 사람은 이름을 알리지 않는 법이에요."
세 아이는 재잘재잘 대답하더니 몸을 홱 돌리고, 선전 영화에 나오는 소년 선봉대처럼 다음 먹잇감을 기다리러 길 저쪽 끝으로 달려갔다.

길을 잘못 들어선 건 누구나 참을 수 있겠지만, 막다른 골목이 나오면 누구든 참을 수 없을 것이다. 생존자가 살아 있었을 때 나는 그 녀석을 비롯해서 모든 게 혼란스러웠다. 길을 잃은 것이었다. 그런데 녀석이 죽은 뒤에 생각해보니 갈 곳이 없었다. 희망도 없었고, 기다려지는 일도 없었다. 내가 믿었던 모든 것을 녀석이 무너뜨려버렸다.
어느 날 생존자는 이런 말을 했다.
"자네는 뭐든 상부에서 결정해준 대로 따르지. 어떤 일을 하고, 누구와 결혼하며, 아이를 몇 낳을지…… 자네는 자기 운명을 스스로 관리할 수 있다는 믿음이 없어. 인생이 그렇게 지루하고 단조로우니 다양한 시험과 시련을 겪어보지 않는 이상 죽음을 직면할 수 있을 만큼 강해질 수 없을 거야."
옥상에 앉은 녀석의 머리 뒤로 새파란 하늘이 보였다. 그 뒤쪽 굴뚝에서 연기가 뿜어져 나오자 발효 중인 두부에서 올라오는 김처럼 시큼한 냄새가 났다. 연기가 파란 하늘과 대조를 이루며 눈

부시도록 하얗게 보였다.

  생존자가 다시 입을 열었다.

  "감기에 걸린 것 같네. 여기 바람은 건강에 안 좋아."

  마지막 대사는 나한테 배운 말이었다.

  그런데 어쩌다 녀석이 죽었는지 나는 아직도 모른다.

  가끔 옥상에서 뛰어내린 게 분명하다는 생각이 들 때도 있다. 늙은 목수와 타구대원 두 명이 막대와 삽을 휘두르는 소년 선봉대를 거느리고 들이닥쳤을 때 옥상을 가로질러 저 끝까지 후퇴했을 녀석의 모습을 상상해본다. 녀석은 올가미에 묶여 아래층으로 끌려 내려갔거나 그 자리에서 맞아 죽었다. 날카로운 이빨과 발톱이 있어도 소용이 없었다. 일단 죽이기로 작정한 그들에게 대적할 방법은 없었다.

  다리가 하나 없는 나의 개는 소년 선봉대를 질색했다. 혁명에 목숨을 바치도록 몇 년 동안 세뇌당했으니 나중에 크면 도덕관념이나 예의라고는 모르는 깡패가 될 거라고 했다.

  "어린아이들이잖아. 우리가 용서해야지. 어린 시절은 신성한 거야."

  녀석은 입을 삐죽거리며 아래쪽 길거리를 흘끗 쳐다보았다.

  "장님을 놀리는 저 아이들이 보여? 저 추악한 얼굴들을 한번 보라고! 선생들이 내일 선행을 베풀라고 내보내면 길을 건널 때 장님 손을 잡아주겠다고 서로 싸울걸?"

  아이들의 얼굴은 잘 안 보였지만, 무협 영화에서 배운 무술 흉내를 내면서 장님의 앞을 어지럽게 뛰어다니는 건 알 수 있었다. 그때 생존자가 다시 물었다.

"만약 나하고 어린아이, 둘 중 하나를 선택하라면 자네는 누굴 구하겠나?"

나는 대답할 수 없었다. 지금도 그 질문에는 대답을 못 하겠다. 원래는 개보다 사람을 앞에 두어야 맞는 일이겠지만, 생존자를 생각하는 마음이 길거리의 그 아이들을 생각하는 마음보다 훨씬 컸다. 심지어 여자친구를 생각하는 마음보다도 컸다. 만약 생존자가 저 아이들 손에 죽는 상황이었다면 그는 굳이 그들과 싸우려 들지 않았을 것이다. 마음만 먹으면 한 녀석의 다리를 물어뜯을 수도 있었겠지만, 그들에게 해를 가하느니 아무 말 없이 당하는 쪽을 선택했을 것이다.

나는 세미나를 마치고 돌아왔을 때 사인을 밝히려고 녀석의 온몸을 샅샅이 뒤졌다. 포름알데히드 냄새가 났지만, 가죽에 상처는 하나도 없었다. 나는 등을 토닥토닥 두드리며 말했다.

"상처는 하나도 없네? 꿈속에서 왜 거짓말한 거야?"

그로부터 이삼 주가 지났을 때 나는 목수와 할 이야기가 있어서 작업실을 다시 찾았다. 작업실로 들어섰을 때 그는 둥베이* 호랑이를 나무틀에 못 박고 있었다. 다리 하나 없는 개가 어쩌다 죽었느냐고 물었더니 그는 이렇게 대답했다.

"다리 하나 없는 개? 다리 다섯 개 달린 원숭이하고 다리 다섯

---

* 중국의 동북 지구.

개 달린 황소는 본 적 있지! 하하! 다섯번째 다리는 크기가 다른 다리의 절반만 하더라고!"
　그는 껄껄 웃으며 자기 사타구니를 가리켰다.
　왕 관장은 그 개가 어쩌다 죽었는지 분명히 알고 있다. 그가 살해를 주도한 것은 아닌지 의심스럽기까지 하다. 이러니저러니 해도 당 서기관이니 이번 사건으로 당에 대한 내 충성심을 시험하려는 것일지도 모른다. 내가 옥상에서 개를 키운다는 사실을 당에서 몰랐을 리 없다. 처음에는 내가 자백할 때까지 기다리기로 한 것일지 모른다. 그런데 내가 연거푸 실수를 저지르자 세미나에 보내놓고 내가 자리를 비운 사이 녀석을 없앤 것이다. 출장을 마치고 돌아왔을 때 왕 관장은 당원확대회의를 열고, 모두들 나와 개의 관계에 대해 의견을 제시하도록 독려했다.
　"조직에서 나를 시험하고 있어."
　그 이후에 작업실로 찾아갔을 때 표본이 된 녀석에게 내가 말했다.
　"출장을 떠나기 전에 회의가 열렸을 때 혹시 비밀을 털어놓고 싶은 동지가 있느냐고 물었거든. 그때, 그 자리에서 자네 이야기를 꺼냈어야 하는 건데. 내 여자친구가 자살했을 때 그렇게 건방지게 나무라더니 자네가 죽을 건 뭔가?"
　"그녀를 사랑했나?"
　표본이 된 생존자가 느닷없이 물었다.
　"그녀가 죽은 게 자네 책임이라고 생각하나? 그녀가 그런 식으로 기꺼이 목숨을 버린 이유가 뭘까? 자네는 왜 그런 짓을 하도록 내버려두었나? 그녀는 무슨 이야기를 전하고 싶었던 걸까?"

나는 말문이 막혔다. 그녀를 처음 만났던 학생회장 시절이 떠올랐다. 만약 그녀와 얽히지 않았더라면 나는 그해에 입당했을 것이다. 대학교를 졸업한 뒤에 나는 교직원용 기숙사를 배정받았고, 우리의 우정은 점점 깊어졌다. 그녀는 날마다 나를 찾아와 열시까지 있다 경비가 앞문을 잠그기 직전에 빠져나갔다. 나는 어두컴컴한 방 안에서 그녀의 배에 머리를 대고 뱃속에서 꾸르륵거리는 소리를 듣곤 했다. 그녀가 몸을 허락한 곳도 내 침대였다. 하지만 그녀의 어떤 면을 사랑했는지는 지금도 잘 모르겠다. 내 여자친구였지만, 그녀가 아닌 다른 여자였어도 마찬가지 아니었을까? 지도부에서 우리 사이를 용납하지 않았다면 나는 어떤 반응을 보였을까(그녀는 당시 연극학교에 재학 중이었고, 생활태도가 나무랄 데 없었다)? 죽기 직전에 그녀의 눈빛은 다정하고 따뜻하기 그지없었다. 그녀는 내가 구하러 달려오길 바랐을까?

"그런데 왜 가만히 있었던 건가?"

생존자가 물었다.

"한 번 벌떡 일어나기는 했지. 하지만 그날 정치 학습을 빼먹었는데, 아프다던 사람이 공연을 구경하러 왔다는 소문이 돌면 아주 골치 아파질 것 아닌가. 고위 기관에서 내 입당 신청서를 심사 중이라는 사실을 그녀도 잘 알고 있었다네."

"그녀의 죽음에 대해서 책임을 져야 할 사람은 자네야."

"무슨 소리. 내가 책임져야 할 상대는 당 하나뿐일세."

나는 녀석의 논리에 굴복하지 않았다.

그런데 아직까지도 이해가 안 되는 문제가 하나 있다. 어쩌면 생존자의 죽음과도 연관이 있는 문제가 아닐까 싶은데, 내가 출장을 떠난 뒤에 녀석이 무슨 수를 썼는지 책장 꼭대기 칸에 올라가 엄선된 계급만 읽고 비판하도록 허용된 불온서적들을 끄집어낸 것이다. 니체, 쇼펜하우어, 프로이트를 비롯해 의심스럽기 짝이 없는 헤겔의 반동사상이 담긴 책들을 말이다. 정치 학습에 참여한 적이 없을 뿐 아니라 마르크스 레닌주의가 한물갔다는 반동적인 발상으로 무장하고 있었으니 딱한 녀석은 무방비 상태로 그들의 사상을 접하게 된 셈이었다. 그들의 사상은 수많은 시인과 대학생의 정신을 오염시켜(내 여자친구도 그중 한 명이었다) 퇴폐적인 삶으로 유도하고 판단력을 잃게 만들었다. 생존자는 한쪽 구석에 쭈그리고 앉아 그 형편없는 책들을 모조리 읽은 게 분명했다. 만약 그랬다면 녀석의 죽음에 나도 일말의 책임이 있었다.

이제 녀석이 죽고 없으니 식당에서 먹다 버린 뼈를 챙길 필요가 없다. 그런데도 식사 시간이면 먹다 버린 뼈가 없는지 테이블 밑을 흘끗거리고, 보는 사람이 아무도 없을 때 신문지에 싸서 집으로 들고 온다. 정상적인 행동은 분명 아니다. 생존자가 이제는 표본에 불과하다는 사실을 나도 알고는 있지만, 녀석에 대한 마음을 하룻밤 사이에 바꿀 수는 없는 일이다. 나는 어둠이 깔릴 때까지 기다렸다 옥상 끝으로 걸어가서 길 위로 뼈를 던진다.

녀석이 없으니 옥상이 허전하다. 녀석의 부재가 내 가슴을 무겁게 짓누른다. 인생이 엉망진창으로 변했고, 내 방은 녀석이 살아 있었을 때만큼 깨끗하지 않다. 이제는 쥐들이 천장의 철제 들보를 가로지르며 뽀르르 뛰어다니다 지치면 침대 위로 곧장 떨어진다. 생존자가 살아 있었을 때는 우리 둘 다 잠든 야심한 시각에만 쥐들이 걸어다녔고, 걸레받이 너머는 감히 꿈도 꾸지 못했다. 이제는 커다란 거미들이 녹슨 들보 사이를 기어오르고, 가끔 케이크 부스러기를 훔치러 거미줄을 타고 내려온다. 대기오염은 날이 갈수록 심각해지는 것 같다. 두꺼운 먼지 구름이 옥상 위에 떠 있고, 허공에서 플라스틱 타는 냄새가 난다. 밤마다 나는 문을 닫고 바깥출입을 삼간다. 망원경에 눈을 대면 저 아래에서 벌어지는 모든 일들을 볼 수 있겠지만, 생존자가 곁에 없으니 따분하고 무의미하게 느껴진다. 게다가 레이펑 본받기 캠페인이 시작된 이래 길거리가 워낙 깔끔해져서 이제는 구경거리도 거의 없다.

    지난주에 나는 지난 몇 년 동안 머릿속을 맴돌았던 불온사상을 지도부에 모두 털어놓고, 앞으로 당과 고위 기관의 노선을 철저히 따르겠다는 다짐을 하기로 결심한 적이 있었다. 박물관에서 당원 확대회의가 열렸을 때 왕 관장이 입당 자격 심사를 받고 있는 다른 세 명의 동료와 나에게 자아비판을 통해 올 한 해 동안의 사상을 점검하고, 당의 노선에 어긋나는 실수를 저지른 게 있으면 털어놓으라고 했다. 여대생은 『소녀의 마음』이라는 외설스러운 작품을 읽었다고 고백하면서 고위 기관의 처분을 바란다고 했다. 늙은 목수는 정부 소유의 합판으로 나무 서랍장의 맨 위 서랍을 만들었다고 고백하면서 지도부에서 그의 진심 어린 사과를 받아주었으면 좋겠다고 했다. 재무과의 왕쥐화는 삼 년 전에 혼전 임신한 일을 자책했다. 나는 차례가 돌아오자 생존자와 둘이서 내뱉은 반동적인 발언을 모조리 고백했다. 우리 둘이 저지른 실수를 사소한 부분까지 남김없이 폭로했다. 그러자 안도감이 엄청난 파도처럼 밀려들었다. 지도자들은 내가 이야기하는 내내 아무 말도 없었고, 이야기가 끝나자 다른 자리에서 문제를 살펴봐야겠다는 말만 했다.

이런 고백 이후, 생존자의 유리 눈에서 슬픈 기색이 사라졌다. 녀석은 죽었지만 가죽은 남아서 영원히 전해질 것이다. 이제 녀석은 사람들의 눈을 피해 숨을 필요가 없다. 녀석은 속세를 달관한 생존자다. 녀석은 베이징 전람회에서 우리 도시를 빛냈다. 우리 도시 주민들은 다리 하나 없는 나의 개에 대해 이야기하기 시작했다. 출장차 이 도시를 방문한 사람들은 기차에서 내리자마자 녀석의 이야기를 접했다. 관광객들은 녀석을 만나기 위해 박물관을 찾았다. 수많은 잡지에 녀석의 사진이 실렸다. 나는 사진을 모조리 오려 벽에 붙였다. 이제 녀석은 드디어 온 세상에 얼굴을 보일 수 있게 되었다. 왕 관장은 실물과 똑같은 표본에 감탄하며 목수를 여러 번 따로 칭찬했고, 나중에는 생존자에게 '일급 표본'이라는 호칭을 선물했다.

새벽이 다가오자 연료가 떨어진 발전기처럼 작가의 생각이 딱 멈춘다. 머릿속에서 마구 떠오르던 이야기도 희미한 안개 속으로 사라진다. 그는 예전에도 이렇게 생각과 현실이 잠깐 단절되는 고요의 순간을 경험한 적이 있다. 하지만 지금의 고요는 왠지 다르다. 눈을 감으면 그의 머릿속에서 오랜 기간 살았던 주인공들이 밀가루 반죽처럼 변하고, 보이지 않는 손이 이 반죽을 천 개의 국수 가락으로 나눈다. 국수 가락은 점점 길게 늘어지다 갑자기 갈가리 찢겨 밤하늘로 흩어진다.

"이렇게 될 줄 알았어."

작가는 혼잣말로 중얼거린다.

"모든 게 사라지고 없어지는 걸 내가 어쩔 도리가 있나……"

헌혈자는 벽에 비친 작가의 그림자를 물끄러미 쳐다본다. 다른 건물들이 정전된 뒤라 이 방의 전등 불빛이 한층 환해 보인다. 헌혈자가 카세트 플레이어로 다가가 볼륨을 낮춘다. 작가는 자리에서 일어나 몽유병 환자처럼 화장실 쪽으로 느릿느릿 걸어간다. 소변이 변기 안으로 쏟아지는 소리를 듣는데, 다시 어두탕 냄새가 난다. 이번에는 아랫집 부엌이 아니라 그의 몸속에서 나는 냄새다. 그는 천천히 자기 자리로 돌아간다. 오장을 떠난 알코올이 항문과 땀구멍으로 증발한 뒤라 두 사람은 납작보리나 다 타버린 숯처럼 바짝 말라 보인다.

"내 인생 최고의 업적은 AB형 혈액을 끊임없이 생산하는 능력이야."

헌혈자가 조끼를 위로 올리고 자기 가슴을 가리키며 쉰 목소리로 말한다.

"내 피가 내 인생을 바꿨어. 인생에 의미를 부여했지."

작가의 목소리는 이제 카세트 플레이어에서 흘러나오는 진혼곡처럼 희미하다. 흐르는 아리아의 멜로디 사이로 그의 말소리가 들린다.

"그들의 운명은 처음부터 정해져 있었어. 내가 어떤 식으로 결말을 맺든 달라지는 건 아무것도 없을 거야. 나는 그 다리 하나 없는 개처럼 구석에 숨어 있는 방관자일 뿐이었지. 이 이야기의 독자는 자네 하나지만, 그들을 이해할 수 있는 사람은 나 하나라네. 그들 뒤에 숨겨진 아픔을 아는 사람이 나 하나뿐이야."

"내가 정신력은 약할지 몰라도 몸 하나는 건강하지. 내가 이 도시에 너무나 적응을 잘하는 이유도 그 때문이라네. 하지만 자네는 자기만의 환상에 젖은 방관자로 남을 걸세."

헌혈자가 동정하는 투로 말한다. 지난 칠 년 동안 거의 쓴 적이 없는 말투다.

"하지만 내 소설 속 주인공들은 자네와 나처럼 이 도시에 사는 실존 인물이야. 나는 그들을 잘 알지 못하고, 그들도 나를 잘 알지 못하지. 하지만 분명 어딘가에 존재하고 있다네. 내가 지금 유령이라면 그들도 저 멀리 어느 하수구를 떠다니는 원고지 조각에 불과하겠지만."

작가는 자기 머리를 쿡쿡 찌르다 눈을 반짝이며 다시 이야기를 꺼낸다.

"장담하건대, 쓰지 못한 내 소설이 지금까지 출간된 그 어느 작품보다 보존 가치가 높을 걸세."

"나도 할 이야기는 많아."

헌혈자가 말한다.

"주전자에 든 물처럼 내 안에 갇혀 있어서 그렇지. 이제 그 이야기들을 꺼낼 때가 됐을지도……"

작가는 자리에서 일어나 허리춤에 손을 얹는다.
"내 피는 내 소설에 비하면 아무것도 아니야."
그러다 방 안을 두리번거리면서 코를 킁킁거린다.
"그 어두탕은 맛이 기가 막혔을 거야. 지금까지도 냄새가 나는군……"
헌혈자의 담배에는 아직도 불이 붙여져 있다. 그는 이제 전업 작가만큼이나 깊은 생각에 잠긴 것 같다. 어서 빨리 지적인 작업을 시작하고 싶어 안달이 난 것처럼 보인다.
"이 잔인한 세상과 싸울 만한 기운이 남아 있지 않으면 자해를 하게 되지."
그는 마지막으로 담배를 한 모금 빨고, 꽁초를 바닥에 휙 던져 구두창으로 비벼 끈다. 그러고는 작가의 서재로 건너가서 의자에 앉고, 책상 위에 놓인 백지를 물끄러미 쳐다본다.
동이 트기 직전 몇 분 동안 작가는 날개가 부러진 새처럼 방 안을 어지럽게 돌아다닌다. 그런 다음 아무 말 없이 현관문을 열고 나가서 조용히 닫고, 어두컴컴한 계단 속으로 사라진다.

:: 옮긴이의 말

중국의 대표적인 반체제 작가 마젠馬建은 1953년 중국의 칭다오에서 태어나 시계 수리점 견습공과 선전국 소속 화가로 일했고, 국영 잡지에서 보도 사진가로도 활동했다. 서른 살이 되던 1983년, 그는 베이징의 답답한 생활에서 벗어나고 싶은 마음에 사로잡힌다. 당시 중국은 변화의 한가운데에 있었다. 덩샤오핑은 경제개혁을 추진하는 한편 '사상 오염'을 단속했고, 젊은 세대는 체제에 반발했다. 청바지 차림의 장발족이었던 마젠은 단위 조직과 경찰의 감시 대상이었다. 이런 상황에서 그는 어느 날 중국의 최서단으로 향하는 표를 끊고 자아를 찾기 위한 여행을 떠나는데, 3년간의 여행을 마치고 집필한 책이 바로 『개똥을 누어라 你拉狗屎, Stick Out Your Tongue』(1987)이다. 그러나 중국 정부는 티베트의 실상을 고발한 이 작품에 판매금지조치를 내리는 한편, 마젠의 향후 작가 활동마저 원천봉쇄했다.

마젠은 판매금지조치가 내려지기 직전에 홍콩으로 망명길에 올랐지만 이후로도 계속 중국을 드나들면서, 1989년에 발생한 톈안먼 사태에도 참여했다. 홍콩이 중국으로 반환된 뒤에는 독일을 거쳐 런던으로 거처를 옮긴다. 2002년, 그는 『홍진 紅塵, Red Dust』이라는 제목으로 과거에 떠난 3년간의 여행을 인사이더이자 아웃사이더인 입장에서 다시 집필하여 출간하는데, 이 책으로 2002년 토머스 쿡 여행도서상을 수상했다.

2004년 출간한 『누들 메이커』는 중국 정부에 대한 환상이 깨진 톈안먼 사태 이후를 다룬다. 작가는 이 작품의 영어번역본이 출간된 이후 가진 인터뷰에서 "톈안먼 사태를 직접 겪으며 가장 충격을 받았던 것은 학생 시위대에게 음식을 주면서 응원하던 사람들이 정부의 진압이 끝나자마자 그 시위대를 경찰에 고발하는 장면이었다. 나는 중국 동포들이 공포로 짓밟힌 일상을 어떤 식으로 살아나가는지 분석하고 이해하고 싶었다"고 했다. 『누들 메이커』는 그로테스크한 유머가 특징—아들을 낳고 싶은 마음에 장애아인 큰딸을 버리려고 하지만, 아이의 귀소본능 때문에 계속 좌절하는 아버지를 그린 〈버리거나 버림받거나〉야말로 그로테스크한 유머의 진수를 보여주고 있다—이다. 그 어둠을 관통하는 인간의 회복력과 우정과 사랑을 보여주지만, 결코 낙천적으로 흐르지 않는다. 작가가 생각하기에 현대 중국에서 희망이란 외제 비누만큼이나 귀한 것이기 때문이다.

현대 중국과 우리나라의 공통점을 들라면 트라우마의 역사를 갖고 있다는 게 아닐까 싶다. 현대 중국에 1960~70년대의 문화대혁명과 1989년의 톈안먼 사태가 있다면 우리나라에는 1970년대와 1980년이 있으니 말이다. 중국의 실상을 고발하는 작품들이 우리나라 독자들 사이에서 공감대를 형성할 수 있는 이유도 우리 역시 유사한 트라우마를 겪었고, 환상이 깨져본 적이 있기 때문일 것이다. 마젠의 경우, 열네 살 때 지주이자 차 애호가였던 할아버지가 부르주아로 낙인찍혀 물 한 모금 마시지 못하는 방식으로 처형되는 것을 목격함으로써 문화대혁명이 국가적인 트라우마인 동시에 개인적인 트라우마로 남았다. 그 기억은 이후 고스란히 적극적인 반정부 정신의 밑바탕이 되었다. 마젠은 요즘 우리나라 문단에서는 생경한 단어가 되어버린 '작가로서의 사회적 의무'를 여러 매체를 통해 누누이 강조하고, 이를 몸소 실천하는 작가이다. 그를 두고 노벨문학상 수상자인 가오싱젠은 "중국 문학계에서 가장 중요하고 가장 용기 있는 작가"라고 극찬한 바 있다.

마젠은 중국 당국의 검열과 삭제 때문에 원서의 훼손이 심각하다며 영어번역본으로 한국어 번역을 해줄 것을 요청했지만, 영역본만으로 작업을 하기에는 무리가 따랐다. 중국과 우리나라는 같은 한자 문화권이라 원서를 보면 쉽게 이해할 수 있는데, 영어로 번역하면 뭘 말하고자 하는지 모호하여 뉘앙스를 제대로 전달하지 못하는 경우가 허다하기 때문이다. 지금까지 여러 작품을 번역하면서 학부에서 중국어를 전공한 이력을 내세울 일이 없었건만 이번만큼은 그 덕을 톡톡히 보았다. 원서와 영역본을 왔다갔다 참고하며 작업하느라(내용의 차이가 실로 엄청났다) 그 과정이 수월하지 않았지만, 독자들의 편달을 바라 마지않는다.

2008년 10월, 이은선

옮긴이 **이은선**
연세대 중문과와 같은 학교 국제대학원 동아시아학과를 졸업했다. 2008년 현재 출판 편집자, 저작권 담당자, 번역가 등으로 활동중이다. 옮긴 책으로는 『탐정 아리스토텔레스』 『헌책방마을 헤이온와이』 『화성의 인류학자』 『통역사』 『포의 그림자』 『애거서 크리스티 전집 39 – 골프장 살인 사건』 『애거서 크리스티 전집 47 – 슬픈 사이프러스』 『몬스터』 등이 있다.

문학동네 세계문학
누들 메이커

초판인쇄 2008년 11월 8일 | 초판발행 2008년 11월 15일

지은이 마젠 | 옮긴이 이은선 | 펴낸이 강병선
책임편집 김진경 오영나 고혜숙 | 디자인 김리영 이원경
마케팅 장으뜸 방미연 정민호 신정민 | 제작 안정숙 차동현 김정후

펴낸곳 (주)문학동네 | 출판등록 1993년 10월 22일 제406-2003-000045호
주소 413-756 경기도 파주시 교하읍 문발리 파주출판도시 513-8
전자우편 editor@munhak.com | 전화번호 031) 955-8888 | 팩스 031) 955-8855

ISBN 978-89-546-0680-6 03820

www.munhak.com